Layla Hagen
Flowers of Passion – Verführerische Rosen

PIPER

Zu diesem Buch

Seit dem Tod seiner Frau vor vier Jahren lebt Landon Connor nur noch für seine Arbeit. Beruflich ist der Vierunddreißigjährige so erfolgreich wie nie, eine neue Beziehung wagt er jedoch nicht – viel zu groß ist seine Angst, noch einmal einen geliebten Menschen zu verlieren. Erst als er die hinreißende Maddie kennenlernt, erwacht die Leidenschaft wieder in ihm. Doch kann Maddie die Mauern, die Landon um sein Herz errichtet hat, einreißen? Sie hat selbst gerade erst eine schwere Trennung hinter sich und will ihr Herz nicht noch einmal an den falschen Mann verlieren. Bleibt es bei einer heißen Affäre oder bekommt die Liebe eine zweite Chance?

Layla Hagen ist das Pseudonym einer USA-Today-Bestsellerautorin. Sie lebt in Österreich, spricht fließend Englisch, Deutsch und Spanisch, und schreibt am liebsten prickelnde Liebesromane.

Layla Hagen

FLOWERS OF PASSION

VERFÜHRERISC HE ROSEN

Roman

Aus dem Amerikanischen
von Vanessa Lamatsch

PIPER

Mehr über unsere Autorinnen, Autoren und Bücher:
www.piper.de

Wenn Ihnen dieser Roman gefallen hat, schreiben Sie uns unter Nennung des Titels »Flowers of Passion – Verführerische Rosen« an *empfehlungen@piper.de,* und wir empfehlen Ihnen gerne vergleichbare Bücher.

Von Layla Hagen liegen im Piper Verlag vor:
Diamonds For Love (Serie)
New York Nights (Serie)

Flowers of Passion:
Band 1: Flowers of Passion – Verführerische Rosen
Band 2: Flowers of Passion – Wilde Orchideen
Band 3: Flowers of Passion – Zärtliche Magnolien
Band 4: Flowers of Passion – Flammende Lilien
Band 5: Flowers of Passion – Sinnliche Lotusblüten
Band 6: Flowers of Passion – Verlockende Azaleen

Unser Versprechen für mehr Nachhaltigkeit
• Klimaneutrales Produkt
• FSC®-zertifiziertes Papier
• Hergestellt in Europa

FSC www.fsc.org
MIX
Papier aus verantwortungsvollen Quellen
FSC® C083411

Deutsche Erstausgabe
ISBN 978-3-492-31591-3
1. Auflage Juni 2020
2. Auflage Dezember 2021

Titel der amerikanischen Originalausgabe:
»Anything For You«, EverAfter Romance 2018

Redaktion: Anita Hirtreiter
Umschlaggestaltung: zero-media.net, München
Umschlagabbildung: FinePic®, München
Satz: Uhl + Massopust, Aalen
Gesetzt aus der Stempel Schneidler
Druck und Bindung: CPI books GmbH, Leck
Printed in the EU

1 Landon

»Du musst dringend mal Urlaub machen«, sagte Adam.

Unruhig lief ich in meinem Hochhaus-Eckbüro in San José auf und ab, wobei ich mir die rechte Schläfe massierte. Ich konnte spüren, wie sich dahinter Kopfschmerzen aufbauten.

»Ich weiß.«

»So richtig, nicht nur ein verlängertes Wochenende.«

Ich lachte, weil das eine ziemlich gute Zusammenfassung meiner Auszeiten in den letzten paar Jahren war. Als meine rechte Hand wusste Adam alles darüber. Aber jetzt hatte ich gerade die Verhandlungen über eine Partnerschaft mit einer anderen wichtigen Softwarefirma abgeschlossen. In den nächsten Wochen würden sich alle auf den Papierkram konzentrieren und die Fusion feiern. Für beides war meine Anwesenheit nicht erforderlich, und ich war vollkommen erschöpft. Die letzten Monate waren ziemlich heftig gewesen.

»Du hast recht. Vielleicht sollte ich mir wirklich zwei Wochen freinehmen.«

Adam riss die Augen auf. »Meinst du das ernst?«

Ich tigerte noch ein wenig durchs Büro, immer vor dem Fenster auf und ab, wo ich mich am liebsten aufhielt. Die Glasfläche reichte vom Boden bis zur Decke und bot einen wunderbaren Blick über die Stadt. Ich verbrachte den Großteil meiner Zeit in geschlossenen Räumen – doch dank dieses Fensters hatte ich mich selten isoliert gefühlt, sondern eher, als wäre ich Teil des pulsierenden Lebens dort draußen.

»Ja, du hast recht. Hier wird schon nicht gleich alles zusammenbrechen, bloß weil ich mal für längere Zeit weg bin.« Mich in der Branche ganz nach oben zu kämpfen, hatte eine Menge Arbeit erfordert. Mich dort zu halten, noch mehr.

»Landon, zwei Wochen sind doch keine längere Zeit. Manche unserer Angestellten nehmen sich ein ganzes Jahr frei. Das ist Teil deiner Unternehmenskultur, oder hast du das vergessen? Aber zwei Wochen grenzt für dich ja bereits an ein Wunder.«

Ich blieb stehen und richtete meine Aufmerksamkeit auf Adam. »Bist du sicher, dass du hier mit allem klarkommst?«

»Natürlich. Deswegen hast du mich ja eingestellt, da ich so zuverlässig bin. Ich bin deine rechte Hand, dein bester Freund und ein allgemeiner Weltverbesserer.«

Ich zog die Augenbrauen hoch. »Ich bin mir nicht sicher, ob du eine Gehaltserhöhung willst oder es nur auf ein großes Lob abgesehen hast.«

»Vielleicht beides. Vielleicht aber auch nichts davon, weil ich mir einfach bloß wünsche, dass du mal hier aus San José rauskommst, bevor du noch einen Burn-out bekommst. Wo willst du hin? Auf die Bahamas? Nach Mexiko? Oder Bali?«

Ich schüttelte den Kopf. Mich zog es nicht in die Ferne. Ich wusste genau, wo ich hinwollte: nach Hause. Ich war in L.A. aufgewachsen, und meine fünf Geschwister lebten noch dort. Genau wie mein Neffe. Es war über vier Jahre her, dass ich mehr als zwei Tage am Stück mit ihnen verbracht hatte. Seitdem meine Frau gestorben war, hatte ich mich ganz auf die Arbeit konzentriert.

»Nö. Nach L.A. Ich will ein wenig Zeit mit meiner Familie verbringen.«

»Das ist toll. Dann kann ich mich wenigstens darauf verlassen, dass Val dein Handy ins Meer schmeißt, wenn du zu viele dringende E-Mails beantwortest.« Adam nickte aufmunternd, während er beim Wort *dringend* mit den Fingern Gänsefüßchen in die Luft zeichnete.

»Bring sie bloß nicht auf dumme Ideen«, warnte ich ihn. Meine Zwillingsschwester Valentina hatte sowieso schon zu viele Überzeugungen, von denen sie niemand abbringen konnte. Ich griff nach meinem Smartphone, das auf dem Schreibtisch lag. »Ich werde sie sofort anrufen.«

Adam verstand, dass er entlassen war, und verschwand. Ich wählte die Nummer meiner Schwester. Nach dem fünften Klingeln hob sie ab.

»Gratuliere«, rief sie, bevor ich auch nur den Mund aufmachen konnte. »Du hast die Verhandlungen abgeschlossen, stimmt's? Wie willst du das feiern?«

Niemand außer Val hätte sich an den genauen Zeitpunkt des Verhandlungsendes erinnert. Sie war wirklich einzigartig.

»Ja, habe ich. Und was das Feiern angeht… ich will für zwei Wochen nach Hause kommen.«

Es folgte ein Moment der Stille, der sich so lange hinzog,

dass ich mich bereits fragte, ob einer von uns aus Versehen aufgelegt hatte. Dann rief Val: »Warte, ich glaube, ich habe mich verhört. Bruderherz, hast du tatsächlich gesagt, dass du nach Hause kommst? Für zwei ganze Wochen?«

Ich konnte das Lächeln in ihrer Stimme hören. »Ja, genau.«

»Geschäftlich?«

»Nein, ich will mir mal freinehmen.«

»Wow! Wow! Wie kommen wir denn zu dieser Ehre? Ach, weißt du was? Sag es mir nicht. Ich will dir keine Chance geben, es dir noch mal anders zu überlegen. Weißt du schon, wann du genau kommst?«

»Ich kann morgen in den Flieger steigen.«

»Wunderbar. Je eher, desto besser. Oh, Milo wird so aufgeregt sein, wenn ich ihm das erzähle. Er redet ständig von dir.«

Ich lächelte. Milo war der sechsjährige Sohn unserer Schwester Lori. Ich skypte jeden Samstagmorgen mit ihm, doch ich konnte es kaum erwarten, endlich mal Zeit mit meinem Neffen zu verbringen. Der Junge verehrte mich, und ich tat mein Bestes, seinen Erwartungen gerecht zu werden und einen guten Einfluss auf ihn auszuüben. Aber das war schwer aus der Ferne.

»Ich werde meine Assistentin gleich bitten, mir ein Ticket zu kaufen. Brauchst du etwas? Gibt es etwas, das ich mitbringen soll?«

»Nein. Das heißt, ein Geschenk für unseren Lieblingsneffen wäre schön.«

»Ich bringe ihm immer Geschenke mit«, erinnerte ich sie und setzte mich endlich hinter meinen Schreibtisch.

»Um wie viel Uhr wirst du ankommen?«

»Ich muss morgens noch mal ins Büro, um ein paar Dinge abzuschließen, aber ich kann einen Flieger am frühen Nachmittag nehmen. Dann wäre ich rechtzeitig zum Abendessen da.«

Die Familienessen am Freitag waren bei uns Tradition, und meine Geschwister trafen sich jede Woche, egal, was auch geschah.

»Perfekt! Wir werden alle da sein. Oh, Landon, das ist echt toll. Ich kann es kaum erwarten. Es ist so lange her, dass wir mal mehr als ein paar Tage miteinander verbracht haben.«

Ich hörte die Veränderung in ihrer Stimme ... den plötzlich weichen Tonfall.

»Ich kann es auch kaum erwarten, Zwerg«, sagte ich.

»Nenn mich nicht so«, protestierte Val. So hatte unser Vater sie genannt, wann immer er sie aufziehen wollte. Der Kosename zauberte ihr stets ein Lächeln ins Gesicht.

»Stell dich schon mal darauf ein, dass du zwei Wochen lang damit klarkommen musst.«

»Du Fiesling. Gib mir wenigstens ein paar Tage Zeit, deine Anwesenheit zu genießen, bevor du anfängst, mich zu nerven.«

»Das kann ich dir nicht versprechen. Wir sehen uns morgen, Val. Ich will meine Assistentin bitten, mir den Flug noch zu buchen, ehe sie Feierabend macht.«

»Klar. Mach nur. Wir sehen uns morgen.«

Sobald sie aufgelegt hatte, erhob ich mich aus meinem Ledersessel und sah lächelnd aus dem Fenster. Ich würde heimfliegen.

2 Maddie

Ich richtete mich auf, als Val meinen Namen rief, und ging dann zum Haus. Allerdings achtete ich sorgfältig darauf, wo ich hintrat. Ich hatte den Vorgarten vollkommen auseinandergenommen, aber so war es nun einmal zu Beginn eines gartengestalterischen Projekts.

»Hier, ich habe dir einen Eistee gemacht.« Sie stellte das Tablett auf den großen Holztisch vor dem Haus und füllte zwei Gläser mit Tee.

»Danke!« Gierig trank ich die kühle Flüssigkeit. Das war jetzt genau das Richtige. Für Ende Juni in L.A. war der Nachmittag ungewöhnlich heiß. Vals einstöckiges Haus lag am nordwestlichen Rand der Stadt, und das Meer war so weit entfernt, dass keine Brise hier ankam.

»Wie läuft es?«

»Für heute bin ich fertig. Ich warte nur noch darauf, dass die Holzpfosten geliefert werden. Ich habe vor einer Weile mit dem Fahrer telefoniert. Er sollte in zehn Minuten hier sein.«

Val leerte ihr Glas und ließ dann den Blick über den Garten schweifen. Sie hatte mich beauftragt, ihr Hanggrundstück mit Terrassen auszustatten – und im ersten Schritt bedeutete das, dass ich das abfallende Gelände in mehrere Ebenen aufteilen musste. Ich hatte erst diese Woche damit angefangen, also sah es im Moment aus, als wäre ein Meteorit mitten vor ihrem Haus gelandet.

»Okay. Landon wird bald vom Flughafen kommen. Willst du mit uns zu Abend essen? All meine Geschwister werden kommen.« Sie lächelte warm. Val war eine ungewöhnliche Auftraggeberin. Auf die bestmögliche Art ungewöhnlich. Vor ein paar Monaten hatte ich die Grünflächen um ihr Büro herum neu gestaltet, und das Endergebnis hatte ihr so gut gefallen, dass sie mir gleich den nächsten Auftrag erteilt hatte.

Val war freundlich und witzig, und ich war durchaus in Versuchung, ihre Einladung anzunehmen. Ich hatte ihre Schwester Lori und deren Sohn Milo bereits kennengelernt, und die beiden waren ebenfalls nett. Und letzten Freitag war ich hier gewesen, um ein paar Details des Projektes mit Val zu besprechen, und hatte einen Blick auf alle Geschwister erhascht – außer Landon, natürlich –, die zum Abendessen kamen. Es hatte gewirkt, als ständen sie sich alle sehr nahe.

Daheim gab es niemanden, der auf mich wartete, doch ich schüttelte trotzdem den Kopf. Ich wollte mich nicht aufdrängen.

»Das ist lieb, aber nein danke.«

»Schade.« Sie trommelte mit den Fingern auf den Tisch und sah dann auf ihrem Handy nach, wie spät es war. Die Aufregung war ihr deutlich anzusehen. Als das unverwechselbare Geräusch eines Autos, das vor dem Tor vorfuhr, an unsere Ohren drang, erhob Val sich von ihrem Stuhl und rutschte die glitschige Erde nach unten, sodass ihr dunkelbraunes Haar auf ihrem Rücken wippte. Das Haus stand oben auf einem Hügel, und das Eingangstor war ganz unten. Wenn ich mit dem Grundstück fertig war, würde es aussehen wie der Garten Eden. Nur schade, dass es ausgerechnet dann wie ein Schlachtfeld aussah, wenn ihr Bruder ankam.

Ich stand ebenfalls auf, während ich darüber nachdachte, wie ich mich am besten davonmachen konnte, um den beiden ein wenig Privatsphäre zu lassen. Letztendlich ging ich ins Haus. Ich hatte heute Morgen meine Handtasche und einen Satz Wechselkleidung im Flur gebunkert, und ich konnte auf dem Handy meine E-Mails checken, solange ich auf die Lieferung wartete. Auch wenn der Großteil von Landschaftsarchitektur harte Arbeit war, verbrachte ich doch jeden Tag ein oder zwei Stunden damit, Dinge zu organisieren oder Pläne für das nächste Projekt abzuschließen. Ich konzentrierte mich immer bloß auf einen Auftrag, aber für gewöhnlich entwarf ich nebenbei schon die Gestaltung des nächsten Projekts. Unglücklicherweise stellte ich fest, dass meinem Handy der Saft ausgegangen war. Der Akku musste den Geist aufgegeben haben, nachdem ich mit dem Lieferanten telefoniert hatte. Ich überlegte, ob ich mich bereits umziehen sollte, aber das hatte eigentlich keinen Sinn. Ich würde dabei helfen müssen, den Lastwagen zu entladen, und mir damit nur die saubere Kleidung wieder schmutzig machen.

Als ich erneut aus dem Haus trat, tauchten Val und ihr Bruder gerade am Ende des Hügels auf und … wow. *Das* war Landon Connor? Andererseits … als ich Vals Verwandte letzte Woche gesehen hatte, hatte ich mir schon gedacht, dass bei den Connors gutes Aussehen in der Familie lag.

Die Frauen waren groß, mit fein geschnittenen Gesichtern. Die Männer waren noch größer – über einen Meter achtzig – und alle äußerst attraktiv. Doch Landon gefiel mir mit Abstand am besten.

Was eventuell auch daran lag, dass er gerade einen Anzug trug. Nachdem ich draußen arbeitete, sah ich das andere Geschlecht überwiegend in Tanktops oder T-Shirts – und verschwitzt. Ich hatte eine echte Schwäche für Männer in Anzügen, besonders wenn ihnen der Anzug so gut stand wie Landon. Sein Haar war etwas dunkler als das von Valentina, aber scheinbar hatten sie die gleichen funkelnden grünen Augen. Beide blieben stehen, sobald sie mich sahen.

»Landon, das ist Maddie Jennings.«

»Du bist also dafür verantwortlich, dass ich das hier« – er machte eine Geste, die den gesamten Vorgarten einschloss – »nicht wiedererkenne.«

»Schuldig im Sinne der Anklage.«

Seine Mundwinkel hoben sich. O Mann, was für ein Lächeln! Plötzlich wünschte ich mir, ich hätte mich umgezogen. An meiner Jeans klebte Erde, und im Laufe des Tages hatte ich auch mein T-Shirt mit Dreck verschmiert. Mein blondes Haar hing in einem schlaffen Pferdeschwanz auf meinen Rücken. Nicht, dass ich Landon beeindrucken wollte, egal, wie unwiderstehlich sein Lächeln auch sein mochte oder wie umwerfend er aussah. Aber ich fühlte mich irgendwie seltsam neben seinem teuren Anzug und Vals schickem Bleistiftrock mit passender Bluse.

Val rammte ihm spielerisch den Ellbogen in die Seite.

»Nun, wenn du mich vorgewarnt hättest, hätte ich Maddie sagen können, dass sie erst anfangen soll, nachdem du wieder abgefahren bist. Es gab ...« Das Klingeln eines Telefons unterbrach sie. Es erklang aus dem Inneren des Hauses und brach nach zweimal Läuten wieder ab. Sie stöhnte. »Das könnte der Anruf des Zulieferers sein, auf den ich den ganzen Tag gewartet habe. Ich verspreche, dass es nicht lange dauern wird, aber ich muss ihn zurückrufen. Einer meiner Lavendellieferanten hat aufgegeben, und ich muss schnellstmöglich einen Ersatz finden.«

»Ich könnte ja mal meine Beziehungen spielen lassen und mich nach Lavendelproduzenten umhören ...«, setzte Landon an, doch Val fiel ihm ins Wort.

»Landon Connor«, sie wedelte mit dem Zeigefinger vor seinem Gesicht herum, »du hast jetzt Urlaub! Du hast dir so lange nicht mehr freigenommen, dass du nicht einmal mehr weißt, was das überhaupt bedeutet. Du schaltest ab und hast Spaß, Arbeit ist nicht erlaubt.«

Landon zögerte keinen Moment. »Ich kann tun, was auch immer ich will.«

»Oh, wag es ja nicht, dich als älterer Bruder aufzuspielen. Ich bin deine Zwillingsschwester.«

Seine Lippen zuckten. »Ich bin eine Viertelstunde älter als du.«

Kopfschüttelnd drehte sie sich zu mir um. »Er scheint keinerlei Vorstellung davon zu haben, was Urlaub eigentlich bedeutet, daher braucht er unsere Hilfe. Er wird hier im Haus wohnen, also tu mir einen Gefallen und spiel meine Spionin. Wenn du ihn irgendwo in der Nähe seines Handys oder Laptops siehst, will ich das sofort erfahren.«

Ich fand das Geplänkel der Geschwister amüsant und

wollte auch etwas dazu beitragen. »Aber du brauchst einen Lieferanten, und er hat Kontakte. Ich will ja nur sagen: Hätte ich einen Bruder, der so was für mich tun könnte, würde ich das Angebot nicht ablehnen.«

Landon stieß einen anerkennenden Pfiff aus.

Valentina starrte mich an. »Auf wessen Seite stehst du eigentlich?«

»Auf deiner«, antwortete ich aufgesetzt ernst. »Du unterschreibst die Schecks, die ich bekomme.«

»Ich gehe nun telefonieren.« Sie kniff drohend die Augen zusammen und verschwand dann im Haus.

Ein paar Sekunden später hörte ich, wie ein Lastwagen vor dem Tor hielt. »Und das dürfte meine Lieferung sein«, informierte ich Landon.

»Was für eine Lieferung?«

»Holzpfosten für die Terrassen. Um die Erde zu stabilisieren.«

»Wer entlädt sie?«

»Der Fahrer und ich. Die anderen Männer, die für mich arbeiten, haben bereits Feierabend gemacht.«

Landon deutete mit dem Kopf Richtung Tor. »Komm, ich werde dir helfen.«

Er zog sein Jackett aus, legte es auf den Holztisch und ging mit großen Schritten den Hang hinunter, bevor ich das Angebot ablehnen konnte. Auf dem Weg öffnete er die Knöpfe an seinen Ärmeln und rollte den Stoff bis zu den Ellbogen auf, sodass ich seine muskulösen Unterarme sehen konnte. Ich seufzte, dann schüttelte ich den Kopf. Ich stand auf Männer in Anzügen, aber bei Männern mit aufgerollten Ärmeln und starken Unterarmen war es wirklich um mich geschehen.

»Ich komme schon klar, Landon. Das ist mein Job. Entspann dich!«

Er lachte. »Lass uns eine Abmachung treffen. Du fängst am Montag an, für Val zu spionieren. Wenn ich jetzt mit anpacke, geht es schneller.«

In diesem Punkt konnte ich ihm kaum widersprechen. Ich öffnete das zweiflügelige Tor, damit der Fahrer den Lastwagen rückwärts in die Einfahrt setzen konnte. Danach stieg er aus.

»Hey, Maddie! Tut mir leid, dass ich zu spät komme. Der Verkehr war der reinste Albtraum.«

»Hi, Johnny!« Ich hatte bereits bei den letzten sechs Projekten mit ihm zusammengearbeitet, und er war jedes Mal zu spät gekommen. Doch seine Ware war hochwertig, und ich arbeitete gerne mit ortsansässigen, kleinen Firmen zusammen.

Landon schüttelte Johnny die Hand. »Landon Connor.«

Ich musste zugeben, dass dieser Mann mehr Autorität in diesen zwei Worten unterbrachte als die meisten Männer in einer ganzen Ansprache. Schon seine Körperhaltung zeugte von Selbstbewusstsein und Souveränität. Aber mir gefiel auch, dass er sich offensichtlich nicht zu fein für körperliche Arbeit war.

Trotzdem dauerte das Entladen eine ganze Weile, selbst mit Landons Hilfe. Mir wurde schnell klar, dass er offensichtlich regelmäßig trainierte, weil er keinerlei Probleme mit dem Gewicht der Pfähle zu haben schien. Als wir bei den letzten drei angekommen waren, ging Johnny zum Führerhaus, um die Papiere zu holen, die ich unterschreiben musste, um die Lieferung zu quittieren. Ich stand auf der Ladefläche und Landon davor, als ich plötzlich fühlte, wie etwas an meinem Fuß zerrte. Als ich den Blick senkte, verstand ich, dass mein Schnürsenkel sich geöffnet hatte und ein Ende unter einem Pfahl festhing. Ich riss meinen Fuß zurück, um den Senkel zu befreien, doch stattdessen verlor ich dabei das Gleichgewicht. Ein Schrei entkam meinen Lippen, als ich verstand, dass es nichts gab, woran ich mich festhalten konnte, um einen Sturz zu verhindern. Ich hatte am Rande der Ladefläche gestanden, was bedeutete, dass ich direkt auf den Boden zustürzte. Ich wedelte wild mit den Armen, meine Brust wurde eng, und meine Kehle war plötzlich wie zugeschnürt. Mein Schnürsenkel löste sich mit einem leisen Knack, und ich fühlte, wie zwei starke Hände meine Schultern packten und so verhinderten, dass ich hinfiel. Ich stellte erst ein Bein auf festen Untergrund, dann das andere.

»O Gott.« Ich klammerte mich an Landon fest, als hinge mein Leben davon ab. Mein Atem ging keuchend, und ich stand immer noch unsicher auf den Beinen.

»Alles gut. Atme einfach tief durch«, sagte er.

Ich tat genau das. Ich kam mir ein wenig blöd vor, und zu allem Überfluss war mir auch noch wahnsinnig heiß. Letzteres kam wohl davon, dass Landon mich an seine Brust gezogen hatte, wie mir schnell klar wurde. Er roch nach Holz und noch etwas anderem. Einem unglaublich männlichen Duft. Landon sah in einer Mischung aus Sorge und Gelassenheit auf mich herunter, und ich schmolz unter seinem durchdringenden Blick ein wenig dahin. Es war eine Weile her, dass jemand außer meiner kleinen Schwester Grace sich Sorgen um mich gemacht hatte. Das Grün seiner Augen wirkte von Nahem betrachtet noch intensiver. Seine Arme um meinen Körper fühlten sich so unglaublich gut an, stark und verlässlich, dass es mich eine Weile kostete, mich aus seinem Halt zu lösen. Mein Gesicht brannte.

»Danke«, murmelte ich.

»Maddie! Was ist passiert?« Johnny trat um den Lkw herum und zerknüllte die Papiere in seiner Hand, als er sah, wie durcheinander ich war.

»Ich bin von der Ladefläche gefallen. Aber es geht mir gut. Mein Schnürsenkel hing unter einem Pfahl fest, und ich habe das Gleichgewicht verloren.«

Johnny wirkte trotz meiner beruhigenden Worte aufgeregt. »Geht es deinem Knöchel gut?«

»Alles prima. Lass uns fertig ausladen.«

»Johnny und ich werden das erledigen.« Landons Tonfall war höflich, hielt allerdings auch eine gewisse Befehlsgewalt. Ich nehme an, diese formelle Bestimmtheit hatte ihm in der Geschäftswelt immer gute Dienste geleistet, hatte aber für einen Moment das Bedürfnis, ihm zu widersprechen – einfach, um zu sehen, wie er auf diese Herausforderung reagieren würde. Ah, ich wurde streitlustig. Dieser Mann hatte einen seltsamen Effekt auf mich.

Doch mein Knöchel fühlte sich tatsächlich ein wenig komisch an, als ich ihn belastete, also beschloss ich, es nicht darauf ankommen zu lassen. Stattdessen unterschrieb ich die Papiere, die Johnny mir reichte. Außerdem beobachtete ich, wie Landon diese Muskeln anspannte, mit denen ich inzwischen aus nächster Nähe Bekanntschaft gemacht hatte, nachdem ich mein Gesicht dagegengepresst hatte. Diese definierten Hügel sahen selbst unter dem Hemd fantastisch aus.

Sobald alle Pfähle sicher auf dem Boden lagen, verabschiedete sich Johnny und fuhr den Lastwagen aus der Einfahrt. Ich schloss eilig das Tor. Aus irgendeinem Grund war ich mir unglaublich bewusst, dass ich nun mit Landon allein war. Wir standen in einem riesigen Garten, aber trotzdem fühlte ich mich, als herrsche eine seltsame Enge um mich.

»Ich werde mir jetzt meine Arbeitsklamotten ausziehen, kurz duschen und mich dann auf den Weg machen«, sagte ich.

Landon nickte, doch gleichzeitig huschte sein Blick zu meinem Knöchel. »Bist du dir sicher, dass du nicht zum Arzt gehen solltest? Du verziehst das Gesicht, wann immer du den Fuß belastest.«

Er war aufmerksam. Oder hatte er mich so genau beobachtet? Bei diesem Gedanken durchfuhr mich eine Hitzewelle. Als er den Blick hob, um mir in die Augen zu sehen, fühlte ich mich, als stünde ich in Flammen.

»Ich werde ihn kühlen, dann wird das schon. Keine Sorge.« Ich deutete Richtung Haus. »Wir sollten hochgehen, bevor Val ihren Anruf beendet und ihr klar wird, dass ich bereits am ersten Tag in meiner Spionagetätigkeit versagt habe.«

Landons Grinsen war ansteckend. »Wir haben uns doch darauf geeinigt, dass du erst Montag mit der Spionage anfängst.«

»Aber das weiß Val nicht, oder?« Ich hatte keine Ahnung, wieso ich mich in Landons Nähe so wohlfühlte. Ich hatte diesen Mann schließlich gerade erst kennengelernt. Aber vielleicht hatte ich das Gefühl, ihn seit einer Ewigkeit zu kennen, weil mir Val ja schon vertraut war.

»Du schaltest schnell, Maddie. Wir werden gut miteinander klarkommen.«

Ich stieg den Hügel zum Haus nach oben, langsamer als

gewöhnlich und mit Landon hinter mir. Als mein angeschlagener Knöchel einmal nachgab, drückte Landon mir eine Hand an den Rücken, um mich zu stützen – und brachte damit meinen gesamten Körper zum Kribbeln.

Val hatte mich in dem Moment endgültig für sie eingenommen, als sie erklärt hatte, dass mein Team und ich nach der Arbeit eines der Bäder benutzen konnten, um zu duschen. In ihrem Bürogebäude hatte es kleine Badezimmer im Erdgeschoss gegeben. Und dann hatte sie uns hier dasselbe Angebot gemacht. Sie hatte betont, dass das Haus genügend Bäder besaß und wir sie damit in keiner Weise beeinträchtigten.

Ich ließ Landon auf der vorderen Veranda zurück, holte mir meinen Rucksack aus dem Eingangsflur und ging direkt unter die Dusche. Eine Viertelstunde später fühlte ich mich wie neugeboren. Ich trug ein knielanges rotes Baumwollkleid und schwarze Ballerinas. Ich verbrachte bei der Arbeit so viel Zeit in Jeans und ausgeleierten T-Shirts, dass meine Freizeitgarderobe inzwischen fast ausschließlich aus Kleidern bestand. Ich hatte mir auch die Haare ausgewaschen und sie geföhnt, sodass sie jetzt in lockeren Wellen auf meinen Rücken fielen.

Auf dem Weg durchs Haus hörte ich, dass Val immer noch telefonierte. Es ergab keinen Sinn zu warten, um mich zu verabschieden. Ich fand Landon auf der Veranda. Er trank gerade ein Glas von dem Eistee, den Val vorhin gemacht hatte, auch wenn die Eiswürfel darin längst geschmolzen waren.

Er riss die Augen auf, als er mich bemerkte, dann glitt sein Blick kurz über meinen Körper, bevor er mir eilig wieder ins Gesicht sah. Ich spürte ein kurzes Aufwallen von weiblichem Stolz und gratulierte mir selbst dafür, dass ich Lippenstift und Mascara aufgetragen hatte.

»Wir sehen uns Montag, Landon.«

»Willst du zum Abendessen bleiben? Die anderen sollten gleich kommen.«

Nun war es offiziell: Es war nicht Val alleine, sondern die Connors waren generell eine freundliche Familie. Und jetzt war ich sogar noch mehr in Versuchung als vorhin, wo Val mich dasselbe gefragt hatte. Irgendetwas an Landons tiefer Stimme ließ das Angebot noch verlockender wirken, noch heißer – und das hatte sicher auch etwas mit seinen sehnig-muskulösen Unterarmen zu tun, die dank seiner immer noch aufgerollten Ärmel nach wie vor sichtbar waren. Doch das war sein erster Abend zu Hause bei seiner Familie. Wenn ich Vals Begeisterung richtig gedeutet hatte, war er seit langer Zeit nicht mehr daheim gewesen. Da wollte ich nicht stören.

»Danke, aber ich kann nicht.«

»Dann sehen wir uns Montag.«

Er streckte mir die Hand entgegen. Ich fand es seltsam förmlich, dass er mir die Hand schütteln wollte, doch als ich meine kleine Hand in seine viel größere, festere schob, überraschte er mich, indem er sie an seinen Mund hob und mir einen Kuss auf die Knöchel drückte. Als seine Lippen meine Haut berührten, durchfuhr mich etwas wie ein elektrischer Schlag, und ich erschauerte. Im wahrsten Sinne des Wortes. Landon atmete scharf ein und musterte mich aus diesen atemberaubenden grünen Augen.

»Ich wünsche dir einen schönen Abend, Maddie.«

Ich nickte und ging, sobald er meine Finger freigegeben hatte.

Als ich zu Hause ankam, versuchte ich, mich auf die Projektpräsentation zu konzentrieren, die ich gerade vorbereitete. Ich war entschlossen, sie heute Abend fertigzustellen. Ich freute mich morgen auf einen Tag in Venice Beach mit meiner Schwester. Vielleicht würden wir auch nach Malibu in unser Lieblingsrestaurant fahren, um dort frischen Fisch zu essen. Die Aussicht auf ein gemütliches Wochenende hätte mich eigentlich in meiner Arbeit beflügeln sollen … doch ein gewisser attraktiver Mann drängte sich ständig wieder in meine Gedanken.

3 Landon

»Wo ist Maddie?«, fragte Val, als sie ein paar Minuten später in den Eingangsflur trat.

»Sie ist gerade gegangen. Wir wussten nicht, wie lange du noch telefonieren würdest.«

»Oh, okay. Was ist denn mit deinem Hemd passiert?«

Ich senkte den Blick und entdeckte ein paar Dreckflecken von den Pfählen.

»Ein kleiner Unfall. So was passiert, wenn das ganze Grundstück aussieht wie ein Minenfeld.«

Mir war auch ein Knopf abhandengekommen. Wahrscheinlich war er abgerissen, als Maddie gegen mich geknallt war. Mir war fast das Herz stehen geblieben, als ich sah, wie sie vom Lastwagen kippte. Sie hatte versucht, sich vor Johnny nichts anmerken zu lassen, aber ich wusste, dass sie ziemlich erschüttert gewesen war. Sie hatte an meinem Körper gezittert, als sie sich gegen mich gepresst hatte.

»Okay. Echt schade, dass Maddie nicht zum Abendessen bleiben konnte.«

»Ich habe sie auch noch einmal eingeladen, aber sie sah aus, als hätte sie Pläne.«

Val zog die Augenbrauen hoch. »Und wie *sieht* jemand *aus*, der Pläne hat?«

»Du weißt schon, herausgeputzt. Sie sah gut aus.«

Maddie in diesem roten Kleid, mit diesen roten Lippen, war ein toller Anblick gewesen.

»Halleluja!«, rief Val und presste die Hände zusammen, als wolle sie beten. Sie drückte die Finger ans Kinn und starrte in gespielter Demut an die Decke.

»Was soll das bitte bedeuten?«

»Du nimmst Frauen wahr.«

Ich stöhnte. »Können wir bitte erst zu Abend essen, bevor wir dieses Gespräch führen?«

Val kniff die Augen zusammen, als müsste sie über meinen Vorschlag nachdenken. »Nein, nein. Wir werden jetzt darüber reden. Harte Wahrheiten sind auf leeren Magen leichter zu schlucken.«

Ich lächelte. Meine Schwester hatte dieselbe Tendenz zu sinnlosen Redewendungen wie unser Vater. Diesen Spruch hatte er tatsächlich regelmäßig von sich gegeben.

»Du solltest wieder ausgehen«, erklärte sie mir.

»Zwerg, das Thema hatten wir doch schon.«

»Nenn mich nicht so.« Val zögerte, dann schob sie hinterher: »Seit Rachels Tod sind vier Jahre vergangen.«

»Dessen bin ich mir bewusst«, gab ich kühl zurück. »Wenn dir das passiert wäre, würde ich nicht ständig wieder damit anfangen.«

»Doch, würdest du. Das weiß ich einfach. Und ich würde mich wehren, genau wie du es tust… aber du würdest nicht lockerlassen. So wie ich nicht lockerlassen werde. Dafür hat man schließlich Familie.« Sie schnüffelte. »Willst du vor dem Abendessen noch duschen?«

»Ja. Ich bin überrascht, dass du das Thema so schnell fallen lässt.«

»Ich glaube, unser Essen verbrennt gerade, daher werde ich ein andermal darauf zurückkommen. Keine Sorge, ich werde warten, bis du einen Bourbon getrunken hast. Ich habe übrigens deine Lieblingsmarke gekauft. Mach es dir gemütlich. Ich werde mal nach dem Essen sehen.«

Ich joggte die Treppe nach oben und ging zu dem Raum, in dem Val mich gewöhnlich unterbrachte, wenn ich sie besuchte; ein Zimmer im hinteren Teil des Hauses. Durch das Fenster konnte ich sehen, dass der hintere Garten unberührt war – was bedeutete, dass nur der vordere Teil terrassiert werden sollte. Meine Gedanken wanderten erneut zu Maddie. Natürlich hatte ich sie bemerkt. Sie war mir sogar schon aufgefallen, bevor sie sich umgezogen hatte. Diese wunderschönen blauen Augen und die glatte Haut waren unmöglich zu übersehen. Außerdem gefiel mir ihr Sinn für Humor.

Egal, was Val vielleicht auch glaubte, ich war dem anderen Geschlecht gegenüber nicht blind. Doch als Rachel gestorben war, war ein Teil von mir mit ihr gestorben. Und es wäre nicht fair, einer Frau bloß das zu bieten, was von mir übrig geblieben war. Welche Frau wäre damit glücklich? Und ich konnte mich einfach nicht noch mal dem Risiko aussetzen, jemanden zu lieben und ihn dann zu verlieren. Ich hatte mich bewusst dagegen entschieden.

Ich duschte eilig. Als ich wieder nach unten kam, hatte sich bereits die ganze Familie versammelt.

Val saß im Schneidersitz auf der Couch und unterhielt sich mit unseren Schwestern Lori und Hailey. Meine Brüder

Will und Jace standen in der Nähe des Esstisches, jeweils mit einem Drink in der Hand.

»Onkel Landon!«, rief Milo, als ich das Wohnzimmer betrat. Er rannte zu mir und schlang die Arme um meine Hüfte.

»Schau dich an. Du bist gewachsen, seitdem ich dich das letzte Mal gesehen habe.«

Milo trat zurück. Er wirkte stolz. »Ich bin jetzt ein junger Mann.«

Ich unterdrückte ein Lächeln. Er war dieses Jahr sechs geworden.

»Das bist du. Und nun lass mich meinen Bruder begrüßen, junger Mann«, sagte meine Schwester Lori. Sie drängte sich an ihrem Sohn vorbei und umarmte mich, wobei ein paar lose Haare ihrer langen blonden Mähne mich im Gesicht kitzelten.

Sobald sie mich wieder losgelassen hatte, streckte Will mir die Hand entgegen. »Das ist männlicher als eine Umarmung.«

»Genau. Außerdem haben wir dich nicht so sehr vermisst, dass es eine Umarmung wert wäre«, schaltete Jace sich ein und tat dabei so, als würde er sich schütteln. Gott, hatte ich die beiden vermisst.

Hailey verdrehte die Augen. »Nun, ich will eine Umarmung. Also geht mir aus dem Weg.«

Hailey war ein wenig kleiner als Lori und Val, doch sie drückte mich fest. Mit ihren dunkelbraunen Haaren und Augen kam sie nach Moms Seite der Familie.

»Onkel Landon, hast du mir was mitgebracht?«, fragte Milo, kaum dass Hailey mich losgelassen hatte.

»Natürlich habe ich das. Ohne Geschenke würde ich es

gar nicht wagen, mich hier blicken zu lassen. Was für eine Art von Onkel wäre ich denn dann?«

Ich holte seine Geschenke aus dem Flur. Milo dabei zu beobachten, wie er das Papier aufriss, war so befriedigend wie immer. Ich liebte diesen Jungen.

»Wow!«, rief er und hob seinen Fußball in die Luft, damit alle ihn sehen konnten. »Danke, Onkel Landon. Ich verspreche, den hier werde ich nicht verlieren.«

Lachend gingen wir zum Tisch, wo Val stolz auf den gefüllten Truthahn zeigte. »Ich weiß, dass nicht Thanksgiving ist, aber mir war festlich zumute. Ich habe ihn nach Moms Rezept zubereitet.«

Jace rieb sich die Hände. »Val, ich will ehrlich sein. Ich kann mich nicht mal erinnern, wie der von Mom geschmeckt hat, aber dein Truthahn ist der beste. Ich musste mich erst von wohlmeinenden Leute vergiften lassen, um deine Kochkünste wirklich schätzen zu können.«

Jace war erst neun gewesen, als unsere Eltern gestorben waren. Jung genug, um sich kaum an Genaueres zu erinnern. Val und ich waren zehn Jahre älter. Wir hatten damals gerade unser Studium in Harvard begonnen. Unsere Eltern waren so stolz auf uns gewesen. Wir hatten beide ein Fußball-Stipendium erhalten, und unser Trainer hatte immer gesagt, dass wir sicher bald als Profis spielen würden.

Doch kurz vor Weihnachten in unserem ersten Studienjahr waren unsere Eltern bei einem Autounfall ums Leben gekommen. Val und ich hatten alles stehen und liegen gelassen und waren sofort nach Hause zurückgekehrt. Uns war nicht einmal die Zeit vergönnt gewesen, unsere Eltern wirklich zu betrauern, weil uns schnell klar wurde, dass es niemanden außer uns gab, der unsere Geschwister großziehen konnte. Will war der Zweitälteste, doch er war trotzdem drei Jahre jünger als wir und damals noch nicht volljährig gewesen.

Mein Vater hatte einen Pub eröffnet, nachdem er aus Irland emigriert war. Davon hatte unsere Familie gelebt. Meine Mutter hatte selbst gemachte Kosmetika verkauft, die jedoch nie wirklich Profit abgeworfen hatten. Auf keinen Fall hätten Val und ich wieder nach Harvard gehen können. Wir hatten unsere Studienplätze aufgegeben und den Pub geführt, während wir gleichzeitig Kurse am örtlichen College belegt hatten. Doch am schwersten war es uns gefallen, unsere Geschwister großzuziehen und ihnen durch ihre Trauer zu helfen.

Manchmal sah ich sie an und konnte immer noch nicht glauben, dass sie alle erwachsen waren. Jace spielte Profifußball. Hailey war Unternehmensberaterin. Will war Detective bei der Polizei, und Lori führte eine erfolgreiche Eventagentur, die sich auf Hochzeiten spezialisiert hatte, während sie gleichzeitig alleine ihren Sohn großzog. Val war Chefin ihrer eigenen Kosmetik- und Parfümfirma.

Sobald Val und ich unseren College-Abschluss in der Tasche hatten, hatten wir den Pub aufgegeben und stattdessen feste Jobs angenommen – weil sowohl der Verdienst als auch die Arbeitszeiten besser waren. Damals hatte Val angefangen, mit der Idee zu spielen, Kosmetika herzustellen. Sie hatte Mom stets mit Begeisterung geholfen. Wir hatten das Unternehmen nebenbei aufgezogen, und schon nach drei Jahren warf es genug Geld ab, dass wir beide unsere Stellen kündigen und uns ganz auf unser Geschäft konzentrieren konnten. Meine Talente lagen eher in Richtung von Software-Entwicklung, aber ich hatte gerne mit

Val zusammengearbeitet, also hatte ich in der Firma mitgeholfen, bis Val mich nicht mehr brauchte. Danach hatte ich mein eigenes Unternehmen gegründet – eine Softwarefirma, die den bargeldlosen Zahlungsverkehr revolutioniert hatte. Ungefähr zur selben Zeit hatte ich Rachel kennengelernt. Zusammen waren wir nach San José gezogen, damit ich am Puls der Zeit war, was die Software-Industrie betraf.

»Sag mal, stimmt das«, meinte Will, »dass du zwei ganze Wochen bleiben wirst? Val hat das behauptet… aber es besteht immer das Risiko, dass das nur Wunschdenken ist.«

»Ich bleibe zwei Wochen, also werde ich auch zum 4. Juli hier sein«, bestätigte ich. »Was bedeutet, dass ihr mich am Hals habt.«

Jace wedelte wegwerfend mit der Hand. »Pah. Val hat dich am Hals. Wir schauen bloß von Zeit zu Zeit zum Abendessen vorbei und nutzen ihre Kochkünste aus. Es macht dir doch nichts aus, von uns ausgenutzt zu werden, oder, Schwesterherz?«

Val deutete mit der Gabel auf ihn. »Solange du weiter Nachtisch mitbringst, geht das klar.«

Ich richtete meine Aufmerksamkeit auf Milo. »Ich habe gehört, du hast Ferien, Milo. Hättest du gerne Fußballtraining?«

»Wirklich? Jeden Tag?«

Lori legte sanft eine Hand auf seinen Arm. »Nicht jeden Tag. Ich bin mir sicher, Onkel Landon hat auch noch andere Dinge vor.«

»Habe ich nicht«, antwortete ich ehrlich. »Wir werden sehen, wie es läuft, Kumpel, okay? Ich bin ein anspruchsvoller Trainer, also willst du vielleicht gar nicht jeden Tag kommen.«

»Will ich auf jeden Fall«, stieß Milo hervor.

Obwohl ich keine Profikarriere eingeschlagen hatte, war ich immer noch fußballbegeistert und spielte in San José jeden Sonntagvormittag. Jace trainierte regelmäßig mit Milo, aber der Junge liebte es auch, mit mir zu spielen.

»Nun«, sagte Hailey langsam, stemmte die Ellbogen auf den Tisch und richtete ihre mandelförmigen Augen auf mich, »bloß damit das klar ist: An den Wochenenden werde ich deine Zeit für mich beanspruchen, weil ich nur da in der Stadt bin.«

Als Unternehmensberaterin reiste Hailey von Montag bis Donnerstag zu ihren jeweiligen Auftraggebern und kam immer freitags nach L.A. zurück. Sowohl Val als auch ich versuchten ständig, Hailey dazu zu überreden, bei einem von uns in der Firma einzusteigen, aber bisher hatten wir damit keinen Erfolg gehabt. Jedes Mal, wenn wir das Thema ansprachen, erinnerte sie uns daran, dass wir jetzt, wo wir alle erwachsen waren, nicht mehr die großen Geschwister spielen mussten. Von wegen. Ich fühlte mich mit vierunddreißig genauso verantwortlich für sie wie damals mit neunzehn.

Hailey war schlau wie ein Fuchs, doch nach den langen Telefonaten, die wir geführt hatten, vermutete ich, dass ihre Anstrengungen nicht so gewürdigt wurden, wie sie es verdient hätte.

»Lori, wie läuft es so im Eventplaner-Geschäft?«, fragte ich, bevor ich aufmerksam ihrer Antwort lauschte, um herauszufinden, ob sie meine Hilfe brauchte – ob nun finanziell oder einfach, indem ich ihr Ideen lieferte. Ich war im Urlaub in L.A., aber das bedeutete nicht, dass ich nicht tun konnte, was ich am besten konnte: mich um meine Familie kümmern.

Das Abendessen zog sich bis nach Mitternacht. Wir lachten über alte Erinnerungen und zogen uns gegenseitig auf. Es fühlte sich gut an, zu Hause und von meiner Familie umgeben zu sein. In der Nähe von San José hatte ich ebenfalls Verwandte: die Bennetts, Cousins mütterlicherseits, die in San Francisco lebten. Sie hatten mich adoptiert, besonders an Feiertagen. Ich mochte es, Zeit mit ihnen zu verbringen, aber ich hatte meine Geschwister trotzdem vermisst.

Als wir die Runde schließlich auflösten und vom Tisch aufstanden, sagte Hailey: »Wenn du morgen noch keine Pläne hast, werde ich dir welche liefern. Wir wollen dich auf keinen Fall zu lange dir selbst überlassen. Du könntest in alte Gewohnheiten verfallen … wie arbeiten.«

Ich warf Val einen entnervten Blick zu. »Was hast du getan, Zwerg? Die gesamte Familie in Alarmbereitschaft versetzt?«

»Unterschätz mich nicht. Die gesamte Nachbarschaft. Plus Maddie. Ich habe sie gebeten, ein Auge auf ihn zu haben, während sie hier arbeitet«, informierte sie unsere Geschwister.

Lori klatschte in die Hände. »Gut.«

Ich sah erst Jace, dann Will an. »Hat einer von euch zufällig vor, mir beizustehen?«

Will tat so, als müsste er in Ruhe darüber nachdenken, und sagte schließlich: »Ich halte mich da lieber raus.«

»Ich mich auch. Du bist erledigt, Bruder«, meinte Jace.

In unserer Jugend hatten sich immer die Brüder gegen

die Schwestern verbündet, doch jetzt spürte ich eine Verlagerung der Loyalitäten. Heute hieß es alle Connors gegen Landon, und ich hatte keine Chance.

Plötzlich hatte ich ein Bild von Maddie im Kopf, in diesem roten Kleid und ihrem Haar in offenen Locken um ihre Schultern. Sie hatte gezittert, als ich ihre Fingerknöchel geküsst hatte, sodass ich kaum dem Drang hatte widerstehen können, es noch einmal zu tun.

Wenn man bedachte, wie schnell sie mich heute in Bezug auf Vals Lieferanten unterstützt hatte, war ich mir absolut sicher, dass ich Maddie auf meine Seite ziehen konnte. Und ich freute mich schon darauf.

4 Maddie

Ich liebte L.A. Ich liebte die endlosen Strände und die San Gabriel Mountains in der Ferne. Ich liebte es, dass man nur von einem Ende der Stadt zum anderen fahren musste, um das Gefühl zu haben, man hielte sich in einer ganz anderen Welt auf. Kosmopolitisch und stets im Wandel begriffen besaß L.A. ein echtes Eigenleben. Ich hatte mich rettungslos in alles verliebt, was die Stadt zu bieten hatte (inklusive gelegentlicher Sichtungen von Stars), seitdem ich hierhergezogen war.

Es gab natürlich auch Dinge, die ich an L.A. nicht mochte, wie den Verkehr oder die kleineren Vorfälle von Vandalismus – besonders, wenn ich mich um sechs Uhr morgens mit ihnen auseinandersetzen musste. Am Montagmorgen stellte ich fest, dass jemand meinem geliebten Chevy-Truck die Windschutzscheibe eingeschlagen hatte. Nachdem es in der Nähe meines Bungalows keine Parkmöglichkeiten gab, stellte ich meinen Wagen immer in einer Nebenstraße ab, in der zwei Straßenlaternen zerstört worden waren. Ich nahm an, dass das Halbdunkel dort solchen Übergriffen Vorschub leistete. Ich entfernte so gut wie möglich die Glassplitter vom Fahrersitz, stieg ein und fuhr direkt zu meiner Werkstatt.

Der Mechaniker versuchte, mir einen kleinen Prius als Ersatzwagen schmackhaft zu machen, während der Truck in der Werkstatt stand, doch davon wollte ich nichts wissen.

»Lady, das ist keine Autovermietung. Sie bekommen, was wir haben.«

Ich verschränkte die Arme vor der Brust und starrte ihn unverwandt an. »Ich bin Landschaftsarchitektin. Ich transportiere oft große Gegenstände und brauche Platz für Werkzeuge und Pflanzen. Wenn Sie mir keinen Truck geben können, nehme ich meinen Chevy und suche mir eine andere Werkstatt.«

Das war ein Bluff. Ich brauchte einen größeren Wagen, aber eigentlich hatte ich keine Zeit, mir eine andere Werkstatt zu suchen. Letztendlich bekam ich, was ich wollte, und fuhr mit einem angeschlagenen, alten Truck mit klapperndem Getriebe davon.

Vierzig Minuten später kam ich bei Val an. Die Jungs, mit denen ich arbeitete, Sevi und Jacob, waren bereits da und hatten angefangen, die erste Terrasse anzulegen. Nachdem meine Firma eine One-Woman-Show war, heuerte ich Arbeiter jeweils nur projektweise an. Das war keine optimale Lösung, weil sie mich manchmal mittendrin sitzen ließen, doch mir fehlte momentan einfach noch das Geld für Festangestellte. Mit meinen überschüssigen Einnahmen finanzierte ich Grace ihr Jurastudium. Ich wollte nicht, dass sie nach dem Abschluss hoch verschuldet war.

Wenn alles nach Plan lief, konnte ich in achtzehn Monaten ein Vollzeitteam beschäftigen.

Aber ich war durchaus stolz darauf, wie schnell ich es auch als Einzelperson geschafft hatte, mir in der Branche einen Namen zu machen. Zwei Jahre in Folge hatte ich den Best Garden Award von einer der renommiertesten Designmagazine von L.A. gewonnen.

»Hey, Maddie«, begrüßten mich die beiden. Ich winkte, dann ging ich zum Haus, um wie gewöhnlich meinen Rucksack im Flur abzustellen.

»Guten Morgen! Wie geht es deinem Knöchel?« Ich zuckte zusammen, als Landons Stimme erklang. Er war durch die offene Eingangstür in den Flur getreten. Mein Gott, wie toll er aussah! Er trug eine Jogginghose und ein Shirt, das perfekt an seiner Brust anlag. Die kurzen Ärmel bestätigten, was ich am Freitag bereits vermutet hatte, als er mich an sich gedrückt hatte – seine Arme waren herrlich definiert. Dem dünnen Schweißfilm auf seiner Haut nach zu schließen, musste er gerade vom Laufen kommen.

»Morgen, Landon. Mein Knöchel ist so gut wie neu. Ist Val auch hier?«

»Ist schon aufgebrochen.«

»Oh, okay. Ich wollte erklären, warum ich zu spät dran bin. Jemand hat mir die Windschutzscheibe eingeschlagen, und ich musste erst zur Werkstatt.«

»Wie ist das passiert?«

Ich zuckte mit den Achseln. »Vandalen, nehme ich an.«

»Hast du bereits Anzeige bei der Polizei erstattet?«

»Nein, das dauert zu lange und führt gewöhnlich zu nichts.«

»Will ist Detective. Ich werde ihn anrufen und ihn bitten, sich darum zu kümmern.«

Ein warmes Gefühl breitete sich in meiner Brust aus. Ich

lächelte zu ihm auf und erinnerte mich daran, wie er Val am Freitag seine Hilfe angeboten hatte. Landon Connor spielte gerne den Retter in der Not. Und mich sprach das total an. Nicht, dass ich eine Jungfrau in Nöten gewesen wäre. Ich musste nicht gerettet werden, ich konnte meine eigenen Kämpfe ausfechten. Aber es war gut zu wissen, dass die Ritterlichkeit noch nicht ganz aus der Welt verschwunden war.

»Danke, Landon, aber ich will nicht die Zeit deines Bruders verschwenden. Solche Taten werden normalerweise nicht aufgeklärt.«

Landon trat näher an mich heran. So nah, dass ich die Konturen seines Sixpacks sehen konnte. Ich zwang meinen Blick zu seinem Gesicht und betete, dass er auf wundersame Weise nicht bemerkt hatte, wo ich hingestarrt hatte. Landon sah mit einer Intensität auf mich herunter, die meinen gesamten Körper zum Kribbeln brachte.

Er musterte mich, bis ich mich regelrecht unter seinem Blick wand. »Passiert so was häufig?«

Die Sorge in seiner Stimme verstärkte noch meine Zuneigung.

»Wir sind in L.A. Mein Viertel ist okay, aber hin und wieder geschieht etwas in der Art. Keine große Sache.«

Sein Shirt wurde mit jeder Sekunde durchsichtiger, weil er weiterschwitzte. Gewöhnlich fand ich verschwitzte Männer nicht besonders sexy, aber alles an Landon zog mich an, selbst sein Geruch – ein sauberer, männlicher Duft mit einer Deo-Note.

Vielleicht verdrehte mir das Testosteron, das von ihm aufstieg, einfach die Sinne. Ich musste wirklich aufhören, ihn anzustarren. Als ich ihm wieder in die Augen sah, wurde mir klar, dass er mein Starren diesmal bemerkt hatte.

»Ich werde Will mal anrufen«, beharrte er.

»Du bist es nicht gewöhnt, dass man dir etwas verweigert, oder?«

Er grinste. »Ist das so offensichtlich?«

»Ja. Und ich sage Nein. Ich weiß deine Sorge zu schätzen, Landon, aber ich habe keine Zeit, Anzeige zu erstatten oder was auch immer. Ich sollte mich langsam ans Werk machen«, sagte ich, als mir schließlich doch wieder einfiel, dass ich hier war, um in Vals Garten zu arbeiten. Landon hielt seine schönen grünen Augen auf mich gerichtet, bis mir der Atem stockte. Irgendwann gab er allerdings nach.

»Dann lasse ich dich mal machen. Ich gehe jetzt duschen.«

Es fiel mir echt schwer, jeden Gedanken daran zu verdrängen, dass Landon nur wenige Meter von meiner Arbeitsstätte nackt unter der Dusche stand. Aber das stellte mich vor ziemliche Herausforderungen. Ich kannte den Mann kaum, und trotzdem hatte er mich bereits verzaubert. Doch ich war entschlossen, mich dagegen zu wehren. Er war hier, um Urlaub zu machen, und ich war hier, um zu arbeiten. Mehr nicht.

Ich war über meine geplatzte Verlobung immer noch nicht hinweg … obwohl es gut acht Monate her war, dass Owen und ich uns getrennt hatten. Ich war ihm nach L.A. gefolgt – und ich bereute den Umzug nicht, weil ich die Stadt liebte. Aber als unsere Beziehung zerbrochen war, hatte mich das bis ins Mark erschüttert. Ich war erfüllt von Träumen eines gemeinsamen Lebens nach L.A. gekommen. Nach der Trennung hatte ich mich gefühlt, als wäre meine gesamte Lebensplanung gelöscht worden und ich stände wieder vor einer leeren Tafel. Ich arbeitete nach wie vor daran, ein neues Konzept zu entwerfen. Der berufliche Teil lief schon, doch an meinem Privatleben musste ich noch feilen.

Den Großteil des Vormittags konzentrierte ich mich darauf, die Erde aus dem ersten Level der Terrasse zu schaufeln. Ich machte erst eine Pause, als ich sah, wie Lori und ihr Sohn Milo den Garten betraten.

Beide begrüßten mich, dann sagte Lori: »Er wird ein paar Stunden mit Landon verbringen. Fußballtraining.« Sie drehte sich zu ihrem Sohn um und fügte hinzu: »Komm, Milo. Ich glaube, Landon wartet im hinteren Garten auf dich.«

Dass Landon seinen Urlaub damit verbrachte, seinen Neffen zu trainieren, machte ihn mir noch sympathischer. Lori und Milo verschwanden im Haus, und bereits kurz darauf brach Lori wieder auf.

Ich fing an, die Basis für den improvisierten Holzweg zu legen, der in den nächsten paar Wochen zum Haus führen würde. Den Hang in eine Abfolge von Terrassen zu verwandeln, verlangte, eine Menge Erde zu bewegen – und dabei würde auch der alte Weg zum Haus verschwinden. Am Ende des Projekts würde ich einen Fachmann für Steinstufen hinzuziehen, doch für den Moment würde der Holzbohlenweg reichen.

Gegen Mittag war ich halb mit der Anlage des Weges fertig, als ich einen ohrenbetäubenden Schrei aus dem hinteren Garten hörte. Milo. Mit wild rasendem Herzen rannte ich zum Haus.

Mein Po und meine Oberschenkel brannten vor Anstrengung, als ich fast gegen Landon lief.

»Weißt du, wo Val ihren Erste-Hilfe-Kasten aufbewahrt?«, fragte er.

»Ich habe einen im Auto. Was ist passiert?«

5 Landon

»Er hat eine kleine Platzwunde unter dem Knie.«

»Klein, hm? Ich habe ihn sogar vorne schreien gehört.« Sie warf mir einen strengen Blick zu, den ich hinreißend fand. »Ich werde den Erste-Hilfe-Kasten aus meinem Auto holen und mir die Hände waschen.«

»Okay, komm dann direkt nach hinten.«

Ich beruhigte Milo, bis Maddie ankam, die Hände sauber und den Verbandskasten in der Hand. Milo saß in der Hängematte und musterte sein Bein genau.

»Hey, Milo, lass mich das mal anschauen.« Sie ging vor ihm in die Hocke und tastete unter der Wunde herum. »Okay, das ist nicht schlimm. Wir werden es sauber machen und ein Pflaster draufkleben.«

Sie beobachtete mich aus den Augenwinkeln. Ich verbarg mein Lächeln nicht.

»Aber ich muss genäht werden«, murmelte Milo. »Die Wunde ist total groß, schau.«

Maddie zuckte zusammen, als Milo beide Seiten der Platzwunde auseinanderzog, bis man das Fleisch unter der Haut sah.

»Die Wunde ist nicht so tief, wie du glaubst, Milo.«

»Bist du dir sicher?«

»Absolut sicher. Es wird ein bisschen brennen, wenn ich sie reinige. Aber du bist ja ein tapferer Junge, nicht wahr?«

Milo nickte ernst, dann biss er die Zähne zusammen, als Maddie das Desinfektionsmittel aufsprühte. Mich rührte, wie vorsichtig sie mit ihm umging. Sie redete ununterbrochen mit ihm, lenkte ihn mit beruhigender Stimme ab.

Milo entspannte sich erst wieder, als das Pflaster festgeklebt war. Er ließ sich aus der Hängematte gleiten und stellte vorsichtig das Bein auf den Boden.

»Hey, das tut gar nicht weh. Lass uns weiterspielen.«

Ich lachte. »Wir sind für heute fertig, Kumpel. In zwei Stunden treffen wir uns mit deiner Mom. Wenn du noch ein Eis willst, sollten wir jetzt los.«

»Okay, ich gehe mich umziehen.«

Sobald der Junge im Haus verschwunden war, fragte Maddie: »Wie kommt es, dass du Fußball spielst?«

»Ich wollte Profi werden. Ich hatte sogar ein College-Stipendium dafür.«

»Cool. Und wieso bist du dann jetzt kein Profi?«

»Ich bin zurückgekommen, als meine Eltern gestorben sind. Ich musste mich auf andere Dinge konzentrieren. Aber als Hobby spiele ich noch.«

»Wow, du steckst wirklich voller Überraschungen.«

»Dabei war das noch gar nichts.«

Sie riss die Augen auf, dann seufzte sie – ein süßes, kleines Geräusch, das ich am liebsten mit dem Mund aufgefangen hätte. Ihre Lippen waren perfekt: voll, ein schöner Rosenton, mit einem wunderbaren kleinen Bogen in der Mitte. Diese Frau war unglaublich verlockend … und ich war seit Jahren nicht mehr in Versuchung gewesen. Ich wollte nicht verführt werden. Doch Maddie war den ganzen Vormittag durch meine Gedanken gegeistert. Die kaputte Windschutzscheibe störte mich nach wie vor. Sie schien meinen Schutz weder zu brauchen noch zu wollen, aber ich wollte trotzdem auf sie aufpassen.

»Nun, ich sollte mich besser wieder an die Arbeit machen«, sagte sie.

Damit ging sie an mir vorbei ins Haus. Ich fing einen Hauch ihres Duschgels ein – blumig, aber gleichzeitig auch frisch. Sie roch köstlich. Mit einem Kopfschütteln nahm ich mir vor, nicht mehr über Maddie nachzudenken.

Dieser Entschluss hielt ungefähr vierundzwanzig Stunden an. Nachdem ich in L.A. aufgewachsen war, wohnten die meisten meiner alten Freunde hier, doch sie hatten immer erst nach der Arbeit Zeit für mich. Die Vormittage hatte ich mir für Milo freigehalten. Nachdem Ende Juni war, hatte er Sommerferien und damit genauso viel Freizeit wie ich.

Am nächsten Tag brachte Lori Milo um acht Uhr zum Fußballtraining vorbei und holte ihn um zehn Uhr wieder ab. Danach ging ich laufen und machte es mir im Anschluss auf der vorderen Terrasse gemütlich. Maddie stand ein Stück tiefer auf dem Hügel und beugte sich gerade vor, um einen Holzpfahl zu befestigen. Ihr Hintern stand in die Luft – ein wunderbarer Anblick. Als sie sich schließlich schwungvoll wieder aufrichtete, wippten ihre Brüste, ihr Gesicht war gerötet, und die Hälfte ihres Haars war ihrem Dutt entkommen. Sie wirkte ein wenig wild, was sofort ein Bild vor meinem inneren Auge aufsteigen ließ – wie Maddies gesamter Körper auf meine Stöße reagierte und sie meinen Namen schrie. Ich würde die Hand tief in ihrem Haar vergraben, während ich mich bis zum Anschlag in ihr versenkte …

Sie fing meinen Blick auf und lächelte verlegen, bevor sie sich mit der Hand über die Haare strich. Ihr Lächeln war unglaublich. Ich konnte meinen Blick einfach nicht von ihr losreißen. Die Röte auf ihren Wangen breitete sich über ihren Hals nach unten aus, und sie begann, auf der Unterlippe zu kauen. Trotzdem sah ich sie weiter an. Schließlich war sie es, die den Blickkontakt abbrach, doch ich beobachtete sie noch lange Zeit.

Ablenkung. Ich brauchte dringend Ablenkung von Maddie. Glücklicherweise war meine Ablenkung immer nur einen Anruf entfernt.

Maddie

6

Meine Wangen brannten. Konnte er das sehen? Ich hoffte inständig, dass er nichts bemerkt hatte. Vorhin war mir das Blut in den Kopf gestiegen, weil ich so lange vornübergebeugt gestanden hatte. Wieso brachte es mich so aus der Fassung, dass er mich ansah? Diese verdammten Haare! Ich war gestern beim Friseur gewesen. Ich hatte Spliss und hatte der Dame nur gesagt, dass ich einen Schnitt brauchte.

»Oh, Liebes, natürlich. Ich werde bloß ein wenig die Spitzen kürzen«, hatte mir die Friseuse versichert.

Keine Ahnung, was sie damit gemeint hatte … denn vorne hatte sie eine Menge abgeschnitten. Jetzt hatten meine Haare vorne diese unmögliche Länge irgendwo zwischen einem Pony und wie es normal wäre, sodass sie ständig aus meinem Haargummi rutschten. Das war das letzte Mal gewesen, dass ich jemandem mit einer Schere in die Nähe meines Kopfes ließ, der einen blauen Haaransatz und pinke Strähnchen hatte. Ich band mir die Haare gerne oben auf dem Kopf zum Dutt, nicht im Nacken … aber bis mein Haar nachgewachsen war, würde ich Haarklammern verwenden müssen, obwohl ich das Gefühl von Plastik oder Metall auf der Kopfhaut nicht ausstehen konnte.

Ich verbrachte den halben Tag mit in die Luft ragendem Hintern, weil ich an dem horizontalen Graben entlangwanderte, den die Jungs für die Holzpfähle ausgehoben hatten, um sicherzustellen, dass er die richtige Breite und Tiefe hatte. Der Duft von frisch aufgeworfener Erde erfüllte meine Nase. Gegen Mittag, als Sevi und Jacob in die Pause gingen, richtete ich mich auf und zog die Kopfhörer aus den Ohren. In der folgenden, fast unheimlichen Stille hörte ich Landons Stimme durch den Garten hallen.

»Nein, auf die Key-Performance-Indikatoren hatten wir uns bereits geeinigt. Es wird nicht nachverhandelt.«

Ich stöhnte. Das war erst mein zweiter Tag im Spionagedienst, und ich versagte bereits. Wie lang arbeitete er schon?

Ich legte meine Handschaufel ab und kletterte zur Terrasse, um Landon zu überwachen. Er saß an dem hölzernen Picknicktisch, tiefe Runzeln auf der Stirn und das Kinn vorgeschoben. Ich ging weiter, bis ich direkt vor ihm stand, dann stemmte ich die Hände in die Hüfte und sah ihn aus böse zusammengekniffenen Augen an, was den seltsamen Effekt hatte, dass er grinste.

»Ich werde dich später zurückrufen«, sagte er ins Telefon und legte dann auf.

»Was meinst du damit, dass du später wieder anrufst? Ich glaube, du wolltest eigentlich *In den nächsten zwei Wochen werde ich nicht noch mal anrufen. Vergiss, dass ich auch nur existiere!* sagen.«

Landon zuckte immer noch grinsend mit den Achseln. »Ich habe mich den ganzen Vormittag über ausgeruht. Ich dachte, ich mache mal eine kleine Pause vom Entspannen.«

»Val hatte recht. Du hast wirklich keine Ahnung, wie man sich im Urlaub benimmt, oder?«

»Ich bin bloß ein wenig aus der Übung. Ich habe ein kompetentes Team und einen amtierenden CEO, dem ich mein Leben anvertrauen würde, aber das Loslassen fällt mir schwer.«

»Nun, wahrscheinlich werden Geschäftsimperien nicht aufgebaut, indem man allzu oft Urlaub macht. Wann hattest du das letzte Mal wirklich Ferien?«

»Vor vier Jahren.«

Seine Antwort erinnerte mich an etwas. Val hatte mir erzählt, dass Landons Ehefrau vor vier Jahren gestorben war. Jetzt verstand ich Vals Entschlossenheit, ihren Bruder zur Entspannung zu zwingen. Und ich schwor mir, dass ich bei meinem Spionagejob nicht noch mal versagen würde.

»Isst du mit deinen Leuten zu Mittag?«, fragte Landon.

»Nein, ich esse nicht zu Mittag.«

Er trommelte mit den Fingern auf den Holztisch. »Warum nicht?«

»Meistens vergesse ich es. Auf der Baustelle essen ist irgendwie unpraktisch. Meine Hände sind dreckig, und mir ein Mittagessen vorzubereiten, macht so viel Mühe.«

Genau in diesem Moment knurrte mein Magen … laut.

»Dein Magen scheint da ganz anderer Meinung zu sein«, sagte er.

»Ist er gewöhnlich.«

»Iss heute mit mir zu Mittag. Komm schon, du bist doch bestimmt am Verhungern.«

»Die Arbeit erledigt sich nicht von selbst.«

»Maddie, du musst etwas essen. Und ich würde mich über deine Gesellschaft freuen.«

Ah, da war wieder dieser höflich-bestimmte Tonfall vom ersten Tag. Und puff, meine Entschlossenheit löste sich in Luft auf.

»Oh, ich weiß nicht. Andererseits: Wenn ich mit dir esse, lenke ich dich vielleicht genug ab, dass du vergisst, deinen Geschäftspartner zurückzurufen.«

Seine Mundwinkel zuckten, als fände er irgendetwas sehr amüsant.

Landon erhob sich von der Bank und winkte mich Richtung Haus. »Du solltest mich unbedingt … ablenken.«

Der Tonfall, mit dem er das letzte Wort aussprach, war irgendwie tiefer, heiserer … und klang anzüglich. Ich atmete tief durch. Flirtete Landon etwa mit mir? Oder spielte meine Fantasie mir Streiche, weil ich auf ihn stand, seitdem er angekommen war? Dieser Blick allerdings, den er mir vorher zugeworfen hatte … anscheinend fand er mich auch nicht ganz uninteressant. Auf jeden Fall wäre das klügste Vorgehen gewesen, im Garten zu bleiben und die Mittagspause durchzuarbeiten.

Stattdessen wollte ich Landon ins Haus folgen. Alles an ihm sprach mich an; die Anziehungskraft war fast magnetisch.

»Du hast gewonnen. Was gibt es denn?«, fragte ich.

»Etwas Köstliches.«

Und das war nicht gelogen. Wir aßen aufgewärmte Roastbeef-Reste am Küchentisch, und etwas Besseres hatte ich seit einer Weile nicht mehr bekommen. Das Fleisch war zart, und ich meinte, einen Hauch von Zimt in der Soße zu schmecken. Irgendwie schaffte ich es, mir auch Soße an die Finger zu schmieren.

»Val ist eine tolle Köchin!«, rief ich.

»War sie schon immer. Sie hat von Mom die besten Tricks gelernt.«

»Ich kann mir nicht mal vorstellen, wie schwer das für euch gewesen sein muss, eure Geschwister großzuziehen.«

»Es war tatsächlich nicht einfach. Wir wussten, wie wir uns als ältere Geschwister benehmen sollten, aber die Eltern zu ersetzen war etwas ganz anderes. Du hättest Val und mich sehen sollen, wie wir ihnen Vorträge gehalten haben, wenn wir sie dabei erwischt haben, wie sie sich aus dem Haus geschlichen haben. Aber rate mal, wer ihnen beigebracht hatte, wie man das macht?« Lachend deutete er mit den Daumen auf sich selbst.

»Hast du je bereut, das College und den Fußball aufgegeben zu haben? Du warst in Harvard, stimmt's? Val hat das mal erwähnt.«

»Ja, ich war in Harvard. Aber ich habe es nie bereut. Ich wurde hier gebraucht«, sagte er schlicht. Ich glaubte ihm. Nichts an seiner Körpersprache widersprach seiner Aussage. Ich bewunderte ihn dafür, dass er die Verantwortung und die Verpflichtung nicht gescheut hatte.

»Wie seid ihr finanziell über die Runde gekommen?«

»Val und ich haben ein paar Jahre lang Dads Pub weitergeführt, während wir Kurse am örtlichen College belegt haben. Sobald wir anständige Jobangebote hatten, haben wir die Kneipe zugemacht. Wir hatten überlegt, den Pub zu behalten, weil er uns an unsere Eltern erinnerte, aber das war nicht machbar. Dad hat den Laden eröffnet, als er aus Irland gekommen ist«, erklärte er mit einem wehmütigen Lächeln.

»Moment, ihr seid Iren?«

»Halbiren. Ist dir das nicht schon bei unserem Nachnamen Connor aufgefallen?«

»Eigentlich nicht. Keiner von euch klingt auch nur im Mindesten irisch.«

Gott sei Dank. Landon brauchte auf keinen Fall noch zusätzliche Unterstützung dabei, verdammt sexy zu sein, und der irische Akzent war echt heiß.

»Stimmt. Aber wir haben die gute Arbeitsmoral geerbt, eine unendliche Liste von seltsamen Redewendungen, bei denen mein Vater darauf bestanden hat, sie wären irisch – auch wenn ich dafür nie Beweise gefunden habe –, und die Tradition, freitags gemeinsam zu Abend zu essen. Dad hat uns ständig erzählt, er hätte jeden Freitag mit seiner Familie gegessen, bevor er quer über den großen Teich gezogen ist. Und wir haben die Tradition übernommen. Meine Geschwister treffen sich jede Woche. Bevor ich nach San José gezogen bin, war ich auch immer dabei.« Ich hörte die Wehmut nicht nur in seinem Tonfall, ich sah sie auch in seinen Augen.

»Und du vermisst das.«

»Sehr sogar. Ich glaube, mein momentaner Besuch hat mich daran erinnert, wie sehr ich es vermisse. Aber genug von mir. Erzähl mir von deinem Beruf«, sagte Landon. »Wieso bist du Landschaftsarchitektin geworden?«

»Ich habe Architektur studiert. Aber nachdem ich meinen Abschluss hatte, ist mir klar geworden, dass ich gerne draußen arbeite. Also habe ich mich auf Landschaftsarchitektur spezialisiert und noch zusätzliche Kurse in Pflanzen-

und Blumenkunde belegt. Überwiegend plane ich Hausgärten und setze das Ganze dann um. Ich mag es, schöne Orte zu gestalten, in denen die Leute ein Zuhause finden und entspannen können, verstehst du?«

Landon hatte seinen Stuhl näher an mich herangeschoben, sodass unsere Knie sich unter dem Tisch berührten … was mich ziemlich durcheinanderbrachte.

»Das ist ein toller Gedanke. Jeder braucht einen Ort, an dem er seine Batterien wieder aufladen kann.«

»Genau. Und ich liebe es, wenn ich genügend Platz habe, um zu arbeiten, wie hier. Damit kann ich so viel machen. Als ich noch ein Kind war, sind wir oft umgezogen. Und nachdem meine Eltern selten länger an einem Ort bleiben wollten, haben wir meist kleine Wohnungen gemietet. In den Sommerferien waren wir mit einem Wohnmobil unterwegs. Es war eng, und draußen gab es stets nur einen Parkplatz.«

»Wieso seid ihr so oft umgezogen?«

»Meine Eltern sind quer durchs Land zu Auftritten und Konzerten gefahren, und es gab niemanden, bei dem sie mich und meine Schwester hätten lassen können.« Dieses Nomadenleben war anstrengend gewesen. Wir waren so oft umgezogen, dass es mir sogar schwergefallen war, in der Schule irgendwelche Freundschaften aufzubauen.

»Leben sie jetzt in L.A.?«

»Nein, sie reisen immer noch durchs Land. Aber ich habe hier Wurzeln geschlagen. Und meine Schwester wohnt auch in der Stadt.«

Ich war mir nicht sicher, wie viel er wirklich wissen oder ob er bloß höflich sein wollte, aber plötzlich fühlte ich mich sehr redselig. Gewöhnlich war ich das genaue Gegenteil, besonders bei Männern, die ich gerade erst kennengelernt hatte. Doch Landon sorgte dafür, dass ich mich ihm gegenüber öffnen wollte.

»Wieso L.A.?«

Ich zuckte mit den Achseln. »Ich bin mit meinem Ex hierhergezogen. Die Beziehung hat nicht funktioniert, aber ich bin hier glücklich. Ich habe vorher in Miami gelebt, wo ich auch aufs College gegangen bin. Hier gefällt es mir allerdings viel besser. Weniger Luftfeuchtigkeit.«

Er grinste. »Keine Alligatoren.«

Ich erwiderte das Grinsen. »Immer ein Pluspunkt. In Miami habe ich ständig über die Schulter geschaut, wenn jemand mich gebeten hat, seinen Garten am Wasser zu gestalten.«

»Hattest du dort auch bereits eine eigene Firma?«

»Ja. Ich mag die Unabhängigkeit, selbst wenn die Einnahmen sehr schwanken. Schaltest du deinen Geschäftssinn je aus?«

»Ah, die Antwort lautet auf jeden Fall: Nein.« Er lächelte, und ich wollte verdammt sein, wenn ich nicht dafür sorgen wollte, dass er das immer tat.

Als ich mein letztes Stück Fleisch in den Mund steckte, blieb eine Strähne in meinem Mundwinkel hängen. Ich hob die Hand, um sie zur Seite zu streichen, doch ich hatte Soße an meinen Fingern, also klebten die Haare danach lediglich an meinen Fingern.

Ich stöhnte. Landon dagegen lachte.

»Ich hatte gestern ein Friseur-Desaster. Vorne zu kurz für einen Dutt. Sie fallen mir schon den ganzen Tag ins Gesicht.«

»Warte, ich erledige das.«

Er holte einen feuchten Lappen von der Spüle, mit dem er erst meine Finger und dann meinen Mundwinkel säuberte. Die Geste fühlte sich intim an, besonders, nachdem Landon dabei meinen Mund anstarrte. Fast unbewusst leckte ich mir die Unterlippe. Er schnappte nach Luft und sah mir in die Augen. Wir waren uns so nahe, dass ich seinen Atem auf meinem Gesicht spüren konnte. Mein gesamter Körper begann zu kribbeln. Seine rechte Hand berührte immer noch meine Wange, obwohl mein Mundwinkel inzwischen sauber war. Die Art, wie er mich ansah … Gott, ich war mir seiner Gegenwart so unglaublich bewusst. Als er sich zurückzog, um den Lappen zur Spüle zu bringen, wurde mir kalt.

»Danke für das tolle Essen. Ich werde dir beim Aufräumen helfen.«

Er hob die Hand. »Da gibt es nichts, wobei du mir helfen müsstest. Ich muss nur die zwei Teller in die Spülmaschine stellen.«

»Okay. Dann lasse ich dich mal wieder entspannen.« Ich betonte das Wort *entspannen*. Seine Mundwinkel hoben sich. Ich liebte es, Landon zum Lächeln zu bringen. Der Ausdruck stand ihm gut. Er sah dann unglaublich sexy aus, und sein Mund wirkte noch verlockender als sonst. Oh, dieser Mund. Ich wette, er konnte köstliche Dinge damit anstellen.

»Ich habe durchaus vor, mich zu entspannen, also mach dir um mich mal keine Sorgen. Ich treffe mich diese Woche auch mit ein paar alten Freunden, aber immer abends.«

»Oh, ihr solltet bei der Bar vorbeischauen, in der meine Schwester arbeitet. Sie heißt *Lucky Bar*. Dort gibt es jeden Dienstag und Donnerstag Livemusik.«

»Ist die Band gut?«

»Wirklich gut. Manchmal gehe ich auch hin. Dann kann ich mich mal mit meiner Schwester unterhalten.«

»Wo liegt die Bar?«

Ich nannte ihm die Adresse, und er tippte sie ins Handy. »Wirst du diese Woche dort sein, Maddie?«

»Ja, am Donnerstag.«

»Dann werde ich auch mit einem Freund vorbeischauen.«

Ich klatschte in die Hände, dann rieb ich sie aufgeregt. »Wunderbar. Du wirst Spaß haben.«

Er wackelte mit den Augenbrauen. »Versprochen?«

Ich schluckte schwer, weil mir plötzlich ein wenig blümerant zumute war. O Gott, was diese schönen grünen Augen und diese verlockenden Lippen doch mit mir anstellten!

»Versprochen.«

Bildete ich mir das Knistern zwischen uns nur ein? Den heißen Blick von vorhin? Ich bekam meine Antwort, als Landon von unten bis oben meinen Körper musterte. Erneut kribbelte meine Haut. Das war ein brennend heißer Blick.

7 Landon

Ich entdeckte Maddie in dem Moment, in dem ich die *Lucky Bar* betrat. Sie war unmöglich zu übersehen. Ihr blondes Haar war wieder einmal zu einem unordentlichen Knoten gebunden, und mehrere lose Strähnen wippten um ihr Gesicht. Außerdem stand sie hinter dem Tresen und zapfte gerade ein Bier.

Ich bahnte mir einen Weg durch die Gäste und sah mir die Bar genauer an. Wann auch immer ich eine neue Kneipe betrat, verglich ich sie mit dem Pub, den Val und ich geführt hatten. Unser Laden, mit schwarzem Holz und Akzenten in Grün, hatte etwas schäbig, aber gemütlich gewirkt.

Dieser Laden war in warmen Erdtönen eingerichtet. Das dämmrige Licht ließ das braune Holz angenehm schimmern. Der Raum war voller Gäste, die um hohe, runde Tische standen. Ein paar Kellner zogen ihre Runden, und am hinteren Ende des Raums befand sich eine Bühne, die allerdings noch leer war.

»Was für eine Überraschung, dich hier zu sehen, Fremder«, begrüßte Maddie mich neckend, als ich den Tresen erreicht hatte. »Wo ist dein Freund?«

»Er hatte doch keine Zeit.«

»Und du bist gekommen, weil ...«

»... du mir versprochen hast, ich würde Spaß haben, Maddie. Wieso stehst du hinter der Bar?«

»Meine Schwester hat die Grippe, also bin ich für sie eingesprungen.« Mit gerunzelter Stirn drehte sie sich zu dem Regal hinter der Bar um, an dem die Weingläser hingen. »Sie wird in letzter Zeit oft krank. Ich sage ihr ständig, dass das nicht normal ist und sie zum Arzt gehen sollte, aber sie hört nicht auf mich. Nenn mich eine Glucke.«

Ich grinste und stemmte die Unterarme auf die Bar. Sie füllte das Weinglas und gab es der Rothaarigen neben mir.

Dann deutete Maddie auf mich. »Mach dich nicht über mich lustig. Ich weiß, dass sie erwachsen ist, aber ich kann einfach nicht anders.«

Mein Grinsen verbreiterte sich. Ich erkannte das Verhaltensmuster. »Ich würde mich doch niemals über dich lustig machen. Ich bin genauso. Ich nenne es das Erstgeborenen-Syndrom. Nett, eine verwandte Seele kennenzulernen. Also kennst du den Besitzer? Oder wieso darfst du statt deiner Schwester arbeiten?«

»Ich habe auch mal hier gejobbt. Direkt nach meinem Umzug hatte ich noch nicht viele Einnahmen aus meiner Firma, also habe ich zusätzlich an der Bar gekellnert. Und jetzt springe ich für meine Schwester ein, wann immer sie verhindert ist, damit sie kein Geld verliert. Was möchtest du denn gerne zu trinken, Landon?«

Ich sah auf die Tafel, die rechts von uns an einer Fläche mit Fliesenimitat hing. Darauf waren mit weißer Kreide mehrere Cocktails aufgelistet. »Ich werde die Spezialität des Hauses nehmen.«

Sie winkte mich mit dem Finger heran, und ich lehnte mich über den Tresen. Obwohl Alkoholdämpfe um uns herumwirbelten, fing ich einen Hauch ihres Parfüms auf und konnte mich kaum davon abhalten, mich noch näher zu ihr zu lehnen.

»Davon wirst du morgen einen echt fürchterlichen Kater bekommen. Darüber haben sich schon mehrere Leute beschwert, inklusive meiner Wenigkeit. Ich kann den Drink nicht empfehlen. Außerdem siehst du sowieso aus wie jemand, der Bourbon trinkt.«

Lachend richtete ich mich wieder auf. »Ich sehe so aus? Ist das die Umschreibung dafür, dass Val über mich geredet hat?«

»Sie hat vielleicht ein paar Dinge erwähnt. Also, einen Bourbon?«

Ich nickte und sah dann Maddie zu, wie sie meinen Drink eingoss. Ich hatte sie in den letzten paar Tagen öfter beobachtet, als ich zugeben wollte. Ich hatte sie jeden Tag überredet, mit mir zu Mittag zu essen. Nun berührten sich unsere Finger, als ich ihr das Glas abnahm, und sie atmete scharf ein und zuckte sogar leicht zusammen, als hätte ich ihr einen elektrischen Schlag verpasst. Was würde sie wohl tun, wenn ich meinen Mund über ihren Hals gleiten ließe oder mit den Zähnen an ihrem Ohrläppchen zog? Vor meinem inneren Auge stieg ein Bild von Maddie auf, die sich fest an mich drängte. Ich hatte ihren Duft noch in der Nase und spürte das Gefühl ihrer Haut an meinen Fingerspitzen, daher konnte ich quasi fühlen, wie sie sich an mich drückte.

»Ich will meinen verdammten Drink.«

Wir sahen beide in die Richtung, aus der die Stimme

gekommen war. Ein Surfer, so wie er aussah. Er zog die Augenbrauen hoch und schlug mit der Hand auf den Tresen.

»Komm schon, es kann doch nicht so schwer sein, einen Mojito zu mixen! Mach dich verdammt noch mal endlich an die Arbeit.«

»Du entschuldigst dich jetzt sofort bei Maddie, und falls du das nicht tun solltest, sitzt du in zehn Sekunden auf deinem jämmerlichen Hintern.« Meine Stimme blieb ruhig, doch ich trat näher an ihn heran und richtete mich zu voller Größe auf.

Der Kerl sackte leicht in sich zusammen, als ihm klar wurde, wie hoch ich über ihm aufragte. Sein Blick schoss zu Maddie, dann wieder zu mir, bevor er kapitulierend beide Hände hob.

»Okay, tut mir leid.«

Maddie lächelte freundlich, während sie seinen Cocktail mixte. »Regel Nummer eins: Verhalte dich nie respektlos gegenüber der Person, die dein Essen oder deine Getränke serviert. Du weißt nie, was sie reinmischt.« Als sie das Glas über den Tresen zu ihm schob, starrte der Kerl es einen Moment an, als hätte er Angst, es zu berühren. Ich prostete ihr mit meinem Drink zu. Ihre Schlagfertigkeit war bewundernswert.

Sie kümmerte sich um die anderen Gäste, während ich mich auf einem Hocker niederließ und meinen Bourbon genoss. Die Bedienungen, die umherliefen, machten ihre Bestellungen selbst fertig, aber Maddie hatte dennoch alle Hände voll zu tun.

Bald darauf stieg eine Band auf die Bühne und spielte Cover-Versionen bekannter Songs sowie ein paar eigene

Lieder. Maddie hatte recht; sie waren gut. Mehrere der Gäste begannen zu tanzen. Und dasselbe galt für Maddie hinter dem Tresen. Sie trug ein blaues Kleid mit einem schwarzen Gürtel um die schmale Taille. Ihre Schultern waren nackt.

»Du bist eine tolle Tänzerin.« Ich saugte die Bewegungen ihrer Hüften in mich auf, die unglaublich rhythmisch-sexy Art und Weise, wie ihr Hintern sich hob und senkte. Plötzlich sah ich deutlich vor mir, wie ich meine Finger in diesen Hüften vergrub und sie gegen mich drückte. Himmel, ich hatte mich seit Jahren nicht mehr so von einer Frau angezogen gefühlt. Ich konnte den Blick nicht von ihr losreißen.

»Danke. Normalerweise tanze ich ihren gesamten Auftritt über, aber die Hausregeln verbieten, dass ich die Bar im Stich lasse. Aber es gibt keine Regel, die mir verbietet, hinter der Bar zu tanzen.«

»Wann endet deine Schicht?«

»Ich schließe ab, also um drei.«

»Und du arbeitest trotzdem morgen an Vals Garten?«

»Genau. Ich werde literweise Kaffee trinken, dann geht das schon.«

»Ich werde mit Val reden. Ich bin mir sicher, es macht ihr nichts aus, wenn du dir einen Tag freinimmst.«

Sie schüttelte den Kopf. »Keine Chance. Ich nehme mir nicht aus persönlichen Gründen frei.«

Die Frau war echt stur. Mir gefiel nicht, dass sie bloß ein paar Stunden Schlaf bekommen würde, aber ich bewunderte ihr Arbeitsethos.

»Meine Wohnung ist nur fünf Blocks entfernt. In nicht einmal zwanzig Minuten bin ich zu Hause«, fuhr sie fort.

»Du gehst du Fuß?«

»Natürlich.« Sie deutete auf mein leeres Glas und fragte: »Noch einen Bourbon?«

»Nein.« Ich wolle einen klaren Kopf behalten, also warf ich einen Blick auf die Karte und bestellte den ersten Drink ohne Alkohol, der mir ins Auge stach. »Ich nehme eine Minzlimonade mit Ingwer und Erdbeere.«

»Du musst dir deiner Männlichkeit sehr sicher sein. Gewöhnlich bestellen das bloß Frauen.«

»Ich habe keinerlei Probleme mit meiner Männlichkeit, Maddie.«

Ihre Lippen öffneten sich, bis sie ein kleines wunderbares O formten. Ich ging ihr unter die Haut, so wie sie mir unter die Haut ging. Ich wandte den Blick nicht von ihr ab, als sie meinen Drink mixte. Sie sah alle paar Sekunden zu mir, und ich genoss es unglaublich, wie sie sich nach jedem Blick kurz auf die Unterlippe biss.

»Hier ist dein Drink!« Sie klang atemlos.

Ich blieb die nächsten paar Stunden an der Bar sitzen, hörte der Band zu, bestellte quasi jedes alkoholfreie Getränk auf der Karte und wehrte jeden Mann ab, der Maddie zu sehr anbaggerte.

»Hör auf, die Gäste zu verschrecken!«, ermahnte Maddie mich, nachdem ich den dritten Mann zum Rückzug gezwungen hatte.

»Er war mehr an dir interessiert, als an etwas zu trinken.«

»Ich weiß, aber du darfst mir trotzdem die Gäste nicht verschrecken.«

»Aber du darfst ihnen von der Spezialität des Hauses abraten?«, forderte ich sie heraus.

»Das mache ich nicht mit jedem. Nur mit Leuten, die ich mag.« Sie zwinkerte mir zu und tanzte weiter, während sie Bier zapfte und Cocktails mixte. Sie hatte unendlich viel Energie und konnte sich wahnsinnig gut bewegen. Je länger ich sie beobachtete, desto dringender wollte ich wissen, wie sie sich an meinem Körper anfühlen würde. Ich wollte mit ihr tanzen – was eine ganz neue Erfahrung für mich war.

Maddie unterhielt sich auch mit anderen Gästen. Jedes Mal, wenn ein Mann sie um ihre Telefonnummer bat, nervte mich das, und es gab mir einen Stich. Sie lehnte jedes Mal ab. Irgendwann dämmerte mir, dass sie vielleicht einen Freund hatte. Wieso war mir der Gedanke bis jetzt nicht gekommen? Eine Frau wie sie war doch sicherlich nicht Single. Sie war klug, schlagfertig und tüchtig. Sie hatte einen Ex-Freund erwähnt, aber das bedeutete nicht, dass es mittlerweile nicht jemand anderen in ihrem Leben gab. Verdammt, dieser Gedanke störte mich. Obwohl ich keinerlei Recht hatte, so zu empfinden.

Je näher drei Uhr rückte, desto mehr Gäste verabschiedeten sich, obwohl die Band weiterspielte, als wäre der Laden nach wie vor gerammelt voll. Eine Viertelstunde vor Ladenschluss befanden sich außer uns nur noch zwei andere Leute in der Bar. Maddie schickte die Bedienungen nach Hause und erklärte ihnen, dass sie allein zuschließen konnte.

Ich beobachtete, wie ihre Tanzbewegungen wilder, leidenschaftlicher wurden, dann konnte ich es einfach nicht mehr ertragen. Ich beugte mich über den Tresen und sagte: »Komm hier raus und tanz mit mir.«

Sie schob die Unterlippe vor. »Darf ich nicht. Ist verboten.«

»Komm hier raus.«

»Landon…«

»Brich mit mir die Regeln, Maddie. Tanz mit mir.«

Sie schluckte schwer, warf einen Blick auf die Uhr, auf die zwei letzten Gäste, die gerade auf dem Weg zur Tür waren… und nickte. Sie trat hinter dem Tresen heraus und kam mit einem scheuen Lächeln zu mir. Das war das erste Mal, dass sie verschämt wirkte. Ihre blauen Augen waren wunderschön.

Ich sah zur Band. Die Musiker hatten begonnen, ihre Sachen einzusammeln, als die Gäste gegangen waren, doch jetzt begannen sie, bloß für uns zu spielen. Es war genau die Art von Musik, die ich wollte. Ich wollte keinen langsamen Tanz, sondern etwas Wildes. Ich ergriff Maddies Hand und führte sie in eine Drehung, bevor ich die Hände an ihre Hüften legte. Sie stand mit dem Rücken zu mir, also trat ich näher an sie heran, bis sich ihre Wirbelsäule an meine Brust drückte. Maddie legte ihre Hände über meine, stieß sie aber nicht weg. Ich hielt uns für einen Moment unbeweglich. Ich musste zuerst fragen. Ich musste es einfach wissen.

»Maddie, bist du gerade mit jemandem zusammen?«

Sie zitterte in meinen Armen, dann drängte sie sich noch fester an mich. »Es gibt niemanden in meinem Leben, Landon.«

»Dann gehörst du für diesen Tanz ganz mir.«

Ich hörte, wie sie nach Luft schnappte. Ihr Haar kitzelte mich im Gesicht. Ihr Knoten hatte sich wieder halb gelöst. Ich zog den Haargummi aus ihren seidigen, weichen Haaren.

»Den lassen wir mal verschwinden, okay? Er ist nur im Weg.«

Sie nickte wortlos, als sie mir den Haargummi abnahm und ihn in einer kleinen Tasche an ihrem Kleid verstaute. Ich schob ihr Haar zur Seite, sodass ihr Nacken frei lag. Danach ließ ich meine Finger länger auf ihrer Haut verweilen, als nötig gewesen wäre, drückte meinen Daumen genau an ihren Haaransatz.

»Wollen wir nun tanzen oder nicht? Ich breche mit dir die Regeln, Landon. Du solltest besser dafür sorgen, dass es das auch wert ist.«

Ich brach gerade ebenfalls einige meiner eigenen Regeln. Das war das erste Mal seit Jahren, dass ich mir erlaubte, einer Frau so nahe zu kommen. Doch das spielte im Moment keine Rolle. Bloß dieser Moment zählte. Bloß Maddie zählte. Sie hatte sich den ganzen Abend danach verzehrt, hemmungslos und wild zu tanzen, aber das war hinter der Bar nicht möglich gewesen. Ich würde ihr geben, was sie brauchte.

Erneut senkte ich meine Hände an ihre Hüften, dann begann ich, uns beide im Rhythmus der Musik zu bewegen. Maddie gab sich der Musik hin, gab sich mir hin, die Bewegungen ihres Körpers geschmeidig und einladend. Ihr Duft trieb mich in den Wahnsinn. Ich wusste, dass ich diese berauschende Süße für lange Zeit im Gedächtnis behalten würde. Ich ergriff ihre Hände, wirbelte sie herum und bemerkte das Funkeln in ihren Augen.

»Du bist ziemlich gut, Landon.«

Ich wirbelte sie noch mal herum, ein zweites Mal, bis sie aus dem Gleichgewicht geriet und in meine Arme sank. Das brachte sie zum Lachen, und ich konnte die Vibrationen an meiner Brust fühlen. Ihre Freude war ansteckend. Ich lachte ebenfalls, doch dann ließ sie sich erneut von der

Musik davonreißen, und ich zog sie an mich. Ich wollte all diese sinnliche Energie in mich aufsaugen. Unsere Körper berührten sich fast auf voller Länge. Hitze stieg in mir auf. Und als ich ihren keuchenden Atem an meinem Kinn spürte, durchfuhr mich ein Schauer der Lust. Ein Tropfen Schweiß rann über Maddies Schläfe zu ihrem Ohrläppchen. Ich wollte sie dort lecken.

Als die Musik abbrach, sahen wir beide fragend zur Bühne. Ich wollte nicht, dass dieser Moment endete. Maddie schien es ähnlich zu gehen, denn sie umklammerte fest meine Hand.

»Tut mir leid, Leute, aber wir haben für euch bereits eine Viertelstunde länger gespielt. Jetzt müssen wir wirklich los.«

Maddie zuckte zusammen und entzog mir ihre Hand. »Oh, ich muss abschließen. Ich habe ganz die Zeit vergessen. Ich …«

Während die Bandmitglieder ihre Instrumente einpackten, wischte Maddie den Tresen ab und stellte die verbliebenen Gläser in die Spülmaschine.

»Landon, du musst nicht auf mich warten.«

»Doch, muss ich. Ich bringe dich noch nach Hause.«

Maddie richtete sich auf und musterte mich, als sähe sie mich zum ersten Mal. »Ich wohne nur ein paar Blocks entfernt.«

»Das ist nicht verhandelbar. Es ist spät, und bei deinem Auto wurde die Windschutzscheibe eingeschlagen. Es ist nicht sicher, dass dir keiner was tut.«

Sie lachte leise. »Ich habe dich erst letzte Woche kennengelernt. Woher soll ich wissen, dass du mir nichts tust?«

»Val kann für mich bürgen. Ruf sie an.«

»Um drei Uhr morgens?« Sie legte mit herausforderndem Blick den Kopf schief.

»Der Besitzer sollte nicht erlauben, dass eine Frau die Bar zuschließt. Ich würde Val das nie erlauben. Er hätte einen der Kellner darum bitten sollen. Nach Geschäftsschluss hängen eine Menge Betrunkene vor der Tür herum, und die meisten Leute, die sich um diese Uhrzeit auf den Straßen herumtreiben, sind auf Ärger aus.«

»Ich gehe jedes Mal allein nach Hause, wenn ich hier bin.«

»Diesmal nicht.«

»Du lässt wohl nicht locker.«

Ich lachte. »So könnte man es ausdrücken.«

»Bist du deswegen den ganzen Abend geblieben? Um mich heimzubringen?«

»Das und weil ich mit dir tanzen wollte. Also wäre das jetzt geklärt.«

»Nein, ist es nicht.«

»Du wirst mich nicht los, Süße. Ich begleite dich nach Hause.«

8

Maddie

Ich gab nach, denn … was konnte ich schon tun? Ich vermutete stark, dass meine Proteste sowieso nichts nutzen würden – Landon hätte mich trotzdem heimgebracht. Er schien die Art von Mann zu sein, die sich nicht in ihren Entschlüssen beirren ließ … und das gefiel mir, fast ein wenig zu sehr. Außerdem sagte es mir zu, dass er mich beschützen wollte. War ich ein wenig gaga?

Ehrlich, ich wusste das Angebot zu schätzen, weil man mit den ganzen Touristen im Sommer nicht vorsichtig genug sein konnte. Grace fuhr nach der Schicht immer mit dem Auto, da sie weiter entfernt wohnte.

Landon hatte durchaus ein Argument mit seinem Hinweis, dass mein Auto demoliert worden war. Und ich musste mir eingestehen, dass ich noch ein bisschen mehr Zeit in seiner Gesellschaft verbringen wollte. Die Art, wie er mit mir getanzt hatte … allein bei der Erinnerung daran schmolz ich dahin. Mein Körper war nach wie vor erfüllt von all den Gefühlen, die er in mir ausgelöst hatte.

»Es ist eine wunderbare Nacht«, meinte ich, nachdem wir die Bar verlassen hatten.

»Toll für einen Spaziergang«, antwortete er. Angesichts der vielen Leute, die unterwegs waren, hätte man nie vermutet, dass es fast vier Uhr morgens war. L.A. war genauso lebendig und pulsierend wie eh und je, auch wenn die Stadt im Sommer stets besonders voll wirkte.

Es gab so vieles, das ich Landon fragen wollte. Ich wollte nicht zu neugierig wirken, aber gleichzeitig wünschte ich mir, mehr über ihn zu erfahren, und zwar von ihm selbst, nicht über Val.

Vielleicht bildete ich mir das ja nur ein, doch als wir getanzt hatten, hatte ich eine Verbindung gespürt – etwas, was über das Knistern zwischen uns hinausging. Im Rausch der Musik schien er sich auf eine Weise zu entspannen, wie er es seit seiner Ankunft noch nicht getan hatte.

»Kann ich dich etwas fragen?«, setzte ich an.

»Sicher.«

»Ist etwas passiert, was dich dazu gebracht hat, dir mal freizunehmen?«

»Wir haben gerade die Verhandlungen für eine Partnerschaft mit einem anderen großen Player in der Branche beendet. So entstehen eine Menge Synergien, daher ergibt das Sinn. Aber ich habe im letzten halben Jahr jeden Tag sechzehn Stunden täglich gearbeitet, um das über die Bühne zu bringen. Ich brauchte mal eine Auszeit. Und ich habe meine Familie vermisst. Es ist Jahre her, dass ich mehr als ein paar Tage mit meinen Geschwistern verbracht habe.« Er lächelte mich an – auf eine Art, die ein seltsames Gefühl in meiner Brust auslöste. »Aber falls dich jemand von ihnen fragen sollte, sagst du bitte, dass ich dringend mal eine echte Pause von allem nötig hatte. Sonst ziehen sie mich ständig damit auf. Außerdem brauchte ich mal einen Urlaub, in dem ich nicht direkt nach dem Aufwachen Verkaufszahlen kontrolliere und mit PowerPoint-Präsentationen ins Bett gehe.«

»Stattdessen entlädst du Holzpfähle und bringst Frauen mitten in der Nacht nach Hause.«

»Nur eine Frau. Und ich tue das gerne wieder. Ich hatte heute Abend viel Spaß, Maddie. Mit dir zu tanzen, war wunderbar.«

Meine Haut kribbelte. Und als er den Kopf schief legte und meinen Blick einfing, wäre ich fast vor seinen Füßen dahingeschmolzen.

»Ich fand es auch wunderbar.«

»Gut genug, um dafür die Regeln zu brechen?«, fragte er.

»Hundertprozentig.«

»Erzähl mir von deiner Schwester.«

»Grace ist unglaublich klug. Sie studiert im Moment Jura mit einem Teilstipendium und arbeitet gleichzeitig in der *Lucky Bar* und ein paar anderen Läden.«

»Und das reicht, um die restlichen Studiengebühren zu bezahlen?«

»Nein, die zahle ich. Sie arbeitet, um ihren Lebensunterhalt zu finanzieren.«

Er lächelte. »Du bist eine tolle Schwester.«

»Danke. Ich will nicht, dass Grace nach dem Abschluss mit einem Haufen Schulden dasteht. Das würde einen Berufsanfänger zu sehr unter Druck setzen.«

Schneller als erwartet kamen wir in meiner Straße an. Wo war bloß die Zeit hin? Winzige Bungalows standen eng nebeneinander. Ich hatte keinen richtigen Garten, aber in L.A. allein zu leben, war auch nicht gerade billig.

Ich war noch nicht bereit, mich von Landon zu verabschieden, hatte allerdings auch nicht vor, ihn ins Haus zu bitten. Mit ihm zu tanzen, hatte Spaß gemacht und war um einiges wilder gewesen als erwartet… doch weiter würde ich nicht gehen.

Ich trat auf meine Veranda, aber Landon blieb auf dem Gehweg stehen, ohne Anstalten zu machen, mir zu folgen. Das gefiel mir sehr – dass er wusste, wann Druck angemessen war und wann er Grenzen lieber respektieren sollte.

»Wir sehen uns morgen, Landon. Danke, dass du mich heimbegleitest hast.«

»Jederzeit, Maddie.« Er zog sein Handy heraus und fragte: »Wie ist deine Nummer?«

»Wofür brauchst du sie?«

Sein Blick war aufs Display gerichtet, aber seine Mundwinkel zuckten. »Du wirst schon sehen. Deine Nummer?«

Ich ratterte die Zahlen herunter, wobei ich Landon genau beobachtete. Mein Herz schlug wie wild gegen meine Rippen, während ich versuchte, die Situation zu deuten. Als er das Handy wieder in die Hosentasche schob, schenkte er mir ein Lächeln. Ich fühlte, wie ein heißes Kribbeln über meine Wirbelsäule glitt, gefolgt von einem kalten Schauder. Ich hatte keine Ahnung, wieso dieser Mann so eine Wirkung auf mich hatte. Dieser Eindruck verstärkte sich noch, als er meine Hand nahm und an seinem Mund hob, wie er es bereits am ersten Tag getan hatte. Er ließ seine Lippen über meine Knöchel gleiten. Diesmal schien die Hitze seiner Lippen in meinen Körper zu fließen und sich direkt in meinem Unterleib zu sammeln. Und als er aufsah und ich bemerkte, wie riesig seine Pupillen plötzlich wirkten, schoss sie direkt zwischen meine Beine. Einen Moment später ließ er meine Hand los. Gott sei Dank.

Hätte er meine Finger noch länger gehalten, hätte ich vielleicht etwas Verrücktes getan. Wie ihn zu küssen. Quatsch. Ich hätte ihn gleich angesprungen.

»Wir sehen uns morgen, Maddie.«

Ich fühlte seinen Blick auf meinem Rücken, als ich die Tür aufschloss und öffnete. Sobald ich drin war, eilte ich zum Fenster und beobachtete, wie Landon mit großen Schritten davonging. Ich musste gegen den Impuls ankämpfen, wieder auf die Veranda zu treten und ihn hereinzubitten.

Dann dämmerte mir, dass er mir nicht verraten hatte, warum er meine Telefonnummer haben wollte. Doch bereits nach ein paar Minuten bekam ich meine Antwort, weil mein Handy piepte, um anzuzeigen, dass ich eine Nachricht hatte.

> Jetzt hast du auch meine Nummer, meine Schöne. Ruf mich an, wann immer du jemanden brauchst, um dich nach Hause zu bringen.

Ich starrte die Nachricht lange Zeit versonnen lächelnd an.

9 Landon

»Hey, hey, da führt aber jemand nichts Gutes im Schilde.«

Ich erschrak fast zu Tode, als ich die Stimme meiner Schwester hörte. Lori saß in Vals Wohnzimmer, zusammengerollt im Sessel neben dem Fenster. Nur das Licht ihres E-Readers erleuchtete ihr Gesicht. Val hatte sie und Milo eingeladen, die Nacht hier zu verbringen, nachdem ich morgen mit den beiden zu einem Festival in der Nähe von Venice Beach fahren wollte. Ich tastete an der Wand entlang, bis ich den Lichtschalter der Lampe in der Ecke entdeckt hatte, dann machte ich sie an.

»Hey, was soll das?« Lori hob mit dramatischer Geste die Hand, um ihre Augen zu schützen.

»Nicht alle von uns können im Dunkeln sehen, Lori. Was tust du hier?«

Sie hob ihren E-Reader. »Ich habe da dieses fantastische Buch, das ich einfach nicht weglegen kann.«

Das kaufte ich ihr nicht ab. »Hast du immer noch Probleme mit dem Schlafen?«

»Ja.« Gewöhnlich erklärte Lori mir im Anschluss, dass

wir beide die Schlafprobleme unserer Mutter geerbt hatten, doch ich war da anderer Ansicht. Mom hatte mir mal erzählt, dass sie nicht schlafen konnte, weil sie sich um so vieles Sorgen machte. »Und, wo warst du?«

»Unterwegs.«

»Komm schon, Landon. Sei lieb zu mir. Weißt du, wie oft ich davon geträumt habe, diejenige zu sein, die dich dabei erwischt, wie du dich ins Haus schleichst?«

Ich lächelte auf meine Schwester herunter, dann beschloss ich, sie noch ein wenig auf die Folter zu spannen. »Ich muss doch meine Geheimnisse wahren.«

»Du bist unmöglich.«

»Aber du hast mich trotzdem lieb.«

Sie seufzte. »Das stimmt.«

Ich unterdrückte ein Gähnen. Ich war müde, doch gleichzeitig vermutete ich stark, dass meine Schwester ein wenig Gesellschaft brauchen konnte. Nachdem ich selbst nicht gut schlafen konnte, wusste ich genau, wie langweilig diese wachen Stunden sein konnten … oder wie finster, je nachdem, welche Gedanken einem gerade den Schlaf raubten. Aus irgendeinem Grund überfielen einen positive Eingebungen nie plötzlich in der Nacht.

Also ließ ich mich in den Sessel neben Lori fallen, obwohl ich wusste, dass ich heute zur Abwechslung einmal direkt hätte einschlafen können. Meine Schwester legte ihren E-Reader zur Seite und sah mich an. Nein, sie musterte mich, das war das richtige Wort für ihren Blick. Ich fühlte mich, als hielte meine Schwester ein Vergrößerungsglas über mich, um nach Hinweisen zu suchen.

»Ich war bei Maddie.«

Lori kniff die Augen zusammen, und ihre Lippen wurden so schmal, dass ich sofort an unsere Mutter denken musste, obwohl Lori ihr nicht im Geringsten ähnlich sah.

»Und was? Hast du deinen Spaß mit ihr, um dich dann mitten in der Nacht davonzuschleichen? Ich hab dich lieb, Bruderherz, aber das ist eine Scheißaktion.«

Ich verzog das Gesicht. »Himmel.«

Lori lächelte nicht mehr. »Das meine ich ernst.«

Ich schüttelte den Kopf. Ich hatte meinen Geschwistern immer nahegestanden, doch zu vorgerückter Stunde mit meiner Schwester über eine angebliche Scheißaktion meinerseits zu diskutieren, war mal etwas Neues.

»Du musst dir keinerlei Sorgen machen, Lori. Ich war mit Maddie in der *Lucky Bar*. Sie hatte eine Schicht für ihre Schwester übernommen. Sie musste bis Ladenschluss bleiben…«

»…und du hast gewartet, um sie nach Hause zu bringen.« Lori seufzte erleichtert. »Mom hat also dafür gesorgt, dass ihr Jungs die Ritterlichkeit unseres Vaters in die nächste Generation tragt. Das freut mich.«

Ihr Kommentar überraschte mich, weil ich mich nicht daran erinnern konnte, dass unser Vater besonders galant gewesen wäre. Er war ein guter Ehemann und Vater gewesen, so viel wusste ich. Aber gewisse Einzelheiten hatten sich mir nicht eingeprägt… oder ich hatte sie wieder vergessen – was noch frustrierender war. Lori war fünf Jahre jünger als ich, doch ich war schon immer der Meinung gewesen, dass Frauen aufmerksamere Beobachter waren als Männer. Mom hatte auf Manieren viel Wert gelegt.

»Ich mochte es nie, wenn Val den Schlussdienst gemacht hat«, sagte ich.

»Ja, ich erinnere mich.«

»Ich fand damals, es wäre nicht sicher. Und heute denke ich darüber nicht anders.«

»Du hast das Richtige getan. Aber jetzt, wo ich weiß, dass du bei Maddie keine Scheißaktion durchgezogen hast, kann ich ja dein Dating-Leben ansprechen.«

»Lori, es ist sechs Jahre her, seitdem dieser Trottel dich und Milo verlassen hast, und du bist immer noch allein. Halte mir keine Vorträge über Beziehungen.«

Sie verspannte sich. Einerseits bereute ich meine Worte, andererseits aber auch nicht. Wir sprachen selten über ihr Privatleben. »Du weißt nichts über meine Dates.«

Da hatte sie nicht ganz unrecht, ihre abwehrende Reaktion verriet jedoch eine Menge. Außerdem hätte ich es erfahren, wenn sie sich wirklich öfter mit jemandem getroffen hätte. Einer meiner Brüder hätte es mir erzählt.

»Es ist sechs Jahre her, Lori«, versuchte ich es noch mal. »Fühlst du dich nicht manchmal einsam?«

»Natürlich tue ich das. Und glaubst du, ich würde nicht gerne losziehen und versuchen, doch noch den Mann fürs Leben kennenzulernen? Im Grunde bin ich ja eine Romantikerin. Aber um den Richtigen zu finden, muss man viele Männer testen. Allerdings sollte ich mir wirklich sicher sein, denn ich will Milo nicht zumuten, dass er glaubt, er bekäme endlich eine Vaterfigur im Leben, bloß um ihn dann zu enttäuschen, weil vielleicht nichts daraus wird.«

»Das verstehe ich.«

»Will wird dir wegen dieses Gesprächs die Hölle heiß machen. Du solltest die strengen Blicke sehen, die er jedem Kerl zuwirft, der auch nur in meine Nähe kommt. Als wäre ich noch sechzehn oder so.«

Ich unterdrückte ein Lächeln. Ich wusste zufällig, dass

Will fest davon überzeugt war, er verhielte sich ganz unauffällig und Lori hätte nichts davon gemerkt.

»Mit Will komme ich schon klar.«

Lori lachte. »Du bist aus der Übung, Landon.«

»Dann wird es definitiv Zeit, es wieder mit ihm aufzunehmen, würde ich sagen.«

»Da stimme ich dir von Herzen zu. Es ist so schön, dich hier zu haben. Wer sonst würde wach bleiben und sich mit mir unterhalten, obwohl er todmüde ist?«

»Charmant. Du sorgst gerade dafür, dass ich mich als etwas wirklich Besonderes fühle.«

Sie ließ den Kopf gegen die Sessellehne sinken und gähnte. »Danke, dass du Milo so verwöhnst und mit ihm trainierst. Das bedeutet ihm eine Menge.«

»Lenk nicht ab!«

»Ich habe zu diesem speziellen Thema einfach nichts mehr zu sagen.«

Ich war in Versuchung, meine Schwester noch ein wenig zu bedrängen, entschied mich aber dagegen. Außerdem wirkte Lori müder als bei meiner Ankunft … und als ebenfalls an Schlaflosigkeit leidender Mensch wusste ich, dass sie besser sofort ins Bett gehen sollte. Wie aufs Stichwort gähnte sie wieder.

»Ich glaube, ich gehe jetzt schlafen«, meinte sie.

»Gute Nacht, Lori.«

Anscheinend würde zumindest einer von uns gut schlafen, und das war sicher nicht ich. Obwohl ich bei meiner Heimkehr bereit gewesen war, einfach umzufallen, fühlte ich mich nun, als ich Lori dabei beobachtete, wie sie die Treppe nach oben stieg, hellwach.

Meine Gedanken wanderten zu Maddie. Ich konnte

nicht leugnen, dass ich mich von ihr angezogen fühlte. Alles an Maddie sprach mich an. Wenn sie lächelte, schien der Raum heller zu werden – und ich wollte an diesem Licht teilhaben. Ich wollte *sie*. Ich mochte ihr Lächeln, ihr Lachen, die Art, wie ihre Augen leuchteten, wenn sie von Grace sprach. Mochte ihre wilde Entschlossenheit, ihrer Schwester zu helfen.

Ich hatte ihr nur deswegen keinen Abschiedskuss gegeben, weil ich genau wusste, dass ein Kuss niemals genug sein konnte. Ich wollte mehr. Wollte ihre Haut schmecken, sie zum Stöhnen bringen. Alles vollkommen neue Empfindungen, die eigentlich dafür hätten sorgen müssen, dass ich mich abrupt zurückzog. Ich hatte nach Rachels Tod hart darum gekämpft, wieder auf die Beine zu kommen. Ich hatte mir selbst geschworen, nicht noch mal zuzulassen, dass jemand mir so viel bedeutete; hatte mir eingeredet, dass ich das gar nicht wollte. Aber wenn es um Maddie ging, wollte ich ihr einfach bloß näherkommen.

Ich ging ebenfalls nach oben. Auf den Stufen zog ich mein Handy aus der Tasche und entdeckte eine Nachricht von Maddie, die sie vor ungefähr einer halben Stunde geschickt hatte.

Maddie: Bist du gut nach Hause gekommen?

Obwohl sie inzwischen wahrscheinlich schlief, schrieb ich trotzdem zurück. Sie würde die Nachricht morgen früh entdecken.

Landon: Das Taxi hat mich vor einer Weile abgesetzt, und ich habe mich noch ein wenig mit Lori unterhalten.

Bereits wenige Sekunden später bekam ich ihre Antwort.

Maddie: Ist Schlaflosigkeit bei euch eine Familienkrankheit? An meinem ersten Tag bei Val bin ich um zwei Uhr morgens noch mal vorbeigekommen, weil ich vergessen hatte, eine der Maschinen auszuschalten, und Val saß mit dem Laptop auf der Veranda!!

Ach wirklich? Und Val nannte mich einen Workaholic. Mein Daumen schwebte über den Tasten, doch ich wollte nicht zurückschreiben. Ich wollte ihre Stimme hören. Ich brauchte das. Himmel, es war weniger als eine Stunde her, dass ich sie abgesetzt hatte, und ich vermisste sie jetzt schon. Ich ging in mein Zimmer und wählte ihre Nummer, sobald ich die Tür hinter mir geschlossen hatte.

»Hmmm, die Antwort ist so lang, dass ein Anruf angesagt ist?«

»Ich unterhalte mich lieber, statt zu tippen.« Das stimmte zwar nicht ganz, da meiner Meinung nach bei der Arbeit E-Mails oft produktiver waren als Telefongespräche, aber allein ihre Stimme zu hören, brachte mich bereits zum Lächeln. »Es ist wirklich eine Familiensache. Mom war so, und Lori ist genau wie sie. Wieso schläfst du nicht?«

»Ich bin zu aufgedreht. Tanzen hat gewöhnlich diesen Effekt auf mich … besonders mit einem Partner, der weiß, was er tut. Und du hast dein Versprechen auf jeden Fall gehalten.«

Ich ließ mich angezogen aufs Bett sinken. Ich konnte mir keinen Reim auf die Enge in meiner Brust machen. Der Gedanke, wie Maddie mit anderen Männern tanzte, trieb mich in den Wahnsinn. Was sollte das? Ich hatte schließlich kein Recht dazu, in Bezug auf sie solch besitzergreifende Gefühle zu hegen.

»Worüber hast du mit Lori geredet?«, fragte sie.

»Sie. Milo. Sie hat mich gefragt, wo ich heute Abend war.«

»Ich kann ihr die gesamte Geschichte erzählen und für deine herausragenden Tanzfähigkeiten bürgen.«

Ihre letzten Worte klangen fast zittrig, und sofort schoss Hitze unter meine Gürtellinie. Dann folgte ein gurgelndes Geräusch, als hätte sie versucht, ein Gähnen zu unterdrücken.

»Geh schlafen, Maddie. Du bist müde.«

»Hm, ich weiß, aber ich rede gern mit dir. Das ist besser als schlafen. Erzähl mir von deinem Leben in San José.«

»Ich wache um fünf Uhr auf, antworte auf alle ausstehenden E-Mails, dann gehe ich für eine Stunde ins Fitnessstudio. Wenn ich im Büro ankomme, spreche ich mit meiner Assistentin den Terminplan durch. Ein typischer Arbeitstag besteht aus einem Meeting nach dem anderen, mal intern, mal extern. Ungefähr um elf gehe ich wieder nach Hause.«

»Nachts? Bist du überhaupt ein Mensch? Wie kannst du dich so lange konzentrieren?«

»Gewohnheit.«

»Was machst du am Wochenende?«

»Am Samstag skype ich ein oder zwei Stunden mit Milo, bevor ich ins Büro gehe. Und am Sonntag arbeite ich vormittags und spiele nachmittags Fußball.«

Ein Moment der Stille, dann: »Wow.«

Ich stellte mir vor, wie Maddie im Bett lag. Schlief sie nackt? Oder nur mit einem alten T-Shirt, das ihr gerade mal bis zum Po ging? Meine Erektion drängte gegen meine Hose, also öffnete ich Gürtel und Knopf, um den Druck zu mildern. Doch das reichte nicht aus, besonders, als mir weitere Bilder durch den Kopf schossen.

»Was ist das Ungeheuerlichste, was du je getan hast?«, fragte ich unverblümt. Ich wollte alles über Maddie erfahren.

»Wow, jetzt geht es aber zur Sache. Du zuerst.«

»Während einer Verbindungsfeier in Harvard bin ich nackt über den Campus gerannt, obwohl es draußen Minusgrade hatte.«

»Das ist nicht ungeheuerlich. Das ist dumm.«

»Ich weiß. Du bist dran.«

»Ich habe mich im Zuge einer Mutprobe überreden lassen, nackt baden zu gehen. Nachts, an einem Strand in Malibu.«

Sofort stellte ich mir vor, wie Maddie nackt im Meer schwamm.

»Da hätte ich gerne Mäuschen gespielt – na ja, Sandmaus«, sagte ich und hörte, wie sie nach Luft schnappte. »Was magst du noch, Maddie?«

»Jede Menge Dinge. Burritos mit extra viel Käse und Guacamole. Mir es mit einem guten Buch und einer Tasse heißem Kakao auf dem Sofa gemütlich machen. An einem leeren Strand in der Sonne liegen.«

»Was noch?«

»Mit jemandem tanzen, der dafür sorgt, dass mein gesamter Körper sich lebendig anfühlt.« Ihre letzten Worte klangen kehlig. Ich schob den Reißverschluss meiner Jeans nach unten, um meine Erektion zu befreien. Ein Stöhnen entrang sich meiner Kehle, und mir wurde klar, dass ich den Anruf beenden musste, bevor sie bemerkte, was bei mir los war.

»Das ist ja ganz schön viel«, sagte ich angespannt.

»Du klingst müde.«

»Wir sollten es gut sein lassen.«

»Wir sehen uns morgen, Landon.«

»Schlaf schön.«

Kaum dass Maddie aufgelegt hatte, ließ ich das Handy fallen. Ich stöhnte erneut, als ich meinen Ständer umfasste und mir vorstellte, sie wäre hier bei mir. Ich bewegte meine Hand immer schneller, bis ich kam, doch mein Verlangen nach Maddie konnte das nicht befriedigen.

10

Maddie

Ich schlief überhaupt nicht. Nachdem ich das Telefonat mit Landon beendet hatte, wurde mir klar, dass ich in zwei Stunden wieder aufstehen musste, weil ich noch nach Grace sehen wollte, bevor ich zu Val fuhr – und zwei Stunden Schlaf würden mich nur müder machen. Also kochte ich stattdessen eine Suppe für Grace, schaute bei der Apotheke vorbei, da ich mir sicher war, dass sie keine Erkältungsmedikamente mehr hatte, und fuhr zu ihrer Wohnung. Und das Seltsame daran? Ich war so voller Tatendrang, dass man hätte glauben können, ich hätte volle acht Stunden geschlafen und nach dem Aufwachen ein paar Koffeintabletten eingeworfen.

Womöglich war ich ja immer noch high von meinem Gespräch mit Landon. Ich war mir sicher, dass ich irgendwann zusammenbrechen würde, doch vielleicht würde der Anblick eines gewissen Connor-Bruders mich gleich wieder mit dieser seltsamen, überschäumenden Energie erfüllen.

Meine Schwester war wach, als ich in ihrer winzigen Wohnung ankam. Ihre Mitbewohnerin war diese Woche nicht da.

»Was ist denn mit deinen Haaren passiert?«, kreischte sie, statt mich zu begrüßen. Sie saß im Schneidersitz auf ihrem Bett. Sie lehnte am Kopfende des Bettes, massenweise gebrauchte Taschentücher um sich herum verteilt. Grace sah mir sehr ähnlich, so sehr, dass die Leute uns oft für Zwillinge hielten, obwohl sie sieben Jahre jünger war als ich.

»Friseur-Debakel. Ich war in einem neuen Salon, weil ich dringend einen Schnitt nötig hatte.«

»Selbst mit verbundenen Augen könnte ich dir die Haare besser schneiden.«

»Ich weiß. Wie fühlst du dich?«

Ihre Nase war rot und geschwollen, genau wie ihre Augen.

»Nicht gut. Ich werde heute zum Arzt gehen. Du hattest recht. Ich hätte das schon früher machen sollen.«

Ich presste die Lippen aufeinander, um sie nicht daran zu erinnern, dass ich ihr das gleich gesagt hatte. Es gab Zeiten, da durfte ich ihr meine Ältere-Schwester-Weisheit unter die Nase reiben – aber jetzt im Moment wäre es unpassend gewesen.

»Ich habe dir Hühnersuppe mitgebracht. Habe sie in die Küche gestellt. Willst du, dass ich dir etwas davon bringe?«

»Nö, ich werde später essen. Danke, Maddie. Du sorgst so gut für mich.«

Ich wuschelte ihr durchs Haar. Sie schob meine Hand zur Seite und gab vor, genervt zu sein. Ich liebte es, mich um sie zu kümmern. Seitdem ich groß genug war, an den Herd zu kommen, hatte ich immer ihre Lieblingsgerichte gekocht. Unsere Eltern waren ständig unterwegs, entweder bei Auftritten oder bei Proben. Ich hatte sehr darunter gelitten, dass niemand sich um mich gekümmert hatte, und hatte auf keinen Fall gewollt, dass Grace sich genauso fühlte.

Doch vor der Unbeständigkeit eines Musiker-Einkommens hatte ich sie nicht schützen können. Sie hatte ihre gesamte Kindheit über meine abgelegten Sachen aufgetragen, und es hatte Weihnachtsfeste gegeben, wo wir uns nicht mal ein Festtagsessen leisten konnten. Aber ich war entschlossen, auszugleichen, was eben möglich war.

»Wie war es gestern in der *Lucky Bar*?«, fragte sie.

Ich rutschte auf meinem Platz am Fußende des Bettes herum, während ich die Vor- und Nachteile abwog, ihr alles von der Schicht zu berichten. Ich hatte ihr nicht erzählt, wie sehr ich mich von Landon angezogen fühlte, doch nun platzte ich fast, weil ich alles preisgeben wollte. Also lehnte ich mich ans Fußende und schüttete ihr mein Herz aus – beschrieb jedes winzige Detail vom Tanz, dem Spaziergang nach Hause und dem Telefonanruf.

»Moment, Moment, eine Sekunde. Welcher ist Landon?«

»Der, der in San José lebt.«

Sie hob einen Finger, als wolle sie mich auffordern, kurz zu warten, griff nach ihrem Smartphone und tippte etwas.

»Der sieht ja super aus! Landon ist … wie eine Kombination aus all meinen Lieblingsschauspielern. Ich meine, das hier ist nur eine Profilaufnahme, aber ich nehme mal an, dass ein Mann mit diesem Gesicht auch den passenden Körper hat.«

Ich grinste. »Er ist heiß. Ich habe ihn ein paarmal in Joggingklamotten gesehen. Und die überlassen wenig der Fantasie, vertrau mir.«

Grace schnäuzte sich lautstark, dann erschien ein verträumter Ausdruck auf ihrem Gesicht. »Und er ist ein guter Tänzer, hm? Du weißt doch, was man über gute Tänzer sagt.«

»Oh, das weiß ich.« Ich dachte noch einmal an die Nacht zurück. Die Art, wie Landon sich bewegt hatte … ich nahm an, dass er im Bett genauso toll wäre wie auf der Tanzfläche. Als er mich gefragt hatte, ob ich mit jemandem zusammen war, hatte ich halb damit gerechnet, dass er mich in eine Drehung führte und küsste. Doch dann wurde mir klar, wieso er gefragt hatte. Er hätte nicht auf diese Weise mit mir getanzt, wenn es jemand anderen in meinem Leben geben würde. In gewisser Weise war unser Tanz sogar intimer gewesen als ein Kuss.

Grace legte den Kopf schräg und musterte mich. »Irgendetwas stimmt da nicht. Gewöhnlich gibst du nicht so offen zu, dass du einen Mann magst. Nicht seit …«

»Sprich seinen Namen nicht aus.«

»Ich wollte eigentlich *er, dessen Name nicht genannt werden darf* sagen. Seit ihm warst du immer … wachsam.«

Ich hatte nach Owen mal versucht, mit Männern auszugehen, viel war allerdings nicht dabei herausgekommen. Ich zuckte mit den Achseln und spielte an der Bettdecke herum. »Ich weiß. Aber Landon ist unerreichbar für mich, wie ein Filmstar. Daraus wird nichts, verstehst du? Weil sowieso alles nur in meiner Fantasie stattfinden wird.«

»Dieser Tanz hat sich nicht bloß in deiner Fantasie abgespielt.«

»Ich weiß, aber das war nichts weiter als ein Tanz.«

Ich konnte Grace das Rätsel, das Landon darstellte, nicht erklären – vor allem, da ich es selbst nicht ganz verstand. Doch auch wenn ich mit ihm Spaß haben und sogar ein wenig flirten konnte, konnte ich spüren, dass er niemanden an sich ranließ, um sich zu schützen. Ich wollte die Hand ausstrecken und ihn an mich ziehen, aber ich wusste nicht, wie. Schließlich war ich nicht gerade eine Koryphäe im Niederreißen von Barrieren. Ich hatte nach Owen meine eigenen Schutzmauern errichtet. Ich wollte mein Herz für niemanden mehr aufs Spiel setzen. Aber verdammt, ich hatte es geliebt, wie Landon mich letzte Nacht angelächelt hatte. Ich wollte ihn glücklich sehen. War das verrückt?

»Willst du, dass ich dich zum Arzt fahre?«, fragte ich.

»Nö, ist schon okay. Ich kann fahren.«

»Dann sollte ich jetzt aufbrechen. Wenn ich früher bei Val bin, bin ich auch eher fertig, und dann können wir uns heute Abend weiter unterhalten.«

»Pass auf dich auf.«

Auf dem Weg zu Val leerte ich den großen Becher Kaffee, den ich mir im Starbucks gegenüber von Grace' Wohnung besorgt hatte, aber ich konnte nun schon fühlen, wie die Müdigkeit von mir Besitz ergriff. Und dabei war es erst acht Uhr morgens. Doch es gab einen Lichtblick. Ungefähr um diese Zeit ging Landon immer laufen … außer Lori setzte Milo früher fürs Fußballtraining ab. Auf jeden Fall standen die Chancen gut, ihn in Trainingsklamotten zu sehen.

Ich schaltete das Radio an, in der Hoffnung, dass ein paar schnelle Beats meine Müdigkeit vertreiben würden. Nach drei Songs war ich allerdings total schläfrig. Dann wurde die Musik für eine Eilmeldung unterbrochen.

»Ein Sturm wird heute von der Küste anrollen. Wir rechnen mit heftigem Regen. Einzelne Windböen können bis hundertzwanzig Stundenkilometer erreichen.«

Fantastisch. Ich hatte mir gestern den Wetterbericht angehört, und da hatten sie noch behauptet, der Sturm würde an L.A. vorbeiziehen. Das war mal wieder typisch. Ich stöhnte, als der Verkehr auf dem Cienega Boulevard quasi zum Stillstand kam. Stau stand mehr oder weniger auf der Tagesordnung … aber gerade konnte ich das gar nicht brauchen, besonders nicht bei dieser Nachricht. Denn sie bedeutete, dass ich noch alles Nötige kaufen musste, um Vals Garten abzudecken. Regen brachte bei abschüssigem Gelände stets die Gefahr von Erosion mit sich. Ich schnappte mir mein Handy und sah nach, wo der nächste Laden lag. Dann stöhnte ich wieder. Ich würde viel zu spät zu Val kommen. Ich brauchte halb durchlässige Abdeckplane und Heringe, um sie zu befestigen. Im Sommer hatte ich solche Dinge nicht immer dabei, weil es da selten regnete. Ein Sturm am letzten Junitag war wirklich ungewöhnlich.

Nachdem ich endlich alles gekauft hatte, zogen bereits dunkle Wolken heran, und der Wind war eisig. Dieser Sturm war heftig, aber die Jungs und ich konnten es schon noch schaffen, den gesamten Vorgarten abzudecken, bevor der Himmel seine Schleusen öffnete.

Vor Vals Eingangstor war es leerer, als ich erwartet hatte. Val war wahrscheinlich im Büro, doch als ich gestern weggefahren war, hatte auch Loris Wagen in der Einfahrt gestanden. Erst da fiel mir ein, dass Milo mir erzählt hatte, dass sie heute zu einem Festival in Venice Beach wollten und vorhatten, um acht zu starten. Und dann wurde mir klar, was genau an dem Bild nicht stimmte, das sich mir bot. Nur Jacob war zur Arbeit erschienen – allerdings tat er keinen Handgriff. Er lehnte an seinem Auto … und wartete.

Ich hatte ein ungutes Gefühl. Das durfte doch nicht wahr sein! Nicht heute, mit einem drohenden Sturm. Plötzlich hellwach stieg ich aus dem Wagen.

»Hey, Jacob! Wo ist Sevi?«

Er warf mir einen entschuldigenden Blick zu. Verdammter Mist! Ich wusste jetzt schon, was er sagen würde.

»Tut mir leid, Maddie, wir haben gestern ein Angebot bekommen. Heute ist der erste Arbeitstag. Sevi ist bereits dort. Ich wollte es dir bloß persönlich sagen.«

Das war der Teil meines Geschäfts, den ich hasste. Die Leute ließen mich einfach im Stich, weil eine neuere, größere, bessere Baustelle Arbeiter suchte. Ich war stinksauer, versuchte aber, ruhig zu bleiben.

»Jacob, sei vernünftig. Ihr könnt nicht mitten in einem Projekt kündigen. Ich zahle den üblichen Lohn.«

Er zuckte mit den Achseln. »Das andere Projekt ist größer, Maddie. Damit sind wir bis Ende des Jahres beschäftigt.«

»Bleib noch heute, damit wir den Garten sichern können, ehe der Sturm kommt.« Ich schaffte es einfach nicht mehr, mir meinen Ärger nicht anmerken zu lassen. Heute war der letzte Tag im Juni, und ich hatte ihnen den Lohn für den Monat bereits bezahlt, also konnte ich ihn nicht mal damit erpressen.

»Geht nicht, Maddie. Tut mir wirklich leid. Es geht heute los. Ich muss dort auftauchen, damit sie den Job nicht an jemand anderen vergeben.«

Er zuckte noch mal mit den Achseln, dann stieg er in seinen Wagen und fuhr davon. Ich wollte schreien und gegen Sachen treten, vielleicht sogar ein wenig heulen. Wieso waren die Leute so unzuverlässig? Auf keinen Fall konnte ich es schaffen, noch neue Arbeiter zu finden, bevor der Sturm heranzog. Mit zitternden Händen holte ich mein Handy hervor und fing an, Angebote in allen Gruppen zu posten, die mir einfielen. Damit würde ich nur übergangsweise Arbeiter für die nächste Woche bekommen, aber sie würden ausreichen müssen, bis ich einen dauerhaften Ersatz für Sevi und Jacob fand. Es bestand die realistische Möglichkeit, dass ich dieses Projekt nicht termingerecht fertig bekommen würde. Ich hasste diesen Gedanken. Ich wusste, dass es Val nichts ausmachen würde, doch ich hielt gerne meine Deadlines ein. Deswegen war ich überhaupt so weit gekommen, weil ich verlässlich war.

Aber jetzt gab es bloß eines, was ich tun konnte.

Ich musste mich in die Arbeit stürzen. Und zwar sofort.

11 Landon

Venice Beach sah genauso aus wie in meiner Erinnerung … und es wimmelte von Leuten. Das Festival zog sich an der Promenade entlang. Die Verkaufsstände mit ihrem Holzspielzeug sahen seltsam aus zwischen den Palmen und den Leuten mit Surfbrettern unter dem Arm oder Cocktails in den Händen. Mein Bruder Will wollte sich ebenfalls hier mit uns treffen.

»Wenn wir uns beeilen, können wir uns noch alle Stände ansehen, bevor der Sturm losbricht«, meinte Lori. »Ich kann es einfach nicht glauben. Ein Sturm.«

Sie hängte sich bei mir ein, und dann stürzten wir uns ins Getümmel. Milo sprang von einem Stand zum nächsten.

»Ich hatte ganz vergessen, wie es ist, neben dir zu gehen«, meinte Lori lachend. »Ich fühle mich, als wären wir Teil einer Parade. Bis jetzt habe ich zehn Frauen gezählt, die dich abgecheckt haben. Und das, obwohl ich an deinem Arm hänge. Sie wissen ja schließlich nicht, dass ich deine Schwester bin.«

»Ich dachte, du willst, dass ich mich verabrede?«

»Oh, das tue ich. Aber lass dir eins gesagt sein: Wenn die Lippen einer Frau aussehen, als wären sie geliftet – oder wenn sie zwischen ihrem Handy und dir hin und her schaut –, dann nichts wie weg! Unzählige Frauen würden sich gerne einen Tech-Mogul angeln. Dein Vermögen ist größer als das von einigen, die sich auf dem Walk of Fame verewigt haben. Dein Gesicht ist in genug Zeitschriften abgebildet worden, dass die Leute dich erkennen. Aber keine Sorge, ich beschütze dich.«

»Ich bin dein älterer Bruder. Wenn, dann muss ich auf dich aufpassen.«

Lori schnaubte und drückte sich enger an mich. »Ich erinnere dich ja nur daran, wie es hier L.A. läuft. Du hast keinen Ring am Finger, um die Damen auf Abstand zu halten.«

Doch selbst als ich noch verheiratet gewesen war, hatte der Ring niemals diejenigen abgehalten, die sich einen großen Fisch angeln wollten. Mich hatte das allerdings damals nicht interessiert, und nun war das nicht anders. Meine Gedanken waren bei Maddie.

Eine Viertelstunde später tauchte Will mit seiner Dienstmarke am Gürtel auf und schlug mir auf die Schulter.

»Ernsthaft? Musst du ständig mit dieser Dienstmarke herumwedeln, wo auch immer du bist?«, fragte Lori herausfordernd. »Du bist nicht beruflich hier.«

»Mit der Dienstmarke gehen gewisse Vorteile einher. Die Leute überlegen zweimal, bevor sie etwas Dummes tun.«

Loris Blick folgte Milo von einem Stand zum anderen, dann hängte sie sich auch bei Will ein. An manchen Tagen konnte ich einfach nicht glauben, dass Will als Cop arbeitete. Als er uns seinen Berufswunsch verkündet hatte, waren wir vollkommen überrascht gewesen. Als Heranwachsender hatte er absolut nichts von Regeln gehalten und war sogar ein paarmal mit der Polizei in Konflikt gerade. Was für ein Widerspruch. Val hatte nach seiner Ankündigung so viele Witze über Cops gerissen, dass mir sofort klar gewesen war, dass da etwas nicht stimmte. Kaum war Will verschwunden, hatte sie angefangen zu weinen und besorgt gesagt: »Er wird eine Waffe tragen. Er wird mit Verbrechern zu tun haben. Was, wenn ihm etwas zustößt?«

Insgeheim hatte ich ihr zugestimmt. Doch wenn Will das wollte, gab es nichts, was wir dagegen tun konnten. Val hatte gehofft, es wäre nur eine Phase, aber ich sah das realistisch. Will hatte sich das in den Kopf gesetzt, und wenn er sich mal für etwas entschieden hatte, dann zog er das auch durch – und genauso kam es schließlich. Ich war stolz auf ihn, obwohl sein Job etwas zu gefährlich war, als dass ich mich damit wirklich wohlfühlen konnte.

Als graue Wolken sich am Himmel auftürmten, schossen meine Gedanken zu Maddie und ihrer Entschlossenheit, das Projekt innerhalb des Zeitplans durchzuziehen. Kalkulierte sie bei ihren Planungen für einen Auftrag auch schlechtes Wetter mit ein? Oder würde sie einfach stur im Regen weiterarbeiten? Aus irgendeinem Grund glaubte ich, die Antwort zu kennen.

»Sie hatten anscheinend recht mit ihrer Sturmwarnung«, meinte ich.

»Sturmwarnung?«, fragte Will.

Lori nickte. »Sie haben es heute Morgen verkündet. Ich frage mich, inwieweit das die Terrassierung von Vals Garten beeinträchtigen wird.«

»Ich werde nach Maddie sehen, wenn ich wieder zu Hause bin«, versicherte ich ihr.

Lori zog die Augenbrauen hoch, dann spielte ein wissendes Lächeln um ihre Lippen. »Also, was hast du heute noch für Pläne, Landon?«

Sie sagte nicht, *außer nach Maddie zu sehen,* doch ich wusste trotzdem, worauf sie mit ihrer Frage abzielte.

»Ich treffe mich vor dem Abendessen mit Craig und seiner Frau.« Craig war einer unserer ältesten Freunde.

»Also hast du nach dem Abendessen noch nichts vor? Vielleicht sollte ich dich ausführen«, zog Lori mich auf.

»Ach, hast du noch nicht genug von meinen Älterer-Bruder-Kommentaren?«, schoss ich zurück, wobei ich gegen ein Lächeln ankämpfte.

Sie kniff die Augen zusammen, um mich gespielt drohend anzusehen. »Also willst du diese Tour fahren?«

Ich hob eine Hand. »Das ist nur fair. Hinterhältige Taktiken wende ich bloß bei Leuten an, in deren Adern nicht das gleiche Blut fließt wie in meinen.«

»Das behauptest du zumindest immer«, murmelte sie.

»Ich kann dir helfen«, bot Will an. »Womit hast du sie aufgezogen? Ich falle auch in die Älterer-Bruder-Kategorie.«

»Kumpel, du bist der Drittälteste in der Familie«, sagte Lori. »Damit bist du auf keinen Fall einer von den großen Geschwistern. Und auch nicht das Nesthäkchen. Du bist genau wie ich ein Sandwichkind.«

Das stimmte. Jace war der Jüngste, gefolgt von Hailey. Dann kamen Lori und Will. Aber ich verstand, wieso Will sich als Teil der Älteren-Gruppe fühlte. Wenn Val und ich im Pub gewesen waren, hatte er oft Abendessen für Lori,

Hailey und Jace gekocht und ihnen bei den Hausaufgaben geholfen.

Ich hatte es vermisst, mich mit meinen Geschwistern zu kabbeln, seitdem ich weggezogen war.

»Val und Landon sind Zwillinge. Streng genommen bin ich der Zweitälteste.«

Lori rümpfte die Nase und lenkte uns alle in Richtung Milo, der bereits zwei Stände weiter war als wir. »Formfragen zählen für mich nicht, genauso wenig wie deine Dienstmarke.«

»Du scheinst sie aber recht hilfreich zu finden, wann immer du mich bittest, irgendwelche irren Regeln für Milo zu erfinden. Erinnerst du dich daran, wie du mich gezwungen hast, ihm zu erzählen, dass ich ihn dafür verhaften könnte, dass er zu viele Süßigkeiten isst?«

»Aber es ist einfach toll, so was an dich abzugeben. Er glaubt fest an Dienstmarken. Und ich glaube an Schokoladen-Fudge.« Lächelnd zeigte sie auf einen Stand. »Ich lade euch alle ein.«

»Du musst nicht …«, setzten Will und ich an, aber sie fiel uns ins Wort.

»Ich lade euch ein. Kein Widerspruch. Ein kleines Dankeschön, dass ihr heute mitgekommen seid.«

Eine halbe Stunde später begann es zu schütten. Wir schafften es gerade noch rechtzeitig, unter einer Plane Schutz zu suchen. Wir warteten und warteten noch ein wenig länger, aber der Regen schien nicht aufhören zu wollen. Ich hatte Maddie einmal eine Nachricht geschrieben, doch sie hatte nicht geantwortet. Langsam begann ich, mir Sorgen zu machen. Arbeitete sie etwa dort draußen im Regen?

Als klar wurde, dass der Niederschlag nicht nachlassen würde, verabschiedete ich mich von Will, Lori und Milo und winkte ein Taxi heran. Ich schrieb Maddie noch einmal, sie antwortete allerdings nicht. Der Regen war so heftig, dass man jenseits des Fensters kaum etwas erkennen konnte. Und der Verkehr war der reinste Albtraum. Es kostete mich gefühlte Stunden, das Haus zu erreichen.

Als ich aus dem Taxi stieg, sah es aus, als stände nur Maddies Wagen vor dem Grundstück. Ich trat durch das Eingangstor und ließ meinen Blick über das Grundstück gleiten. Innerhalb von Sekunden war ich vollkommen durchnässt. Ich musste mir die Hand schützend über die Augen halten, um nicht vom Regen geblendet zu werden. Der gesamte Garten sah aus, als wäre er mit einer Art Plastikfolie abgedeckt. Bloß der Holzweg war frei. Ich konnte Maddie nirgendwo entdecken, und sofort fühlte ich mich besser. Doch als ich meinen Blick noch einmal schweifen ließ, erregte eine Bewegung ganz hinten links meine Aufmerksamkeit.

Ich stöhnte. Da war sie, die Hände in eine Ecke der Folie verkrallt. Und sie … führte Selbstgespräche? Ich konnte es nicht genau erkennen, aber sie redete und schüttelte den Kopf, ohne dass jemand in der Nähe gewesen wäre. Ich ging direkt zu ihr.

»Was tust du hier draußen?« Ich tippte sie auf die Schulter. Mit einem Kreischen wirbelte sie herum.

»Ich muss die Plane mit Heringen befestigen«, erklärte sie.

»Wo sind die Jungs?«

»Sie haben gekündigt.«

»Maddie, lass uns reingehen. Du kannst das fertig machen, wenn der Regen ein wenig nachgelassen hat.«

Sie schüttelte den Kopf. »Wenn ich das nicht sichere, könnte der Regen die Erde wegschwemmen.«

Soweit ich sehen konnte, hatte sie bereits in regelmäßigen Abständen Spieße in die Erde gerammt. Für mich schien die Plane zweifellos zu halten.

»Maddie, du bist vollkommen durchnässt. Und ich auch.«

»Dann geh rein. Ich muss das hier fertig machen.«

Sie machte sich weiter an einem Spieß zu schaffen. Ich packte ihre Handgelenke und sah ihr direkt ins Gesicht.

»Maddie, hör auf, so stur zu sein, oder ich schwöre, ich werfe dich über die Schulter und trage dich ins Haus.«

Sie löste eine Hand aus meinem Griff und hob warnend einen Finger. »Du kapierst es einfach nicht.«

Und ob ich das begriff. Ich kannte das fiebrige Gefühl, etwas in Ordnung bringen zu wollen, wenn ein Problem gerade so eskalierte, dass es sich jeder Kontrolle entzog. Ich erlebte solche Situationen im Büro mindestens zweimal die Woche, und weiterarbeiten hatte letztendlich immer zum Erfolg geführt. Doch ich hatte nicht vor, zuzulassen, dass Maddie sich eine Lungenentzündung holte.

Sie versuchte, mir auch ihr zweites Handgelenk zu entziehen, aber ich packte sie fester. Ich ließ meinen Blick über ihren Körper gleiten, um den besten Weg zu finden, wie ich sie über die Schulter werfen konnte, als sie rief: »Oh mein Gott, du meinst das mit dem ins Haus tragen wirklich ernst.«

»Ja.«

Sie ließ den Hering fallen, den sie immer noch in der Hand hielt, die ich festhielt, und stampfte dann auf das Haus zu. Ich ging neben ihr. Ich gab ihren Arm frei, behielt sie allerdings genau im Blick, nur für den Fall, dass sie ihre Meinung änderte. Als wir unter das Dach der Veranda traten, sah ich mir Maddie genau an. Ihr graues T-Shirt war durchnässt und durchsichtig, sodass ich ihren schwarzen BH genauso erkennen konnte wie die Wölbung ihrer Brüste, wo der Stoff aufhörte. Sehnsucht durchfuhr mich – Sehnsucht danach, sie zu berühren, zu schmecken. Ich fragte mich, ob sie wohl einen passenden Slip trug, doch diese Frage beschäftigte mich nicht allzu lange. Ihre Hose – keine Jeans, sondern etwas aus dünnerem Stoff – war genauso durchsichtig wie ihr Shirt. Sie trug einen schwarzen String. Der dünne Stoffstreifen verschwand zwischen ihren Pobacken, sodass ich den Rest genau erkennen konnte. Meine Finger zuckten in dem Verlangen, dieses Höschen zu entfernen und all die Stellen zu küssen und zu lecken, die es bedeckt hatte.

»Du bist unglaublich.« Sie zog den Haargummi aus ihren Haaren und presste das Wasser aus ihren blonden Locken, bevor sie zu mir herumwirbelte. Sie trat näher an mich heran und stach mich mit dem Finger in die Brust. »Unglaublich. Wer tut so etwas?«

»Wer bleibt da draußen, obwohl es dermaßen schüttet?«, hielt ich dagegen, wobei ich mich nach Kräften bemühte, die Hitze zu ignorieren, die ihre Berührung durch meinen Körper jagte.

»Jemand, der eine Aufgabe zu Ende bringen will.« Wieder pikte sie mich. Ich fing ihr Handgelenk ein … denn wenn sie mich noch einmal berührte, konnte ich nicht mehr für meine Handlungen verantwortlich gemacht werden. Ihr Mund war mir so nahe. Sie leckte sich die Unterlippe, wobei sie auf mein Hemd starrte. Als unsere Blicke sich trafen, drückte sie ihre freie Hand an meine Brust. Ich atmete scharf ein.

Dann lehnte ich mich vor und fing ihren Mund ein. Mit einem Seufzen öffnete sie die Lippen und gewährte mir Zugang. Ihr Geschmack! Ich könnte davon abhängig werden – von der Art, wie sie sich mir hingab, ohne Zurückhaltung oder Zögern. Ich ließ ihr Handgelenk los und legte meine Finger an ihre Hüfte, vergrub die andere Hand in ihrem Haar, um ihren Kopf schräg zu legen, sodass ich ihren Mund besser erkunden konnte. Danach schob ich meine Hand von der Hüfte zu ihrem Hintern, umfasste eine Pobacke und zog Maddie fest an mich. Sie stöhnte in meinem Mund, als meine Erektion sich gegen ihren Bauch presste.

Ich würde sie küssen, bis sie ganz weiche Knie bekam.

12 Maddie

Der Kontakt war elektrisierend, brachte jeden Nerv in meinem Körper zum Kribbeln. Seine Lippen schmiegten sich an meine. Landons leichter Bartschatten kratzte über meine Haut, doch ich mochte das. Noch besser gefiel mir, als er mich nach hinten schob, bis ich eine harte Wand an meinem Rücken spürte. Ich fühlte mich wie zwischen Hammer und Amboss, aber solch köstliche Widerstände konnte ich gerne öfter erleben. Ich liebte es, von seinem starken Körper umfangen zu sein, sodass ich mich seinem Kuss ergeben musste. Und o Gott, was für ein Kuss das war. Niemand hatte mich je so geküsst, niemals.

Er erkundete und kostete. Unsere Zungen trafen sich in einem wilden Tanz, bis es sich anfühlte, als würde flüssiges Feuer durch meine Adern rinnen. Landon vertiefte den Kuss, verlangte mehr, und dann beschleunigte sich sein Rhythmus, als imitiere er mit dem Mund das Liebesspiel. Hitze sammelte sich in meinem Unterleib. Als ein tiefes Stöhnen aus seiner Brust aufstieg, wurden meine Knie weich. Als hätte er das gespürt, umfasste er mit festen Händen meine Taille. Ich hatte so ein Gefühl, dass er zu den

Männern gehörte, die immer für einen da waren, egal, was auch passierte. Er würde mich nie fallen lassen.

»Maddie«, flüsterte er, sobald er sich weit genug zurückgezogen hatte, dass wir beide um Atem ringen konnten. Ich sah ihm direkt in die Augen. Seine Pupillen waren geweitet, seine Lider halb gesenkt. Verlangen stand ihm ins Gesicht geschrieben, weshalb mir das Denken schwerfiel.

In diesem Moment schien nichts wichtiger, als erneut seine Lippen auf meinen zu spüren. Als er sich abermals nach vorne lehnte, packte ich seinen Kragen und zog ihn an mich. Kaum berührten sich unsere Lippen, überkam mich ein Hochgefühl, weil ich erneut in diese Magie eintauchte. Diesmal gingen wir einen Schritt weiter, küssten uns noch wilder, noch leidenschaftlicher. Er schob seine Hände unter meinen Hintern und hob mich hoch. Als meine Mitte sich gegen seine Erektion presste, vergrub ich eine Hand in seinem Haar. Wir drängten uns aneinander, weil die Spannung, die sich gestern Abend zwischen uns aufgebaut hatte, ein Ventil finden musste. Trotz unserer Kleidung war die Reibung fast unerträglich. Ich war feucht zwischen den Beinen. Als er die Spitze seiner Erektion an meine Klitoris drängte, wäre ich fast gekommen. Während ich noch Klamotten trug.

Doch dann klickte etwas in meinem Kopf, und ich riss meinen Mund von seinen Lippen weg. Ich wandte den Blick ab. Landon lehnte die Stirn gegen meine Schläfe, sodass ich seinen heißen Atem an meinem Ohr spürte. Trotz meiner durchnässten Kleidung brannte ich innerlich. Er stellte mich wieder auf den Boden, und so blieben wir stehen, schwer atmend, bis die Kälte erneut in meine Knochen kroch und dafür sorgte, dass ich zitterte.

Landon trat zurück und fuhr sich mit der Hand durchs Haar. Kleine Wassertropfen spritzten um uns herum. Ohne die Nähe seines Körpers wurde mir noch kälter. Ich rieb mir die Arme, doch das half nicht viel.

»Du solltest diese nassen Klamotten ausziehen.«

Ich seufzte. »Ich habe nur einmal Wechselkleidung dabei. Ich will nicht, dass dieser Satz auch nass wird.«

»Ich lasse dich da erst wieder raus, wenn es nicht mehr regnet.«

»Was willst du tun, um mich davon abzuhalten, nach draußen zu gehen … mich noch ein wenig küssen?«

Seine Augen brannten förmlich. »Glaub nicht, ich würde es nicht tun.«

Ich schluckte schwer, dann überlegte ich, wie es jetzt weitergehen sollte. Ich musste wirklich aus diesen Klamotten raus.

»Ich werde dir etwas zum Anziehen aus Vals Zimmer holen, wenn du deine Sachen nicht tragen willst«, meinte Landon.

»Das ist nicht angebracht«, hielt ich dagegen.

Etwas blitzte in seinen grünen Augen auf. »Lass mich etwas klarstellen. Du ziehst dir jetzt entweder Vals Klamotten an oder deine eigenen … weil ich nicht zulassen werde, dass du dir eine Lungenentzündung holst. Also, wofür entscheidest du dich?«

Ich fing an, auf der Veranda auf und ab zu tigern, weil ich mich bewegen musste. Die Kälte zog langsam in meine Knochen ein.

Landon räusperte sich. »Deine Kleidung ist vollkommen durchsichtig.«

Ich blieb abrupt stehen, sah auf meine Brust herunter

und verschränkte sofort die Arme. Verdammt. Das erklärte, wieso er mich vor dem Kuss angesehen hatte, als wolle er mich verschlingen. Er sah mich immer noch so an. Plötzlich war ich ganz verlegen, denn ich fühlte mich nackt.

»Warum hast du mir das nicht schon längst gesagt? Dann wäre ich früher aus dem Regen gekommen.«

»Mir war nicht klar, dass es etwas gibt, das gegen dein Arbeitsethos ankommt.«

Landon lächelte, während mir ein Lachen entkam.

»Wenn der Preis darin besteht, dir meinen Busen zu zeigen, hätte ich das getan. Ich habe Prioritäten.«

»Du zeigst mir mehr als das.« Er schluckte schwer. Erst in diesem Moment wurde mir wirklich bewusst, dass ich keine Jeans trug. Ich sah auf meine Hose herunter. Sie war durchsichtig. Nachdem ich heute einen String trug, hatte ich Landon auch meinen Hintern zur Schau gestellt.

Als ich den Blick wieder hob, konnte ich ihm nicht in die Augen sehen. »Ich werde duschen gehen und mir dann meine Wechselkleidung anziehen.«

Er nickte. Ich fühlte, wie sein Blick mir folgte, als ich das Haus betrat. Ich schnappte mir meinen Rucksack aus dem Flur, warf ihn mir über die Schulter und eilte ins Bad.

Ich gönnte mir eine lange, heiße Dusche, doch mein gesamter Körper zitterte noch vor Adrenalin. Mein Kopf war so voll von Landon und seinem Kuss, dass ich mich auf nichts anderes konzentrieren konnte. Ich fragte mich, ob er wohl auch gerade duschte. Schließlich war er auch durchnässt gewesen. Allein die Möglichkeit, dass wir gleichzeitig nackt waren, erschütterte meine Sinne.

In frischer Kleidung trat ich aus dem Bad. Meine nassen Klamotten trug ich am langen Arm vor mir her. Ich hatte sie ausgewrungen, doch feucht waren sie trotzdem noch. Ich brauchte eine Plastiktüte, in die ich alles stecken konnte, bevor ich sie in meinem Rucksack verstaute. Als ich mich dem Wohnzimmer näherte, hörte ich Landons Stimme.

»Adam, leite mir den gesamten E-Mail-Verkehr weiter, und ich werde mir selbst ein Bild machen.« Es war kurz still, dann: »Natürlich vertraue ich dir, aber ich mag es nicht, Entscheidungen zu treffen, wenn ich nur eine Seite kenne.«

Ich verlangsamte meine Schritte, weil ich ihn nicht bei seinem Telefonat stören wollte. Ich lehnte mich gegen die Wand und lächelte, als ich an den Kuss und all die Leidenschaft darin zurückdachte. Er war das Resultat dieses Knisterns, das sich bei unserem Tanz zwischen uns aufgebaut hatte. Wir hatten beide ein Ventil dafür gebraucht. Jetzt konnte ich wieder harmlose Tagträume über Landon hegen, wie man es gewöhnlich mit Filmstars tat.

Als ich seine Stimme nicht mehr hörte, betrat ich das Wohnzimmer. Er hatte sich ebenfalls umgezogen. Sofort stieg das Bild von Landon unter der Dusche vor meinem inneren Auge auf. Mist. Vielleicht konnte ich am Montag zu meinen sicheren Tagträumen zurückkehren, wenn die Erinnerung an den Kuss verblasst war; wenn ich Landon nicht mehr auf meinen Lippen schmecken würde. Für den Moment musste ich einfach nur etwas Abstand zwischen uns bringen.

»Ich brauche eine Plastiktüte für meine Kleidung, sonst wird mein Rucksack ganz nass«, sagte ich.

»Sicher. Lass uns in der Küche danach suchen.«

Während er in die Hocke ging, um die unteren Schubladen zu öffnen, tat ich mein Bestes, nicht seinen Hintern anzustarren. Andererseits … warum nicht? Ich hatte bereits festgestellt, dass der heutige Tag eine Ausnahme war. Wieso sollte ich mir diesen tollen Anblick verwehren? Sein Po war muskulös, wohlgeformt …

Unglücklicherweise fand Landon viel zu schnell eine Tüte. Ich nahm ihm den Beutel ab, wobei ich sorgfältig darauf achtete, seine Finger nicht zu berühren. Ich bewegte mich schon mit meinem Starren auf gefährlichem Terrain; wer wusste, wozu seine Berührung mich bringen würde.

»Nun, ich sollte dann besser gehen.« Ich drückte mir die vollgestopfte Tüte an die Brust. »Ich habe mir die Wettervorhersage angesehen, und der Regen wird in nächster Zeit nicht nachlassen. Ich habe die Plane am Boden befestigt, also sollte es keine Probleme geben.«

»Wieso hast du dann so darauf bestanden, im Regen zu bleiben und mit dem weiterzumachen, was du gerade getan hast?«

»Ach, ich war ein wenig übereifrig und wollte an manchen Stellen einen zweiten Hering einsetzen. Aber das hier ist kein Tornado, nur ein Sturm, also ist das nicht wirklich nötig. Ich … bin manchmal etwas zerstreut, wenn alles schiefgeht. Danke, dass du mich da rausgeholt hast.«

»Mir passiert das auch immer, wenn die Kacke wirklich am Dampfen ist. Ich bin dann total verpeilt.«

»Wer holt dich da wieder raus?«

»Niemand.« Landon zuckte mit den Achseln. Ich konnte mir gut vorstellen, wie er sich in seinem Büro die Nächte um die Ohren schlug, um eine Lösung zu finden. Er war so entschlossen, allen anderen zu helfen, aber vielleicht musste auch er hin und wieder Unterstützung annehmen.

»Maddie, sag mir, dass du nicht gehst, weil wir uns geküsst haben.«

»Natürlich nicht! Ich laufe nicht vor Problemen davon.«

Aber ich ging Versuchungen aus dem Weg … besonders, wenn sie in Form von Landon Connor auftraten. Manche Leute hätten das vielleicht feige genannt. Wenn sie mir eine bessere Taktik anbieten konnten, um zu vermeiden, dass man einen Mann ansprang, nachdem er einen gerade geküsst hatte, als hinge sein Leben davon ab, war ich gern bereit, mir ein paar Notizen zu machen.

Er grinste. »Ich bin ein Problem? So hat mich noch nie jemand genannt.«

»Heißt das, dass dich alle immer mit Samthandschuhen anfassen?«

»Ich nenne das Führungsstärke.«

»Manche halten dich vielleicht eher für unnahbar.«

»Hängt davon ab, wen man fragt.« Er lachte leise, dann wollte er offensichtlich noch etwas sagen, doch in diesem Moment klingelte sein Telefon. Ich ergriff die Chance.

»Könntest du Val sagen, dass ich wegen des Regens früher verschwunden bin? Ich verspreche, dass ich am Montag mit einer vollen Mannschaft zurückkomme. Und ich werde mir einen von ihren Regenschirmen leihen.«

»Ich werde es ihr sagen.«

Ich deutete auf das Handy, das er umklammerte. »Und das da muss aufhören. Sorg nicht dafür, dass ich bei meinem Spionagejob versage. Ich kann das nicht ewig vor Val geheim halten.«

Breit grinsend trat er näher heran. »Oh, ich glaube, das kannst du sehr wohl. Wir sind gut darin, unsere Geheimnisse zu wahren, nicht wahr, Maddie?«

Er war mir viel zu nahe, und der frische Geruch der Seife auf meiner Haut vernebelte mir die Sinne. Ich blinzelte ein paarmal, dann zog ich mich beiläufig zurück. Nachdem ich nicht wusste, was ich antworten sollte – oder ob ich darauf überhaupt antworten sollte –, winkte ich ihm zu. *Winkte.*

»Ich finde selbst nach draußen. Ich weiß auch, wo die Regenschirme stehen.«

Er nickte nur, weil sein Handy wieder klingelte. Seine Stimme folgte mir, als ich in den Flur eilte, mir einen rosafarbenen Regenschirm mit einem Muster aus silbernen Sternen schnappte und die Tür öffnete. Auf der Veranda sah ich instinktiv nach rechts. Allein die Wand zu sehen, an der er mich geküsst hatte, jagte wieder ein Kribbeln durch meinen Körper. Ich konnte mich an jedes noch so kleine Detail dieses Kusses erinnern.

Und ich hatte so ein Gefühl, dass die Erinnerungen auch bis Montag nicht verblassen würden.

13 Landon

Adam behandelte mich wie ein rohes Ei, und das machte mich wütend. Die einzige logische Erklärung dafür lautete, dass die ganze Sache nicht so glattging, wie wir gehofft hatten, insgesamt aber auch nicht so ernst war, dass mein Wiederkommen nötig gewesen wäre. Er hatte mich angerufen, um mir einen Überblick über die Geschehnisse der Woche zu liefern – unter anderem, wie Sullivan, der Besitzer der Firma, mit der wir eine Partnerschaft eingehen wollten, sich mit der Vertragsunterzeichnung Zeit ließ.

Er hielt sich nicht an unsere Abmachungen und stellte zusätzliche Forderungen. Adam sagte, er hätte mir keine der E-Mails weitergeleitet, weil er damit umgehen konnte und mir den Urlaub nicht verderben wollte. Ich vertraute ihm, doch es gefiel mir nicht, außen vor gelassen zu werden.

Es kostete mich zwei weitere, halb drohende Anrufe, bis Adam mir endlich den gesamten E-Mail-Verkehr mit Sullivan weiterleitete. Ich ließ mich in den Sessel unter dem Fenster sinken, scrollte auf meinem Telefon und analysierte jedes einzelne Wort. Letztendlich war das alles äußerst frustrierend und würde den Fusionsprozess um ein paar Wochen hinauszögern, aber mehr auch nicht.

Nachdem ich nichts anderes tun konnte, als zuzugeben, dass Adam recht gehabt hatte, legte ich mein Handy auf das kleine Sitzkissen neben dem Sessel. Adam konnte sich um alles kümmern. Das erforderte kein Eingreifen von meiner Seite und noch weniger eine verfrühte Rückkehr nach San José. Gott sei Dank.

Rachel und ich hatten große Träume für DBC Payment Solutions gehegt. Obwohl meine Frau als Lehrerin gearbeitet hatte und nicht Teil der Firma gewesen war, hatte sie mich immer unterstützt. Bisher hatte ich all unsere Träume übertroffen, doch der Erfolg fühlte sich … leer an. Zum ersten Mal seit Jahren freute ich mich nicht darauf, nach San José zurückzukehren. Ich wollte länger hierbleiben. Wollte mehr Zeit mit Maddie verbringen. In Gedanken war ich ständig bei ihr. Himmel, wie sie sich meinem Kuss ergeben hatte! Ich konnte ihre Wärme immer noch fühlen. Ihr wunderbarer Geschmack und ihr süßes Stöhnen waren in mein Gedächtnis eingebrannt.

Ich stand auf und ging nach draußen. Es regnete nach wie vor, also tigerte ich auf der Veranda auf und ab, erfüllt von der vagen Hoffnung, dass Maddie durchs Tor treten würde. Obwohl ich nur im Urlaub hier war – obwohl ich nicht mehr der Seelenverwandte von irgendwem sein konnte, mich nicht mal mehr wirklich als Partner eignete –, begehrte ich sie unglaublich. Es war, als hätte die Tatsache, dass ich mir erlaubt hatte, Maddie zu kosten, eine Tür zu anderen Bedürfnissen geöffnet, die ich mir selbst lange versagt hatte.

»Verdammt noch mal, das ist ja die reinste Sintflut hier!«

Blinzelnd sah ich auf und entdeckte Val, die auf die

Veranda eilte. Der Regen hatte die Geräusche ihrer Schritte übertönt. Zitternd schüttelte sie ihren Regenschirm aus.

»Ich kann ihn nicht zum Trocknen hier draußen lassen, der Wind würde ihn wegtragen«, murmelte sie. Dann ließ sie den Blick über den Garten gleiten und fügte hinzu: »Oh, Maddie hat den Boden abgedeckt.«

»Ja. Sie meinte, das wäre nötig, um zu verhindern, dass die Erde weggeschwemmt wird. Sie ist vor einer Weile gegangen.«

Val nickte. »Ich hoffe, sie ist nicht allzu nass geworden, die Arme.« Ach, was für einen Anblick Maddie doch geboten hatte. »Ist alles in Ordnung, Landon?«

Ich bemühte mich, weder zu begierig noch zu schuldbewusst zu wirken.

»Ja, sicher.«

Val verschränkte die Arme vor der Brust und lehnte sich genau an der Stelle an die Wand, wo ich Maddie geküsst hatte. Wenn ich dieses Gespräch durchstand, ohne mich zu verraten, hatte ich einen Oscar verdient. Da hatte ich Maddie wegen des Hütens von Geheimnissen aufgezogen, dabei war in Wahrheit ich die Schwachstelle. Val war mein Zwilling. Wir hatten uns immer sehr nahegestanden. In unserer Jugend hatten wir uns oft gegen unsere Eltern verbündet – kleine Unruhestifter, die wir gewesen waren. Wir hatten schon mit elf gelernt, wie man sich aus dem Haus schlich, doch dafür war perfekte Kooperation nötig gewesen. Wir hatten diese Kunst auch unseren Geschwistern beigebracht, was sich natürlich prompt rächte, als wir plötzlich die Verantwortung für die ganze Bande trugen. Das hatte noch mehr Teamgeist zwischen Val und mir erfordert. Uns gegenseitig alles zu erzählen, war sowohl nötig gewesen als auch erleichternd. Unsere Geschwister hatten oft versucht, mir eine Geschichte zu verkaufen und Val eine andere, in der Hoffnung, sich so aus einer kniffligen Situation herauszuwinden. Nachdem wir diese Taktik erfunden hatten, waren wir ihnen immer schnell auf die Schliche gekommen.

Ich war es nicht gewöhnt, Val Dinge zu verheimlichen.

»Du wirkst heute irgendwie anders.« Sie kniff die Augen zusammen und deutete in die vage Richtung meines Gesichts. »Hast du gute Nachrichten aus dem Büro bekommen oder irgendwas?«

»Nein, ganz im Gegenteil. Es gibt mehr Probleme mit der Fusion als erwartet. Ich habe ein paar E-Mails durchgesehen …«

»Aha!« Sie stieß sich von der Wand ab und stemmte die Hände in die Hüften, den Regenschirm unter einem Arm, die Handtasche in der anderen Hand. »Du hast E-Mails beantwortet? Das ist doch ein bodenloses Fass.«

Zumindest hatte sie von der anderen Sache nichts mitbekommen. Mal gewinnt man, mal verliert man. Aber einen Punkt wollte ich ein für alle Mal klarstellen.

»Ich bin kein Kind, Val. Du musst meinen Urlaub nicht überwachen.«

Sie kam zu mir und tätschelte mich auf die Wange. »Doch, muss ich, Landon. Das ist schließlich der Sinn davon, eine Schwester zu haben, die dich wie ihre eigene Westentasche kennt. Früher war dir deine Work-Life-Balance heilig. Du hast mir ständig Vorträge zu diesem Thema gehalten. Kann es sein, dass sich dieses Gleichgewicht zugunsten der Arbeit verschoben hat, damit du nicht merkst, dass du sonst gar nichts hast?«

Ich blinzelte. Vor Val konnte ich nichts verbergen.

»Möglich wäre es.«

Sie nickte weise. »Also mach nicht dasselbe, während du hier bist. Nimm dir mal frei. Du brauchst dringend Urlaub. Vertrau mir, ich gehe dir nicht grundlos auf den Geist.«

Ich schmunzelte. »Also glaubst du, solange es einen guten Grund gibt, darfst du mir auf den Geist gehen?«

»Na ja, ich bin deine Schwester. Das bedeutet, ich gehe dir fast automatisch auf die Nerven, und ich komme auch noch damit durch.« Sie schenkte mir ein verschmitztes Lächeln.

Dann setzte sie sich auf die kleine Bank zwischen zwei Fenstern und starrte in den Regen hinaus.

»Wieso bist du so früh daheim?«

»Ich habe heute Nachmittag eine Telefonkonferenz und dachte mir, die könnte ich auch von zu Hause aus führen.« Stirnrunzelnd sah sie über ihren Garten hinweg.

»Stimmt etwas nicht?«

Val zuckte mit den Achseln. »Nein, ich bin nur ein wenig nervös. Erinnerst du dich an diesen potenziellen Kunden, von dem ich dir erzählt habe?«

»Derjenige, der will, dass du eine exklusive Duft- und Cremelinie für seine Ladenkette entwickelst?«

»Ja. Sein Team fliegt am 5. Juli zu einem Verkaufsgespräch ein. Ich muss diesen Kunden gewinnen. Das wäre ein großer Auftrag, Landon. Der größte bisher.«

»Ich weiß.«

Der Kunde, von dem sie sprach, besaß eine Kette von edlen Warenhäusern auf der ganzen Welt. Mit dem Auftrag stiege Vals Firma zu einem Global Player auf.

»Ich kann mir gerne deine Präsentation ansehen, wenn du willst. Dir ein wenig Feedback geben.«

Sie richtete sich auf. Für einen Moment funkelten ihre Augen vor lauter Aufregung, dann schüttelte sie den Kopf. »Nein, das kann ich nicht machen. Du bist im Urlaub.«

»Das ist eine einmalige Gelegenheit.«

Ich konnte ein Lachen kaum unterdrücken, als ich beobachtete, wie meine Schwester innerlich mit sich rang. »Ich werde dir die Präsentation morgen zeigen.« Erneut ließ sie ihren Blick über ihr Grundstück gleiten. »Ich kann es kaum erwarten, dass der Garten endlich fertig ist.«

»Du hast gesagt, Maddie hätte auch den Garten an deinem Bürogebäude gestaltet?«

»Ja. Und das war die beste Entscheidung, die ich je getroffen habe. Wann immer ich mich fühle, als müsste gleich mein Kopf explodieren, mache ich dort einen kleinen Spaziergang. Der Garten ist unglaublich.«

»Das sind ziemlich große Projekte für eine One-Woman-Show, selbst wenn sie regelmäßig Hilfsarbeiter anheuert«, meinte ich. Ich trat vom Rand der Veranda zurück, weil der Wind gedreht hatte und mir den Regen ins Gesicht peitschte.

»Sie hat gesagt, sie hat vor, sich ein Team aus festen Angestellten zu suchen, sobald ihre Schwester mit dem Studium fertig ist.«

Natürlich. Weil Maddie momentan noch die Studiengebühren zahlte. Deswegen machte sie allein den Job von mehreren Leuten. Ich wollte mich um diese Frau kümmern; alles dafür zu tun, damit sie keine Sorgen hatte. Dabei gehörte sie nicht einmal zu mir. Allerdings war ich entschlossen, das zu ändern.

14 Maddie

Ich verbrachte das Wochenende damit, mich um Grace zu kümmern, weil der Arzt ihr strenge Bettruhe verordnet hatte. Am Montagmorgen tauchte ich mit zwei Arbeitern im Schlepptau bei Vals Haus auf. Ich hatte einen Blick auf sie geworfen und sofort erkannt, dass die beiden nur kurzfristig für mich tätig sein würden. Ich vermutete, dass sie nach einer Woche, höchstens zwei, wieder verschwinden würden, aber ich hielt die Augen offen und vertraute darauf, dass ich bald die richtigen Leute fand.

»Ben, Derek, ich gebe euch einen kurzen Überblick über das Projekt, dann sage ich euch, was wir heute tun werden.« Obwohl morgen der 4. Juli war und wir nicht arbeiten würden, wollte ich, dass sie heute anfingen, damit sie sich einen Überblick verschaffen konnten.

Ben lächelte. »Sicher. Das ist ein toller Garten.«

Derek musterte die Plane am Boden. »Alles abzudecken, war clever von dir, sonst hätten wir ein ernsthaftes Problem.«

Nachdem ich ihnen ihre Aufgaben zugeteilt hatte, zog ich los, um zu schauen, ob der Sturm übers Wochenende

Schäden angerichtet hatte. Außerdem musterte ich aus den Augenwinkeln immer wieder das Haus. Ich konnte keine Bewegungen darin erkennen. Und als ich hineinging, um meinen Rucksack abzustellen, konnte ich Landon nirgendwo entdecken. Vor lauter Enttäuschung gab es mir einen Stich. Ich hatte mich daran gewöhnt, täglich diesen atemberaubenden Mann bewundern zu dürfen. Und als Kick am Anfang der Woche hatte ich mich besonders darauf gefreut.

Dieser Montag nervte mehr als gewöhnlich … und eine Frau musste tun, was eben nötig war, um durch den Tag zu kommen. Nur um ganz sicherzugehen, dass er nicht da war, ging ich auch in den hinteren Garten. Nö. Ich hatte meine Chance verpasst, Landon bei der Rückkehr von seinem täglichen Lauf zu beobachten. Vielleicht würde er später zurückkommen, um mit Milo zu trainieren.

Bestimmt war es gut, dass Landon nicht da war. Zumindest redete ich mir das ein. Fühlte ich mich von ihm angezogen? Verdammt, ja. Nicht nur, weil er sexyer war als jeder Mann, der mir bisher begegnet war, sondern auch, weil ich seine Gesellschaft wirklich genoss. Er brachte mich zum Lachen. Und ich mochte es, ihn zum Lachen zu bringen. Doch aus tausend Gründen war er nicht der Richtige für mich.

Darauf konzentrierte ich mich, als ich anfing, die Planen vom Boden zu lösen.

In meinem Metier blieb man selten sauber, doch Heringe aus relativ feuchter Erde zu ziehen, machte mich an diesem Montag besonders schmutzig. Gegen zehn Uhr war ich mir ziemlich sicher, dass sogar meine Stiefel voller Schlamm waren. Zwei Stunden später war ich überzeugt, sogar Morast zwischen den Zähnen kleben zu haben.

»Chefin, wir machen jetzt Mittagspause«, verkündete Ben kurze Zeit später.

Ich richtete mich auf und streckte mich. »Wie viel Uhr ist es?«

»Fast eins. Willst du dich uns anschließen? Meine Freundin hat genug Sandwiches eingepackt, um drei Leute satt zu machen.«

»Nein, danke. Guten Appetit.«

»Wir sitzen direkt vor dem Tor in meinem Auto«, meinte Derek.

Nachdem er verschwunden war, seufzte ich. Ich bemühte mich sehr, nicht daran zu denken, dass Landon und ich seit seiner Ankunft jeden Tag genau um ein Uhr gemeinsam zu Mittag gegessen hatten.

Ich hatte mich gerade vom Eingangstor abgewandt, als ich hörte, wie es geöffnet wurde. Ohne mich umzusehen, wusste ich, dass es Landon war. Es war, als reagiere mein Körper auf seine schiere Anwesenheit. Mein Herz begann zu rasen, und mein Puls beschleunigte sich. Ich sah nicht auf, bis er direkt neben mir stand. Wow. Er trug einen Anzug, der so perfekt saß, dass er einfach maßgeschneidert sein musste.

Er hob eine Tüte hoch. »Mittagessen?«

Ich sammelte meinen gesamten Selbsterhaltungstrieb, um die Kraft zu finden, einen Schritt zurückzutreten. Doch nicht, bevor mir nicht der Duft aus der Tüte in die Nase gestiegen war.

»Sind das Burritos?«

»Mit extra viel Käse und Guacamole, genau, wie du sie magst. Du kannst nicht Nein sagen.«

»Oh, aber wie ich das kann«, zog ich ihn auf, obwohl ich nicht glauben konnte, dass er Burritos gekauft hatte; dass er bei diesem Telefonat so genau aufgepasst hatte. »Du bist nicht mein Boss.«

Er schenkte mir ein Lächeln, das so unwiderstehlich war, dass mir heiß und kalt zugleich wurde.

»Iss mit mir, Maddie.«

Oh toll! Er sprach in genau demselben Tonfall, in dem er mir an diesem Abend in der *Lucky Bar* mitgeteilt hatte, ich sollte die Regeln mit ihm brechen. Ohne dass einer von uns es aussprach, wusste ich einfach, dass das hier – unser Verlangen, die Gegenwart des anderen zu genießen – einen weiteren Regelbruch darstellte.

Nach unserem Kuss schien ich noch sensibler auf ihn zu reagieren. Aber der Mann trug einen Anzug und hatte mein Lieblingsessen gekauft. Ich konnte mir meine tägliche Dosis Sexy-Mann-Bewunderung gönnen und gleichzeitig noch einen Burrito genießen. Wie sollte ich da ablehnen?

»Lass uns in die Küche gehen«, meinte ich.

Ich zog meine Schuhe aus, bevor ich das Haus betrat, dann folgte ich Landon in die Küche. Kaum hatten wir den Raum betreten, schienen die Wände näher zu rücken, um uns näher zusammenzubringen. Ich war mir jeder von Landons Bewegungen bewusst. Er schüttelte sein Jackett ab und hängte es über eine Stuhllehne. Die Ärmel seines Hemdes waren bis zu den Ellbogen aufgerollt. Was der Anblick dieser muskulösen Unterarme bei mir anrichtete …

»Ich besorge uns Teller«, bot ich an und öffnete einen der Hängeschränke, aus dem Landon letzte Woche Teller geholt hatte. Anscheinend hatte mir mein Gedächtnis einen Streich gespielt, weil ich nur ein Regalbrett voller Gläser sah.

»Das hier ist der Schrank mit den Tellern.« Landon trat

hinter mich und streckte den Arm nach einem Schrank rechts von mir aus, um zwei Teller herauszuziehen. Als er den Arm senkte, strich sein Ellbogen seitlich über meine Brust. Ein Kribbeln durchfuhr mich und fachte das Feuer tief in mir weiter an. Ich fühlte Landons scharfes Ausatmen auf meiner Wange und stellte fest, dass ich vollkommen grundlos die Arbeitsplatte umklammerte. Ich gab die Kante frei, als Landon zurücktrat, dann gingen wir zum kleinen Küchentisch. Ich setzte mich Landon gegenüber, wobei ich sorgfältig darauf achtete, dass sich unsere Beine unter dem Tisch nicht berührten. Der Raum schien in den letzten paar Sekunden noch einmal geschrumpft zu sein … aber wahrscheinlich würde jedes Zimmer klein wirken, wenn darin so viel sexuelle Spannung knisterte.

»Also, wann trainierst du heute mit Milo?«, fragte ich.

»Tue ich nicht. Er ist bei einem Freund.«

»Oh, ich verstehe. Was hast du dann heute gemacht?« Ich biss in meinen Burrito und genoss den köstlichen Geschmack.

»Ich habe mich mit einem alten Schulfreund getroffen.«

Ich schluckte schnell. »Du triffst dich im Anzug mit alten Freunden?«

»Könnte sein, dass es auch ein halbes Geschäftsmeeting war, also habe ich mich für legere Businesskleidung entschieden.«

»Wo ist der legere Teil?«

Mit einem Lächeln deutete er auf die aufgerollten Ärmel.

»Was wäre dann der Dresscode für rein geschäftlich?«

»Manschettenknöpfe.«

Nun, ich hoffte inständig, dass mir dieser Anblick niemals vergönnt sein würde. Nichts strahlte derart Sex-

Appeal aus wie Manschettenknöpfe. Nicht jeder Mann konnte damit durchkommen, aber ich vermutete, dass sie Landon perfekt standen.

Wir unterhielten uns über seinen Freund, während wir aßen. Er hatte seine Highschool-Liebe geheiratet, und inzwischen war das dritte Kind unterwegs.

»Das ist wie ein wahr gewordenes Märchen, hm? Schön für die beiden, dass sie sich so schnell gefunden haben. Sie mussten keine Frösche küssen, um den Prinz zu finden … oder die Prinzessin.«

»Wieso bist du noch Single, Maddie?«

»Mehr als die Hälfte der Bevölkerung ist nicht liiert.«

»Die anderen sind mir egal. Ich will deine Geschichte hören.« Mit einem Funkeln in den Augen stemmte Landon die Ellbogen auf den Tisch. »Komm schon, du kennst all meine finsteren Geheimnisse. Vertrau mir auch etwas an.«

»Na ja, streng genommen habe ich deine Geheimnisse von Val erfahren.«

»Also wäre es dir lieber, wenn ich auch Val frage?«, forderte er mich heraus und brachte mich damit zum Lachen.

»Es gibt keinen bestimmten Grund, dass ich solo bin. Ich stand kurz davor, diesen Ex zu heiraten, von dem ich dir erzählt habe – den, für den ich nach L.A. gezogen bin.«

»Was ist passiert?«

Ich fühlte seinen Blick auf mir ruhen, als ich erneut in meinen Burrito biss und sorgsam kaute.

»Er ist ebenfalls Architekt. Wir haben zusammen studiert. Er hat sich auf Gebäude spezialisiert, ich mich auf Landschaftsarchitektur. Er ist sehr erfolgreich. Die ganze Bestätigung hat ihn allerdings zu einem Arsch werden lassen. Er hat an vielen bekannten Gebäuden mitgearbeitet, und er hat sogar für Warner Bros. an ein paar Filmsets mitgewirkt. Mit der Zeit wurde er im Umgang mit mir immer schnippischer, hat ständig abfällige Kommentare fallen lassen. Ich dachte, es läge einfach am Arbeitsstress. Doch dann stellte es sich heraus, dass er fand, ich wäre unter seiner Würde.«

»Was?«

»Ja. Eines Abends habe ich nonstop über ein neues Projekt gesprochen, und er erklärte plötzlich, ich hätte meine Zeit darauf verschwendet, einen Abschluss in Architektur zu bekommen, nur um eine bessere Gärtnerin zu werden. Er fand, es fehle mir an Ehrgeiz.«

Landons Blick wurde hart. »Das hat er dir gesagt?«

»Und mehr. Er hat erklärt, wann immer er mich zu den Verleihungen der Preise mitnahm, die er gewonnen hatte, fühle er sich … beschämt. Schließlich wäre es klar, dass ich mir nicht mehr vom Leben wünsche, womit ich ihn bloß runterziehen würde. Ich habe unsere Verlobung sofort gelöst. Er wirkte fast … erleichtert.«

»Wieso hattest du ihn nicht schon viel früher verlassen?«

Die Empörung in Landons Stimme wärmte mich von innen heraus. »Niemand ist perfekt. Ich dachte, wenn wir uns nur genug anstrengen, würde es mit uns gut laufen.«

»Eine Beziehung sollte aber nicht nur Arbeit sein, Maddie.«

Eine Frage drängte sich mir auf … allerdings war ich mir nicht sicher, ob es passend war, sie zu stellen. Letztendlich siegte meine Neugier. »War es für dich und Rachel immer einfach?«

Ich hatte damit gerechnet, dass er sich bei der Nennung ihres Namens verspannte, doch er ließ bloß den Kopf in den

Nacken sinken, als wolle er sich erinnern. »Wir haben uns schon mal gestritten, wie jedes Pärchen. Aber wir mussten definitiv nicht ständig an unserer Beziehung arbeiten.«

»Habt ihr euch hier oder in San José kennengelernt?«

»Hier. Ich habe sie kennengelernt, als ich gerade meine Softwarefirma gegründet hatte, und wir haben uns auf Anhieb verstanden. Wir hatten ein paar wunderbare Jahre miteinander, bevor sie krank wurde.«

»Was war mit ihr?«

»Sie hatte einen Hirntumor. Eine grausame Krankheit. Wir haben es erst spät erfahren, aber die Ärzte meinten, sie hätten auch nicht viel tun können, wenn sie den Tumor früher entdeckt hätten.«

»Das tut mir leid.«

»Danke. Manchmal kann ich nicht glauben, dass seit ihrem Tod schon vier Jahre vergangen sind.« Er starrte ins Leere und schüttelte dann den Kopf. »Aber zurück zu deinem Ex. Der Kerl klingt nach einem echten Trottel. Er hatte dich nicht verdient, wenn er dich wirklich als jemanden gesehen hat, der ihn runterzieht. Willst du wissen, was ich sehe?«

»Was?«, flüsterte ich.

»Eine schwer arbeitende Frau, die auf dem, was sie liebt und worin sie verdammt gut ist, eine erfolgreiche Firma aufgebaut hat.«

»Oh, Landon. Wie kannst du das sagen? Du hast doch mitbekommen, wie ich komplett die Nerven verloren habe, weil meine Angestellten gekündigt hatten.«

»Und heute bist du mit neuen Arbeitern wieder aufgetaucht. Der Schlüssel dazu, eine erfolgreiche Firma zu führen, liegt nicht darin, dass alles reibungslos läuft … sondern

Lösungen für die entstehenden Probleme zu finden. Und das hast du getan. Ich hatte auch bereits einige Zusammenbrüche. Sei nicht so streng zu dir selbst. Du leistest fantastische Arbeit.«

»Danke.« Plötzlich war ich bestens gelaunt. Ich war stolz auf mich selbst und meine Firma – zumindest an den Tagen, an denen ich keine Zusammenbrüche erlitt. Aber es war ein gutes Gefühl, von ihm anerkannt zu werden. »Ich brenne wirklich für meine Arbeit.«

Nach ein paar Sekunden des Schweigens fragte er: »Wie geht es Grace? Ist sie immer noch krank?«

»Sie fühlt sich schon viel besser. Am Freitag war sie beim Arzt.«

»Wie sehen deine Pläne für den 4. Juli aus? Verbringst du den Tag mit deiner Schwester?«, fragte Landon. Ich konnte kaum glauben, dass das bereits morgen war.

»Nö, Grace will mit ihren Kommilitonen feiern. Zwei meiner Freundinnen sind vor ein paar Monaten in die Nähe von Desert Springs gezogen. Sie haben mich eingeladen. Ich würde gerne mal wieder Zeit mit ihnen verbringen, aber die weite Fahrt für nur einen Tag schreckt mich ab. Der Verkehr dürfte der reinste Horror sein. Ich denke, ich werde einfach an ein paar Entwürfen für mein nächstes Projekt arbeiten.«

»Schließ dich uns an. Wir veranstalten hier eine kleine Party.«

»Danke, aber ich bin mir nicht sicher, ob das eine gute Idee ist. Das ist eine Familienfeier und …«

Ich warf einen Blick zur Arbeitsplatte in der Küche, wo wir unseren leidenschaftlichen Moment geteilt hatten. Als ich den Kopf wieder drehte, trafen sich unsere Blicke. Landon berührte unter dem Tisch meine Knöchel, und sofort schoss Hitze zwischen meine Schenkel, sodass ich sie zusammenpressen musste. Meine Wangen wurden warm. Die Art, wie er meinen Mund ansah, stellte absolut klar, dass er sich des Knisterns zwischen uns bewusst war. Das Gewicht der unausgesprochenen Worte zwischen uns verstärkte die Anspannung nur. Mein gesamter Körper war angespannt, bloß weil ich ihm gegenübersaß und unsere Knöchel sich berührten.

»Ich würde mich wahnsinnig freuen, dich hier zu haben, Maddie.«

»Danke. Ich werde darüber nachdenken.«

Ich stand vom Tisch auf und trug unsere Teller zur Arbeitsfläche. Kaum hatte ich sie abgestellt, wurde mir bewusst, dass Landon direkt hinter mich getreten war.

»Diese Antwort ist nicht gut genug.«

»Ach ja? Gefällt sie Ihnen nicht, Mr Connor?«

»Absolut nicht, Ms Jennings. Muss ich noch Überzeugungsarbeit leisten?« Er umfasste mit seiner großen Hand meine Hüfte und wirbelte mich herum, sodass wir uns ansahen. Er stand ganz nah vor mir. »Was, wenn ich Sie noch einmal küsse? Würde das etwas ausrichten?«

»Landon!«

Sein Duft nach Leder und Holz hüllte mich ein. Das war nicht fair. Wieso musste er auch so verdammt attraktiv sein?

»Sollte das etwa ein Protest sein?« Er schenkte mir ein teuflisches Grinsen. Ich wusste absolut, dass ich heiser und begierig geklungen hatte. »Ich kann nicht aufhören, an dich zu denken, Maddie.« Er hob die Hand an mein Gesicht, spreizte die Finger.

Oh, Landon, Landon, Landon.

»Sag einfach Ja.«

»Du lässt mir kaum eine andere Wahl.«

»Ich weiß.«

Er wirkte noch entschlossener. Seine gesamte Körpersprache erinnerte mich an den Moment, als er mich aus dem Regen gezerrt hat; als er angekündigt hat, dass er mich über die Schulter werfen und ins Haus tragen würde, wenn ich nicht zur Vernunft kam. Plötzlich stieg vor meinem inneren Auge das Bild auf, wie Landon in meinen Bungalow einbrach und mich packte, um mich zur Party zu schleppen, wenn ich nicht zustimmte. Wieso amüsierte mich diese Vorstellung so sehr? Ich mochte es, auf eigenen Beinen zu stehen, die Kontrolle über mein Leben zu haben. Doch so wie ich hier stand, kaum einen Zentimeter von Landon entfernt, wurde mir klar, dass es mir nichts ausmachen würde, mich von ihm entführen zu lassen.

»Okay, ich werde morgen zur Party kommen«, gab ich nach.

»Gut. Danach würde ich gerne mit dir das Feuerwerk anschauen. Nur wir beide.«

Ich kniff die Augen zusammen, obwohl mein Herz in meiner Brust raste. »Landon«, flüsterte ich.

»Das klang immer noch nicht nach einem Widerspruch.«

»Du setzt unfaire Verhandlungstaktiken ein.«

»Oh, meine Schöne, ich kann noch mit viel härteren Bandagen kämpfen. Soll ich es dir beweisen?«

Ich räusperte mich. »Ich glaube dir einfach.«

»Geh mit mir aus. Ich weiß, dass du es willst.«

»Oh, jetzt kannst du nicht nur mit harten Bandagen kämpfen, sondern auch noch Gedanken lesen?«

Er senkte den Kopf, bis sich unsere Stirnen fast berührten. »Gedanken lesen ist nicht notwendig. Am Freitag hast du meinen Kuss erwidert, als wolltest du, dass ich dich auf der Veranda nehme. Und fast hätte ich es getan.«

Großer Gott. Testosteron stieg in Wellen von ihm aus, und meine Abwehrmechanismen konnten dem nichts entgegensetzen. Vielleicht war es ja gut, dass er nur hier war, um mal Urlaub zu machen. Mein Herz konnte bestimmt in ein paar Tagen nicht zu viel Schaden erleiden? Schließlich würde Landon in einer Woche wieder abfahren. Meine Gedanken rasten, doch seine Nähe sorgte dafür, dass ich kaum klar denken konnte.

»Die Chemie zwischen uns stimmt. Geh mit mir aus, Maddie.«

»Schön, Mr Connor. Wir können uns gemeinsam das Feuerwerk ansehen.«

Er senkte den Kopf noch ein wenig weiter, bis sich unsere Lippen fast berührten. »Ich kann es kaum erwarten.«

Das Geräusch der sich öffnenden Eingangstür störte das Knistern zwischen uns.

»Landon, bist du in der Küche?«, hallte Vals Stimme durchs Haus.

»Ja. Ich komme gleich«, sagte er, ohne den Blick von mir abzuwenden.

Ich atmete tief durch, als er sich schließlich abwandte, dann musterte ich seinen knackigen Hintern, während er die Küche verließ. Als ich ein paar Minuten später nach draußen ging, saßen Landon und Val gemeinsam auf der Veranda auf der kleinen Holzbank und beugten sich über einen Laptop. Leise zog ich mir meine Schuhe an.

»Aber wird das nicht aussehen, als hätten wir nicht genug Produktionskapazität?«, fragte Val.

»Nein, das stellt nur klar, wie gefragt deine Produkte sind.«

Was ging hier vor sich? Ich stemmte die Hände in die Hüften und trat direkt vor die beiden. »Was ist das denn? Val, du hast mich gezwungen, deinen Bruder auszuspionieren, und jetzt bist du diejenige, die ihn korrumpiert?«

Val verzog das Gesicht. »Du hast recht. Er hat angeboten, sich eine Präsentation anzusehen, die ich für einen potenziellen Kunden vorbereitet habe, den ich am 5. Juli treffe. Landon sollte am Wochenende bloß kurz mal drüberschauen, aber irgendwie ist daraus … das hier geworden. Absolut meine Schuld.«

Ich hätte sie weiter ermahnen können, doch ich hatte Landons Überzeugungskünste ja bereits am eigenen Leib erfahren, weswegen ich meinen bösen Blick auf Landon richtete. Aber er zwinkerte mir nur zu.

»Landon hat mir erzählt, dass du dich uns morgen anschließen wirst.«

Ich beäugte die beiden Geschwister. »Ja. Und ihr seid euch sicher, dass ich eure Familienfeier nicht stören werde?«

Val sah ihren Bruder an. »Hey. Jetzt, wo sie es erwähnt … vielleicht sollten wir unsere Meinung doch noch mal ändern.«

Landon verschränkte die Arme vor der Brust und lächelte auf eine Art, die auf unheimliche Weise an seine Schwester erinnerte.

»Alle sind verpflichtet, ein selbst gemachtes Gericht mitzubringen«, informierte mich Val.

Mir fiel vor Schock der Kiefer herunter. »Zuerst nötigt dein Bruder mich, zu eurer Party zu kommen, und nun erzählst du mir, dass ich dafür kochen muss? Wirklich hinterhältig.«

»So bin ich«, bestätigte Val. »Was glaubst du, wie es mir sonst gelingt, alle ständig dazu zu bringen, nach meiner Pfeife zu tanzen?«

Ich stöhnte, als ich am nächsten Morgen in Vals Straße einfuhr. Ich hatte mir für die Gelegenheit Grace' kleinen Volvo geliehen, weil ich schon damit gerechnet hatte, dass es vielleicht schwierig werden könnte, einen Parkplatz für meinen Chevy zu finden, den ich gestern aus der Werkstatt abgeholt hatte. Alle hatten zum Feiertag Gäste eingeladen. Ich sah mich in der Straße um, und mir wurde schnell klar, dass ich ungefähr so gute Chancen hatte, das Auto mit einem Zauberspruch in Luft aufzulösen, wie einen Parkplatz zu finden.

Ich wollte gerade Val anrufen und fragen, ob es irgendwo in der Nähe eine Parkgarage gab, als Landon in mein Sichtfeld trat. Er ging mit schnellen Schritten an einer Reihe Autos am Straßenrand entlang. Ich bemühte mich, nicht unruhig auf meinem Sitz herumzurutschen, als unsere Blicke sich trafen, versagte aber kläglich. Landon beeinflusste mich auf eine Art, wie es noch keinem Mann vor ihm gelungen war.

»Hi, Maddie«, sagte er, als er die Tür öffnete und sich auf den Beifahrersitz setzte. Dann deutete er mit dem Daumen über die Schulter. »Dreh um. Ein paar Straßen entfernt gibt es ein Feld, das wir als Parkplatz benutzen.«

»Du musst nicht mitfahren. Gib mir einfach eine Wegbeschreibung.«

»Vertrau mir, so ist es einfacher.«

Ich ließ eine Hand am Lenkrad und schaltete mit der

anderen in den Rückwärtsgang, dann starrte ich in den Rückspiegel, um eine Wendemöglichkeit zu finden. Aus den Augenwinkeln konnte ich sehen, dass Landon mich unverwandt ansah, und sofort kribbelte meine Haut.

Ich folgte seiner Beschreibung. Und er hatte recht gehabt. Hätte er mir nur Anweisungen gegeben, hätte ich das Feld nie gefunden. Es war ein weitläufiger Freiraum zwischen zwei von Zäunen umgebenen Grundstücken, die jeweils mit einstöckigen Wohnhäusern bebaut waren. Ein paar Autos hatten bereits auf der Wiese geparkt, also stellte ich mich neben einen schwarzen Chevrolet.

»Ich habe einen Kuchen im Kofferraum«, erklärte ich, als wir ausstiegen. Wir gingen am Auto nach hinten, dann biss ich mir auf die Lippe und sah mich auf dem Feld um. »Dürfen wir hier stehen bleiben?«

»Mach dir deswegen keine Sorgen.«

Ich stellte mich auf die Zehenspitzen, um nach *Betreten verboten!*-Schildern Ausschau zu halten. Als Landon sich leicht zu mir lehnte, hätte ich fast das Gleichgewicht verloren.

»Maddie, ehrlich. Mach dir keine Sorgen.« Mit leicht heiserer, neckender Stimme fügte er hinzu: »Ich breche die Regeln bloß zu besonderen Gelegenheiten.«

Oh, und ich erinnerte mich so lebhaft an diese Gelegenheiten.

»Ich will nicht riskieren, dass mein Wagen abgeschleppt wird.«

»Das Grundstück gehört mir.«

Erstaunt sah ich ihn an. »Oh. Okay.«

»Ich habe es zur selben Zeit gekauft wie Val ihr Grundstück. Es war eine gute Investition. Relativ günstig, als wir zugeschlagen haben … und seitdem sind die Preise astronomisch gestiegen.«

»Das ist eine tolle Gegend. Ich hatte das Viertel auch schon erwogen, auch wenn die Preise lächerlich sind. Aber wer weiß … vielleicht in ein paar Jahren. Ich mag den Kleinstadtcharakter hier, obwohl das Viertel ein gutes Stück vom Meer entfernt liegt.« Ich betrachtete die Umgebung mit dem Auge einer Landschaftsarchitektin. Das Grundstück war ebenfalls geneigt, allerdings nicht so steil wie das von Val. Oh, was man damit alles anstellen könnte. »Das ist ein prima Ort, um ein Haus zu bauen und eine Familie zu gründen.«

Zu viele Informationen, Maddie. Wir hatten noch nicht einmal ein richtiges Date, und ich sprach bereits über Familiengründung. Nach meinem Verlobungsdebakel hatte ich diese Ideen eigentlich begraben, aber Landon erweckte meine romantische Seite wieder zum Leben. All diese Männlichkeit war einfach überwältigend.

Ich konzentrierte mich darauf, den Kofferraum zu öffnen. Ich hatte die Torte in eine riesige runde Plastikdose gepackt, die speziell dafür gemacht war, Kuchen zu transportieren … aber der Deckel war abgefallen und der gesamte Kofferraum mit Zuckerguss und Zitronencreme verschmiert.

»Oh, nein, nein, nein!«

»Maddie, das ist doch nicht so schlimm!«

»Val hat gesagt, jeder würde etwas mitbringen. Ich will nicht mit leeren Händen auftauchen.«

»Es gibt sowieso genug zu essen.«

»Ich habe den gesamten Morgen mit dieser Torte vertan. Ich will nicht ohne etwas auftauchen.«

»Auf dem Weg zurück gibt es eine Bäckerei.«

»Die heute geöffnet hat? Das ist toll. Es ist nicht hausgemacht, aber zumindest habe ich dann etwas dabei.«

»So lautete der Plan. Was für eine Torte war das?«

»Zitronentorte.«

Er tauchte einen Finger in den Schaum und steckte ihn sich in den Mund. Ich sah kurz seine Zunge, bevor er den Mund zumachte, und leckte mir unwillkürlich über die Lippen. Landon verzog das Gesicht.

»Was ist?«

Er zuckte mit den Achseln. »Es tut mir leid, aber das schmeckt … schrecklich.«

»Du nimmst mich auf den Arm.« Ich kostete den Schaum ebenfalls und hätte mich fast übergeben. »Mist. Ich hätte mich an den Karottenkuchen halten sollen, den ich gemacht habe, als Vals erstes Projekt beendet war. Er schien ihr zu schmecken, auch wenn sie nicht viel davon gegessen hat.« Ich war eine gute Köchin, aber Backen war eine Herausforderung für mich. »Nicht, dass das jetzt eine Rolle spielen würde.«

Nachdem ich den Kofferraum geschlossen hatte, gingen wir nebeneinander durch das Labyrinth von Straßen und blieben erst stehen, als wir vor einem schön dekorierten Schaufenster standen. *Felicia's Sweets.*

»Das sieht ja alles köstlich aus!«, rief ich und rieb mir die Hände, als Landon die Tür für mich aufhielt. Der Laden war klein und bestand eigentlich nur aus einer L-förmigen Auslage voller Köstlichkeiten, ohne jeden Cafébereich.

»Fröhlichen 4. Juli«, begrüßte uns eine Frau. »Was kann ich für Sie tun?«

»Haben Sie Zitronentorte?«

Sie schüttelte den Kopf. »Nein. Wir haben bloß das, was Sie in der Auslage sehen.«

Ich las die kleinen Karten vor den Kuchen. Mir lief bereits das Wasser im Mund zusammen. Landon deutete auf einen Apfelkuchen mit einer kleinen amerikanischen Flagge aus gefärbter Sahne darauf.

»Der sieht selbst gemachter aus als die anderen.«

Ich richtete mich entsetzt auf. »Landon Connor, willst du damit andeuten, ich solle einen gekauften Kuchen als meinen eigenen ausgeben?«

»Genau das schlage ich vor.«

»Der Gedanke wäre mir nie gekommen.«

Er beugte sich vor und flüsterte: »Ich rette gerne deine Ehre.«

Ich fragte mich, was für andere ehrenrettende Techniken er noch in petto hatte und ob es wohl dazu zählte, mich an die Wand zu pressen und zu küssen, aber ich sagte nichts.

»Könnten Sie mir den Apfelkuchen zeigen?«, fragte ich die Verkäuferin. »Ich würde ihn mir gerne genauer ansehen.«

Mein Magen knurrte, als sie ihn auf die Vitrine stellte, direkt vor meine Nase. Landon hatte recht.

»Er sieht selbst gemacht aus … abgesehen von der Flagge. Die ist zu perfekt.«

Er grinste. »Wir können sie durcheinanderbringen. Könnten wir einen Spachtel haben?«

Die Verkäuferin musterte uns besorgt, als hielte sie uns für verrückt. »Also kaufen Sie diesen Kuchen?«

»Ja«, versicherte ich ihr.

»Ich gehe kurz nach hinten und hole einen Karton«, sagte sie und gab mir einen Spachtel.

Landon lachte, sobald sie durch die Tür verschwunden war.

Er streckte die Hand aus. »Ich glaube, die Ehre gebührt mir, nachdem es meine Idee war.«

Ich gab vor, darüber nachzudenken, indem ich mir mit dem Finger ans Kinn tippte. Ich liebte die jungenhafte Begeisterung, die aus seinem Gesicht leuchtete.

»Ich hätte dich nicht für einen solchen Tunichtgut gehalten.« Ich spielte immer noch mit dem Spachtel herum, und Landon beobachtete jede meiner Bewegungen. Ich fragte mich, ob er wohl vorhatte, ihn mir zu entreißen. Dann drängte sich die Frage auf, ob seine Pläne beinhalteten, mich zu küssen, und ich kaute auf meiner Wange.

»Doch, diese Einschätzung wäre nicht ganz falsch. In meiner Jugend war ich durchaus ein Unruhestifter. Ich habe erst in … den letzten Jahren angefangen, mich selbst ernst zu nehmen. Du hast einen interessanten Einfluss auf mich.«

»Ich fühle mich geehrt.«

Langsam machte ich mir ein Bild von Landon, wie er im Laufe der Jahre gewesen war, und ich war froh, ihm dabei zu helfen, verschüttete Teile von sich wiederzuentdecken. Während ich ihm den Spachtel gab, dachte ich über die Wirkung nach, die er auf mich hatte. Gewöhnlich war ich Leuten gegenüber nicht so offen. Es war, als hätte Landon an dem Tag, an dem er mich geküsst hatte, ein paar der Ziegel aus der Schutzmauer gelöst, die ich um mich selbst errichtet hatte. Ich war mir nicht sicher, ob es daran lag, dass er mich trotz meines heftigen Widerstandes aus dem Regen gezerrt hatte, oder daran, dass es sich so wunderschön angefühlt hatte, in seinen Armen zu liegen.

Landon zog den Spachtel über die Flagge und verschmierte sie damit, bis die Sahnedekoration aussah, als hätte ein Hobbykoch sie gestaltet.

»Du machst das gut«, sagte ich.

Die vielfarbige Sahne am Rand des Spachtels lockte mich. Weswegen ich auch ziemlich erschüttert war, als Landon ihn an den Mund hob, ohne ihn mir anzubieten.

»Hey!« Ich packte seine Hand, bevor er mehr tun konnte, als einmal an der Sahne zu lecken. »Ich will auch was davon.«

»Du wirst mit mir darum kämpfen müssen, Maddie, weil das so lecker schmeckt, dass ich dir nicht mal einen kleinen Rest davon übrig lasse.« Er leckte erneut am Spachtel. »Und wenn ich jetzt so darüber nachdenke, wird Val dir wahrscheinlich nicht glauben, dass du den Kuchen gemacht hast. Er schmeckt zu gut.«

Landon hatte wirklich Nerven! Das war's. Ich weigerte mich, mit meinen eigenen schrecklichen Backfähigkeiten konfrontiert zu werden, während er sich die Sahne schmecken ließ. Ich warf mich auf ihn, doch er hob den Arm und entfernte den Spachtel damit aus meiner Reichweite. Ich dachte kurz darüber nach, wie lächerlich ich aussehen würde, wenn ich nun hüpfte, aber dann wurde mir klar, dass das gar nicht nötig war. Ich konnte ihn unter der Achsel kitzeln. Er trug ein recht dickes Poloshirt, allerdings war ich zuversichtlich, dass ich trotzdem etwas ausrichten konnte. Landon quietschte, als ich meine Finger über seine Achsel gleiten ließ, und sein Oberkörper senkte sich. Er riss den Arm nach unten, nur um ihn sofort zu heben. Verdammt, er hatte einfach zu gute Reflexe.

»Du bist fies«, zog er mich auf.

»Du stehst zwischen einer Frau und ihrer Sahne, Landon. Das ist eine gefährliche Position.«

»Wie gefährlich?«

Er senkte den Arm und bot mir den Spachtel an. Und dann beobachtete er, wie ich die Sahne ableckte. Mir wurde ganz heiß, als mir klar wurde, dass vor Kurzem seine Zunge genau dieselbe Stelle berührt hatte. Ich weiß nicht, wer sich zuerst vorlehnte, aber plötzlich lag sein Mund auf meinem, und wir küssten uns, als gäbe es kein Morgen. Landon legte eine Hand an mein Kreuz und drückte mich an sich. Ich kostete die Berührung aus und wollte noch mehr. Ich wollte nicht, dass es endete. Ich wollte, dass er mich stundenlang küsste. Ich hoffte, dass er genau das für heute Abend nach dem Feuerwerk plante. Oder während des Feuerwerks. Beides war okay für mich.

»Ahem.« Ich hörte das Geräusch wie durch einen Schleier, daher kostete es mich eine Weile zu verstehen, dass die Verkäuferin sich gerade räusperte. Dann lösten Landon und ich uns eilig voneinander.

»Kann ich den Kuchen jetzt einpacken?«, fragte sie.

»Ja«, antworteten Landon und ich gleichzeitig. Schweigend beobachteten wir, wie sie den Kuchen in den Karton überführte, dann zahlten und gingen wir. Landons Telefon brummte, als wir auf die Straße traten. Er zog es heraus, sah aufs Display, runzelte die Stirn.

»Gibt es Ärger?«, fragte ich.

»Die geplante Partnerschaft läuft nicht so glatt, wie sie sollte.«

»Wieso nicht?«

»Der Besitzer der anderen Firma will ständig über Punkte diskutieren, über die eigentlich schon Einigung bestand.«

»Aber Verhandlungen sind doch deine Stärke.«

»Sicher, die Verhandlungen sollten allerdings eigentlich vorbei sein. Deswegen hatte ich mir ja Urlaub genommen. Ich habe keine große Lust, mich wieder mit Dingen beschäftigen zu müssen, die mich bereits Monate gekostet haben. Das ist alles Zeitverschwendung.« Er schüttelte lächelnd den Kopf. »Aber ich will meine Zeit jetzt nicht darauf verschwenden, darüber nachzudenken.«

»Wow. Wer bist du, und was hast du mit Landon Connor gemacht?«

»Ich glaube, die Frage müsste lauten, was hast du mit mir gemacht.«

Ich? Ich sollte das Lob dafür ernten? Er wirkte definitiv entspannter als am Abend seiner Ankunft oder sogar am nächsten Tag, als seine Freizeit ihm noch eher unangenehm gewesen zu sein schien.

»Ich kann den heutigen Abend kaum erwarten«, sagte er, legte eine Hand an meine Taille und zog mich an seine Seite. Sofort wurde mir warm. Nachdem wir uns geküsst hatten, war ich mir sicher, dass mein Körper einfach in Flammen aufgehen würde, wenn er mich weiterhin berührte. Aber Landon schien nicht die Absicht zu haben, mich loszulassen. Und ich gab mir keinerlei Mühe, mich aus seinem Halt zu befreien, weil sich das so unglaublich gut anfühlte. Ich könnte mich daran gewöhnen, auch wenn ich das besser nicht tun sollte. Ich senkte den Blick auf den Kuchen in meinen Händen und seufzte. Ich hatte so meine Zweifel, ob ich nicht doch mein Herz aufs Spiel setzte.

15 Landon

In meiner Abwesenheit hatten meine Brüder ein Lagerfeuer gemacht, über dem alle Gäste Spieße braten oder Marshmallows rösten oder sonstige Speisen zubereiten konnten. Wir hatten den Picknicktisch und die Bänke aus dem Vorgarten nach hinten getragen und alle Plastikstühle aufgestellt, die Val für genau solche Partys eingelagert hatte.

Ich liebte diese Zusammenkünfte. In San José hatte ich mich oft meinen Cousins angeschlossen. Feiern bei den Bennetts waren immer lustig. Sie waren insgesamt neun Geschwister. Alle von ihnen waren verheiratet, und die meisten hatten schon Kinder bekommen, also war bei ihnen immer viel los. Ich stand besonders Sebastian nahe, dem ältesten Cousin. Er war der Gründer von Bennett Enterprises – der erfolgreichsten Schmuckfirma der Vereinigten Staaten. Ich schätzte seinen Geschäftssinn. Aber sosehr ich die Bennett-Feiern auch liebte, nichts war schöner, als bei meinen Geschwistern zu sein.

»Okay. Ich konnte nicht anders und habe mir ein Stück von dem Apfelkuchen aus dem Kühlschrank stibitzt«, verkündete Val gerade, als ich an ihr vorbeikam. »Ich brauche das Rezept.«

»Oh, das ist … ich weiß es nicht auswendig«, murmelte Maddie. Wir hatten Val wirklich erzählt, Maddie hätte den Kuchen gebacken.

Ich ging zu Jace, der gerade Chorizo über dem Lagerfeuer röstete. Ich nahm mir auch einen Spieß und folgte seinem Beispiel. Während des Grillens hob ich den Kopf und sah mich nach Maddie um … und fand sie neben Will am Picknicktisch. Mein Bruder hatte einen Arm um ihre Schultern gelegt, und sie machte keine Anstalten, ihn abzuschütteln. Tatsächlich schien sie sich wohlzufühlen – fast, als wären die beiden … miteinander vertraut. Es schnürte mir die Kehle, sie zusammen zu sehen. Ich konnte nicht glauben, dass ich auf meinen eigenen Bruder eifersüchtig war. Der Arm, der nicht um Maddies Schultern ruhte, lag auf ihrem Arm. Es wurde Zeit, diese Party zu sprengen. Ich gab Jace meinen Spieß und ging zu Will und Maddie, um meinen Bruder böse anzustarren. Er war klug genug, seine Finger von Maddie zu nehmen, dann schenkte er mir ein selbstgefälliges Lächeln, bevor er sich Jace am Feuer anschloss.

»Wart ihr beide mal miteinander aus?«, fragte ich Maddie ohne Umschweife. Ihre Augenbrauen schossen nach oben, dann stand sie auf und sah sich um. Meine Schwestern standen weit genug entfernt, um uns nicht belauschen zu können.

»Fragst du mich das ernsthaft?«

»Ja.«

Sie kniff die Augen zusammen. »Du bist eifersüchtig auf deinen eigenen Bruder?«

»Anscheinend.«

Maddie musste ein Lächeln unterdrücken. »Will strahlt diese Heiße-Cop-Aura aus.«

Ich räusperte mich, was sie dazu brachte, mit dem Finger auf mich zu zeigen.

»Hast du gerade geknurrt?«

»Maddie«, sagte ich warnend.

Diesmal versuchte sie nicht mehr, ihr Grinsen zu verstecken. »Du hast geknurrt. Wow. Das war heiß. Entspann dich, Landon. Ich mag Männer mit schicken Manschettenknöpfen. Handschellen dagegen sind nicht so mein Ding.« Stirnrunzelnd sah sie an mir vorbei. »Val und Lori sehen in unsere Richtung.«

»Wahrscheinlich haben sie gerade einen Mordsspaß damit, unsere Körpersprache zu deuten.«

»Wart ihr alle in einem Spionagekurs oder irgendwas?«

»Irgendwie schon. Wir haben viel dabei gelernt, uns gegenseitig auszuspionieren, um uns dann bei unseren Eltern zu verpetzen.«

»Wer hat wen ausspioniert? Wie sahen die Teams aus?«

Ich zögerte keine Sekunde. »Wechselnde Teams je nach Interessenlage.«

Hailey trat neben uns und schlang einen Arm um Maddies Taille. »Maddie, ich brauche dich. Val und Lori haben sich gegen mich verbündet, und ich brauche jemanden, der auf meiner Seite steht.« Sie wandte sich an mich und informierte mich: »Wir diskutieren über Schuhe. Geschlossene Pumps gegen Peeptoes.«

Ich verzog das Gesicht. »Dann halte ich mich lieber von euch fern.«

»Tu das.« Sie beugte sich näher zu Maddie und flüsterte

laut genug, dass ich sie hören konnte: »Als er das letzte Mal einen Kommentar zu einer Schuhdiskussion gemacht hat, hat er erklärt, für ihn sähen sie alle gleich aus.«

Maddie keuchte. »Das hat er nicht!«

Als Maddie und Hailey sich erneut dem Rest meiner Schwestern anschlossen, ging ich zu meinen Brüdern am Lagerfeuer.

»Landon, deinetwegen habe ich gerade fünf Dollar verloren«, sagte Jace, bevor er sich an Will wandte. »Er mag sie wirklich.«

Will grinste. »Ich wusste es.«

Ich sah zwischen den beiden hin und her. »Was geht hier vor sich?«

»Ich hatte so ein Gefühl, dass du Maddie magst. Jace hat widersprochen. Danke, dass du mir recht gegeben hast.« Erneut richtete er seinen Fokus auf Jace. »Ich würde sagen, er war rasend vor Eifersucht.«

»Er ist fast daran erstickt«, meinte Jace.

»Ihr habt gewettet?«

»Himmel, du schaltest heute aber langsam«, meinte Will. »Ja. Du erinnerst dich doch, was wetten ist, oder? Früher hast du das ständig mit uns gemacht.«

Ich erinnerte mich. Wetten war der sicherste Weg gewesen, Will dazu zu bringen, etwas zu tun, was er nicht tun wollte … ihm dabei zu helfen, seine Komfortzone zu verlassen.

Jace biss in seine Chorizo. »Wir sollten öfter nach San José fliegen. Er lässt nach, wenn wir nicht da sind, um ihm die Hölle heiß zu machen.«

»Die ganze Mühe, nur um mich zu nerven? Das könnt ihr auch über FaceTime.«

Jace massierte sich den Nasenrücken, als müsste er darüber nachdenken. Will dagegen schüttelte den Kopf. »Der Effekt ist besser, wenn wir persönlich anwesend sind. Aber ehrlich, du solltest hin und wieder deine eigenen Ratschläge befolgen. Du hast uns zu ausgeglichenen Menschen erzogen.«

»Es ist, als würdest du auf dein jüngeres Selbst hören«, fügte Jace pseudohilfreich hinzu.

Hailey kam zu uns und rieb sich den Bauch. »Maddie ist eine Verräterin. Sie hat sich beim Schuhdebakel auf die Seite von Val und Lori geschlagen. Mmmm, sieht aus, als wäre das Feuer bereit. Wird einer von euch mich verraten, wenn ich gleich mit Marshmallows einsteige?«

Ich deutete auf unseren Neffen, der sich gerade den Teller am Büfetttisch volllud, den wir eine paar Meter neben dem Feuer aufgestellt hatten. »Nachdem Lori Milo eine Predigt gehalten hat, weil er genau dasselbe getan hat?«

»Du hast recht. Sie wird mich vierteilen.« Hailey musterte die Spieße in den Händen meiner Brüder, dann kniff sie die Augen zusammen, als sie unsere Mienen genauer studierte. »Will, Jace! Ihr habt ihn in die Mangel genommen.«

Jace nickte. »Das ist unser Job.«

»Hört auf damit, sonst kommt er uns seltener besuchen.« Sie hakte sich bei mir unter und stieß mich mit der Hüfte an. »Willst du mit mir zum Büfett gehen?«

»Ich dachte schon, du würdest nie fragen.«

Wir zogen los, und ich lud mir den Teller voll mit Steak, Guacamole und Vals berühmtem Veggie-Burger mit Quinoa-Brötchen. Es gab so viele verschiedene Gerichte, dass für jeden Geschmack etwas dabei war.

»Lass mich raten. Dein Gericht ist der Thunfischsalat?«

Ich bemühte mich, ernst dreinzublicken. »Ja. Fisch ist gesund. Salat ist gesund.«

»Wirklich, Landon?«

Ich zuckte mit den Achseln, als wir zu den Plastikstühlen gingen, die weit genug vom Picknicktisch entfernt standen, dass ich das Gespräch zwischen Maddie, Val und Lori nicht hören könnte. Milo hatte sich meinen Brüdern am Lagerfeuer angeschlossen.

»Dein Thunfischsalat ist besser als in meiner Erinnerung. Aber irgendwie schade, dass du dein Repertoire noch nicht erweitert hast.«

»Kochen war noch nie meine Stärke.«

»Oh, daran musst du mich nicht erinnern. Wir hatten alle immer einen Notfallplan in petto, wenn du mit dem Kochen an der Reihe warst. Meistens sah er so aus, dass wir uns mit Süßigkeiten vollgestopft haben, wann immer Val nicht hingeschaut hat.«

»Aua! Manche Dinge muss ich einfach nicht wissen, Hailey. Ich habe mir wirklich Mühe gegeben.«

Sie wirkte sofort betroffen. »Tut mir leid! Ich wollte nicht undankbar klingen. Ich weiß, dass du dein Bestes getan hast, und du hast es toll gemacht. Ich wollte nur …«

Lachend hob ich eine Hand. »Ich wollte dich doch bloß aufziehen. Ich wusste, dass ich überhaupt nicht gut kochen konnte, aber ich wollte die Arbeit auch nicht ständig Val und Will überlassen.«

»Trotzdem war das, was ich gesagt habe, nicht sehr nett.«

Ich drückte ihr einen Kuss auf die Stirn. »Zwischen uns ist alles okay, Kleine.«

»Also, was haben Will und Jace angestellt, um dich auf die Palme zu bringen?«

»Nur das Übliche.«

»Sie haben diese Wette durchgezogen, stimmt's? Ich habe ihnen gesagt, dass sie es lassen sollen.«

War mir denn jeder in dieser Familie fünf Schritte voraus? Ich biss in den Veggie-Burger.

»Aber es hat funktioniert, hm?«, fragte sie.

»Oh, das Ganze hatte einen Zweck?«

»Na ja… wenn Alphatiere denken, ihr Revier würde bedroht, unternehmen sie gewöhnlich etwas.«

»Revier?«

Sie wedelte wegwerfend mit der Hand. »Das sagt man eben so.«

Ich kaute weiter auf meinem Burger, denn Hailey wartete bestimmt verzweifelt darauf, dass ich etwas dazu sagte.

»Wir wollen dich alle glücklich sehen, Landon. Und es könnte einfacher sein, als du denkst… wenn du es versuchst. Aber bisher machst du ja keinerlei Anstalten.«

»Wollen wir dieses Gespräch wirklich führen?«

»Hey! Ich esse deinen Thunfischsalat. Dafür kannst du mir zumindest zuhören.«

Ich musterte ihren Teller und bemerkte, wie sorgfältig sie meinen Salat am Rand aufgehäuft hatte, wie um sicherzustellen, dass er den Rest des Essens nicht kontaminieren konnte.

»Er schmeckt genauso schrecklich wie früher, oder? Du wolltest mir nur Honig ums Maul schmieren.«

Sie senkte den Blick auf ihren Teller, um dann verlegen zu lächeln. »Möglich. Also, wir haben bemerkt, dass du Zeit mit Maddie verbracht hast.«

»Ihr habt alle gemeinsam darüber geredet?«

»Wir haben lediglich Informationen ausgetauscht«, erklärte sie vollkommen ernst. »Und mein analytischer Verstand hat sofort ein Muster entdeckt. Also, möchtest du dich erklären? Ich bin hier. Du solltest meinen schwesterlichen Rat einholen.«

»Ich kann mich nicht von ihr fernhalten.« Ich wusste, dass Maddie mehr verdient hatte, als ich ihr anbieten konnte, aber trotzdem konnte ich einfach nicht anders. »Wir gehen heute Abend aus.«

»Das ist so schön, Landon.« Hailey seufzte, doch statt mir ihre Meinung kundzutun, folgte ihr Blick Val, als sie vom Picknicktisch zum Büfett ging, um dann zu sagen: »Bilde ich mir das bloß ein, oder wirkt Val, als würde sie etwas belasten?«

»Sie hat morgen ein wichtiges Meeting«, erklärte ich. Val hatte mir versichert, dass sie heute ihr Bestes geben würde, sich zu entspannen, um dann morgen ganz früh ins Büro zu fahren und ihre Präsentation noch einmal durchzugehen. Ich konnte ihre Sorgen verstehen. In San José wartete eine Fusion auf mich, die sich alles andere als gut entwickelte, dennoch war ich entschlossen, meine letzten Tage hier zu genießen.

»Ich weiß. Aber es ist der 4. Juli. Ich finde es toll, wie Val immer allen predigt, dass man im Urlaub abschalten soll, obwohl sie genauso schlimm ist wie wir anderen. Ich werde mal losziehen und versuchen, sie dazu zu bringen, einen Gang runterzuschalten. Aber glaub ja nicht, damit wärst du jetzt aus dem Schneider.«

»Wo denkst du hin?«

Ich verbrachte den Nachmittag damit, mich mit meiner Familie über Gott und die Welt zu unterhalten ... wie wir es immer taten, wenn wir zusammen waren. Maddie fügte sich so gut ein, dass ich nicht anders konnte, als mich zu fragen, wie es wohl wäre, wenn sie dauerhaft Teil meines Lebens wäre. Ich hatte echte Mühe, die Finger von ihr zu lassen. Jedes Mal, wenn sie in meine Reichweite kam, berührte ich sie. Himmel, ich musste endlich mit ihr allein sein.

Als die Sonne langsam unterging, wanderte Maddie zum Feuer, spießte Marshmallows auf und hielt sie über die Flamme. Ich wandte den Blick nicht von ihr ab. Auch sie sah alle paar Sekunden in meine Richtung ... was vielleicht der Grund dafür war, dass ihre gesamten Marshmallows von dem Spieß schmolzen. Ich beobachtete, wie ihr sechs Stück ins Feuer tropften, bevor ich zu ihr ging.

»Du lenkst mich ab.«

»Inwiefern ist das meine Schuld?«, fragte ich herausfordernd.

»Du sitzt da, starrst mich an und siehst aus wie ... du.«

Sie musterte mich böse, als müsse mir sofort klar sein, was sie damit meinte. Ich verstand nicht, was sie sagen wollte, aber mir gefiel ihre wütende Miene.

»Hey, lass mich dir zeigen, wie man das richtig macht.«

Sie schob weitere Marshmallows auf ihren Spieß. Ich packte ihre Hand und führte die Süßigkeiten über die Flammen.

»Immer schön drehen, damit das Feuer nicht ständig dieselbe Stelle verbrennt.«

»Okay.« Sie klang atemlos. Ich ließ meine Finger über ihren nackten Unterarm gleiten und spürte, wie sie unter meiner Berührung erzitterte.

»Wie weich deine Haut ist, Maddie.«

»Landon … ist das okay?«, fragte sie und bewegte die Hände, wie ich es ihr erklärt hatte. »Mache ich das richtig?«

Vor meinem inneren Auge stieg ein Bild auf: Maddie mit gespreizten Beinen auf dem Bett, wie sie sich auf meinen Befehl hin selbst berührte und meinen Anweisungen genau folgte, während sie mich unverwandt ansah, um sich zu vergewissern, dass sie es auch so machte, wie ich es wollte.

»Ja. Du machst das toll. Wir brauchen die richtige Hitze am richtigen Punkt.«

»Reden wir immer noch über die Marshmallows?«

Ich grinste. »Ich schon. Du nicht?«

Diesmal wirkte sie verlegen.

»Was auch immer dir gerade im Kopf herumgespukt ist … das ist nichts im Vergleich dazu, wie gut die heutige Nacht für dich werden wird. Das ist ein Versprechen, Maddie.« Ihre Wangen leuchteten rot, als ich den Spieß aus den Flammen zog. Die Marshmallows waren perfekt geröstet.

»Wir sollten jetzt gehen, wenn wir das Feuerwerk sehen wollen«, sagte ich, während sie auf die heißen Köstlichkeiten pustete.

»Dann los. Aber wir müssen noch kurz bei mir zu Hause vorbeifahren, damit ich mich umziehen kann.«

»Was immer Sie möchten, Ms Jennings.«

16 Maddie

Ich konnte nicht glauben, dass Landon sich in meinem Wohnzimmer aufhielt. Durch die leicht geöffnete Tür meines Schlafzimmers hörte ich, wie er hin und her ging. Mein Herz schlug jedes Mal schneller, wenn er näher kam. Ich hatte mich umziehen wollen, weil ich in der Nähe des Feuers ziemlich geschwitzt hatte. Jetzt inspizierte ich mein Kleid im bodentiefen Spiegel. War es chic genug? Oder doch zu overdressed? Es fiel mir bis auf die Knie, umschmeichelte meine Taille und endete in einem herzförmigen Ausschnitt über meiner Brust, der ein wenig Dekolleté zeigte. Spaghettiträger zogen sich über meine Schultern. Ich konnte nicht glauben, dass ich mir solche Gedanken um mein Outfit machte. Landon in meinem Wohnzimmer zu haben, brachte mich offenbar durcheinander.

Ich rieb mir die Hände, dann versuchte ich erneut, den Reißverschluss nach oben zu ziehen. Als ich das vorhin versucht hatte, hatte er sich mitten auf meinem Rücken verklemmt.

»Komm schon«, drängte ich, als ich zog und drückte und

noch mal zog. Das blöde Ding rührte sich nicht. Ich dachte darüber nach, einfach so loszuziehen, doch ein Blick mithilfe des Spiegels auf meinen Rücken bestätigte meine Vermutung, dass ich nicht gut darin war, den provokanten Look souverän zu präsentieren. Ich wirkte einfach nur … als wäre mein Reißverschluss halb offen.

Erneut versuchte ich, den Verschluss zu lösen, dann schrie ich vor Frust leise auf. Ein Klopfen an der Tür ließ mich zusammenzucken.

»Alles okay, Maddie?«, drang Landons Stimme durch den Türspalt.

»Der Reißverschluss klemmt«, murmelte ich durch zusammengebissene Zähne. Mein Gesicht war vor Anstrengung gerötet. »Ich gebe auf. Könntest du mir bitte helfen?«

Als Landon den Raum betrat, schnappte ich nach Luft. Seine Gegenwart schien den gesamten Raum zu erfüllen. Sofort wurde mir bewusst, wie klein mein Schlafzimmer war, wie schlicht die weißen Möbel. Ich vermutete, dass er an Luxus gewöhnt war.

»Wenn du ihn nicht nach oben bekommst, versuch es mit der anderen Richtung, damit ich zumindest etwas anderes anziehen kann.«

Landon trat hinter mich. Ich stand immer noch vor dem Spiegel, also konnte ich seine konzentrierte Miene beobachten, als er sich an dem Verschluss zu schaffen machte. Er sah heiß aus. Alles an ihm war so maskulin – sein vorgeschobenes Kinn, seine hohen Wangenknochen. Die Muskeln in meinem Unterleib verkrampften sich, als ich in jeder Nervenzelle spürte, wie seine Finger über meine Wirbelsäule glitten und meinen Nacken berührten, als er den Stoff straff zog. Dann glitten sie wieder über meinen Rücken.

Rrrrrrrrrratsch.

Endlich gab der Reißverschluss nach, nur dass er sich nicht nach oben bewegte. Landon hatte mit solcher Kraft daran gezogen, dass sich der gesamte Verschluss gelöst hatte … und jetzt mein gesamter Hintern frei lag. Landons Daumen ruhte auf der Wölbung einer Pobacke.

Ich schnappte nach Luft. Landon stöhnte – ein tiefes, ursprüngliches Geräusch, bei dem ich ganz weiche Knie bekam.

»Du bist so schön, Maddie. So wunderschön.«

Im Spiegel konnte ich sehen, wie Landon meinen Hintern musterte. Als er den Blick zu meinem hob, erkannte ich ein wildes Funkeln in seinen Augen. Sein Adamsapfel hüpfte, als er schwer schluckte. In diesem Moment wusste ich, dass wir mein Schlafzimmer heute Abend nicht mehr verlassen würden.

Landon führte die freie Hand an meine Schulter und schob mein Haar zur Seite, um meinen Hals freizulegen. Instinktiv legte ich den Kopf schräg, um ihm besseren Zugang zu gewähren. Ich musste seine Lippen, seine Berührung spüren. Gott, wie ich mich nach ihm verzehrte.

Er küsste die Seite meines Halses, und mein Puls raste.

»Ich begehre dich so sehr, Maddie.« Landons Stimme zitterte, als koste es ihn seine gesamte Kraft, sich nicht auf mich zu stürzen, sodass er seine Stimme einfach nicht mehr kontrollieren konnte. »Ich wollte erst reden, aber … ich will dich zu sehr. Ich will dich kosten. Überall. Ich will dich dazu bringen, meinen Namen zu stöhnen, während ich tief in dir vergraben bin. Ich will fühlen, wie du kommst.«

Oh mein Gott.

»Wir können morgen reden«, flüsterte ich.

Ich wollte nicht mal an morgen denken. Im Augenblick gab es einfach kein Argument, das mich davon hätte überzeugen können, mir Landon Connor entgehen zu lassen.

»Morgen«, wiederholte er. Und dann schob er seine Finger unter die Spaghettiträger und zog mein Kleid nach unten. Als Nächstes verschwand mein BH, um mit einem dumpfen Geräusch neben meinen Füßen zu laden. Nun war ich bis auf meinen String nackt. Gewöhnlich wurde ich verlegen, wenn ich unbekleidet vor dem Spiegel stand, doch das Verlangen in Landons Blick erlaubte keine Selbstzweifel. Landon schloss seine starken Arme um mich. Mit einer Hand liebkoste er meine Brustwarzen, während die andere tiefer glitt, in mein Höschen.

»O Gott!«

Langsam ließ er seinen Mittelfinger durch meine Spalte gleiten. Hoch … und runter … wieder nach oben, über meine Klitoris … dann wieder nach unten. Er trieb mich in den Wahnsinn. Ich drängte instinktiv meinen Po an ihn und fühlte durch seine Jeans, dass er bereits hart war.

»Ich werde dich heute Nacht dazu bringen, meinen Namen zu schreien, Maddie. Direkt hier, in deinem Schlafzimmer.«

»Das habe ich schon getan. Nach unserem ersten Kuss, als ich nach Hause gekommen bin …«, gestand ich und fühlte mich dabei wunderbar sündhaft.

Er biss leicht in mein Ohrläppchen, dann leckte er dieselbe Stelle. »Du hast dir selbst einen Orgasmus verschafft und dabei an mich gedacht?«

Bei seinen Worten wurde ich noch feuchter.

»Ja.«

»Ich habe dasselbe getan, nach unserem Tanz.« Seine

Stimme klang heiser. »Ich habe bereits angefangen, mich zu berühren, als wir noch telefoniert haben.« Sein Finger umkreiste meine Klitoris immer schneller, fester. Ich wand mich an ihm, weil ich schon fühlen konnte, wie meine Nerven zu kribbeln begannen.

»Ich werde dich so zum Höhepunkt bringen, Maddie.«

Es war zu viel. Seine Erektion zwischen meinen Pobacken, seine anzüglichen Worte in meinem Ohr, seine Finger an meinen Nippeln und meiner Klitoris ...

Ich kam so schnell und heftig, dass mir der Atem stockte. Ich drückte den Rücken durch, und für einen Moment war ich mir sicher, dass ich zu Boden sinken würde, doch Landon hielt mich fest, bis mein Orgasmus vorbei war. Kaum dass ich wieder atmen konnte, sank er hinter mir auf die Knie und zog meinen String nach unten.

»Zieh ihn aus, Maddie. Dann stütz deine Hände am Rahmen des Spiegels ab und spreiz deine Beine für mich. Ich will dich kosten.«

Ich beugte mich leicht vor, um meine Hände am hölzernen Rand des Spiegels abzustützen. Durch meine gespreizten Beine sah ich, wie Landons Gesicht sich meiner Mitte näherte. Bei der ersten Berührung seiner Zunge schrie ich auf.

»Landon!«

Er leckte mich, bis ich auf den Zehenspitzen stand; nicht mehr fähig war, die lustvolle Energie zu zügeln, die mich erfüllte. Uns im Spiegel zu beobachten, verstärkte noch jede Empfindung. Dann verschwand sein Gesicht zwischen meinen Beinen. Mir blieb kaum Zeit, mich zu fragen, was wohl als Nächstes kommen würde, als er meine Pobacken auseinanderschob und seine Zunge durch meinen Spalt gleiten ließ. Ich umklammerte den Rahmen so fest, dass es mich fast wunderte, dass das Holz nicht zerbrach.

Anschließend drückte Landon einen Kuss auf jede meiner Pobacken, erhob sich und wirbelte mich herum. In meiner Lust konnte ich an nichts anderes mehr denken, als ihn nackt zu sehen. Ich riss sein Hemd nach oben, seine Hose und die Boxershorts nach unten. Der Mann war ein Kunstwerk. Seine Muskeln waren sogar noch definierter, noch wohlgeformter, als ich es mir vorgestellt hatte. Und ich hatte eine Menge Zeit damit verbracht, ihn mir vorzustellen.

»Maddie, ich habe keine Kondome dabei.«

»Ich habe welche. Bin gleich zurück.«

Ich ging in mein Badezimmer und fand die ungeöffnete Schachtel in meinem Schrank. Ich suchte kurz nach einem Ablaufdatum, weil ich die Kondome schon seit Monaten besaß, konnte aber nichts finden. Was auch immer. Sie würden reichen müssen.

Als ich in mein Schlafzimmer zurückkehrte, stand Landon neben meinem Bett und berührte sich selbst.

Ich setzte mich mit dem Gesicht zu ihm aufs Bett und riss die Folie um das Kondom auf. Doch bevor ich es ihm überrollte, nahm ich ihn in den Mund, so tief ich nur konnte.

»Maddie! Maddie!«

Er vergrub seine Finger in meinem Haar und bewegte meinen Kopf genau zweimal auf seiner Länge auf und ab, bevor er sich zurückzog.

»Leg dich auf den Rücken.«

Gemeinsam rollten wir das Kondom über seinen Ständer, dann kroch ich in die Mitte meines Bettes und legte mich dort auf den Rücken.

Landon schob sich über mich und zwischen meine Beine. Aber er drang nicht sofort in mich ein. Stattdessen umfasste er mein Gesicht und küsste mich so zärtlich, dass ich fast geweint hätte. Nach all unseren schmutzigen Geständnissen überraschte mich diese sanfte Erkundung meines Mundes. Langsam ließ er sich in mich gleiten. Obwohl ich unglaublich feucht war, war seine Erektion so groß, dass es mich einen Moment kostete, mich daran zu gewöhnen. Er stieß mit der äußersten Spitze in mich, bis ich für ihn schrie.

»Landon, ich brauche dich ganz. Bitte.«

Er erfüllte mir meinen Wunsch und drang ganz in mich ein. Meine inneren Muskeln zuckten und pulsierten, als er mich dehnte.

»Du fühlst dich wahnsinnig gut an«, sagte er.

Er schlang die Arme um mich und ließ seinen Kopf in meiner Halsbeuge ruhen. Gefühle wallten in mir auf. Ich zitterte vor Anstrengung, sie zurückzuhalten. Als mir klar wurde, dass auch Landon zitterte, ließ ich meine Hände über seine Arme gleiten und schlang meine Beine um ihn, bis meine Fersen sich in seine Oberschenkel gruben. Ich wollte so viel von ihm berühren wie nur möglich. Landon hielt mich eng an sich gedrückt, als er anfing, in mich zu stoßen, immer tiefer und schneller. Ich fühlte mich fast, als würde er mich in zwei Teile spalten. Dann wechselte er die Position und löste seine Arme von mir. Er stemmte sich mit einer Hand nach oben und ließ die zweite zwischen uns gleiten.

»Landon!«, keuchte ich, als er erst eine, dann auch die andere Brustwarze mit den Lippen umschloss. Ich vermisste seinen Körper an meinem, doch ich liebte es, seine

Zunge an meinen Nippel zu spüren, seinen Daumen auf meiner Klitoris. Bald schon war ich völlig in Ekstase. Anspannung baute sich in mir auf, immer höher getrieben von seiner Zunge, seinen Fingern, dem Gefühl seiner Härte tief in mir.

Ich vergrub meine Fersen in der Matratze, hob meinen Hintern und warf mich seinen Stößen entgegen, bis meine Muskeln brannten.

»Verdaaammmt!« Landon zuckte tief in mir. Die Erkenntnis, dass er kurz davor stand zu kommen, trieb meine Erregung ebenfalls auf die Spitze. Ich schrie auf, packte seine Schultern und wand mich um ihn, bis auch er seinen Höhepunkt fand.

Dann blieben wir erschöpft liegen, die Glieder ineinander verschlungen, bis unser Pulsschlag sich beruhigt hatte.

»Bei dir alles okay?«, flüsterte er. Ich nickte, immer noch verloren in Leidenschaft. Landon umarmte mich fest, ließ kleine Küsse auf meinen Hals niederregnen. »Ich wollte nicht so grob sein.«

»Es war wunderbar.«

Er zog mich noch näher an sich. Wir waren beide verschwitzt, doch ich liebte die Nähe und dass er mich hielt, als wäre ich zu kostbar, um mich jemals freizugeben.

Erneut wallten unzählige Gefühle in mir auf… aber ich konnte nichts anderes tun, als Landon festzuhalten. Er ließ mich gerade lang genug los, um sich um das Kondom zu kümmern, dann kuschelte er sich an mich, seine Brust an meinem Rücken. Er ließ seine große Hand über meine Brüste gleiten und spielte mit meinen Nippeln. Sofort schoss erneut Hitze zwischen meine Beine. Landon bemerkte das durchaus, also senkte er die Hand und schob meine Beine auseinander. Ich biss in das Kissen, als sein Daumen über meine Klitoris glitt.

»Ich bin immer noch erregt«, flüsterte ich.

»Was bedeutet, dass du schneller kommen wirst.« Schon in der nächsten Sekunde drehte er mich auf den Bauch, dann setzte er sich rittlings auf mich, sodass ich mich kaum mehr rühren konnte. Mein Blut rauschte in meinen Ohren, als er eine Spur aus Küssen über meine Wirbelsäule zog, um im Anschluss meine Schulter zu küssen. Danach glitt seine Zunge über mein rechtes Schulterblatt.

»Ich habe da ein Muttermal«, flüsterte ich.

»Mmmm …« Er verlagerte seinen Körper, sodass er den Mund tiefer gleiten lassen konnte.

»Was tust du da?«

»Ich suche nach anderen Muttermalen.«

»Würdest du mir glauben, wenn ich dir erkläre, dass ich sonst keine habe?«

Ich fühlte, wie sich seine Lippen an meinem Kreuz zu einem Lächeln hoben. »Ich bin gründlich. Ich überprüfe Dinge gern selbst noch mal.«

Ich grinste ins Kissen und bewegte aufgeregt meine Zehen. Landon erkundete jede noch so kleine Stelle meines Körpers, berührte mich fast ehrfürchtig, als wäre ich alles, was für ihn zählte. Er küsste, leckte und berührte mich, bis ich unter ihm zitterte.

»Ich bin noch nicht damit fertig, dir heute Nacht Orgasmen zu verschaffen, Maddie. Nicht mal ansatzweise. Ich werde dich die ganze Nacht über lieben. Versprochen.«

Er hielt sein Versprechen, liebte mich zärtlich, dann ein weiteres Mal hart und schnell, bis wir beide erschöpft waren und gemeinsam einschliefen.

Als der Wecker klingelte, schob ich meinen Kopf unter das Kissen. Mein ganzer Körper protestierte gegen die Vorstellung, das Bett zu verlassen. Ich fühlte mich, als könnte ich eine Woche schlafen. Ich tastete blind auf dem Nachttisch herum und drückte die Schlummer-Taste, bevor ich mich auf dem Bett ausstreckte.

Ich hatte heute Morgen keine Zeit für gemütliches Aufstehen, weil ich in die Innenstadt musste, um ein paar Zulassungen für mein nächstes Projekt abzuholen, ehe ich zu Val fuhr. Ich hätte meinen Wecker besser eine Viertelstunde früher stellen sollen, damit ich noch mit dem Mann kuscheln konnte, der für die köstlichen Schmerzen in meinen Muskeln verantwortlich war. Ich brauchte eine Sekunde, um festzustellen, dass Landon nicht neben mir lag. Ich rieb mir den Schlaf aus den Augen und sah mich um. Die Tür zum Wohnzimmer stand offen, und der Duft von Kaffee drang in den Raum. Hatte Landon Kaffee gemacht?

Ich warf mir einen Bademantel über und ging ins Wohnzimmer. Landon stand voll angezogen an der Kücheninsel. Er hatte mir den Rücken zugewandt, sodass ich den perfekten Blick auf seinen Hintern hatte. Jetzt, wo ich wusste, wie er nackt aussah, fand ich ihn noch unwiderstehlicher. Ich wusste nicht, was ich sagen oder wie ich mich benehmen sollte, doch ich deutete es als gutes Zeichen, dass er hier war, in meiner Küche. Das Parkett knirschte unter meinen Füßen, und er wirbelte herum.

»Guten Morgen, meine Schöne.«

Die Anspannung verließ meinen Körper, allein wegen dieser zwei Worte. Er hatte eine tolle Stimme. Tief, aber doch sanft. Und seine Anwesenheit sagte deutlich: Ich würde nie mitten in der Nacht verschwinden, denn dafür bist du mir viel zu wichtig.

»Morgen.«

»Ich habe Kaffee gekocht.« Er gab mir eine Tasse, die ich sofort mit beiden Händen umfasste. Landon trat näher an mich heran und beobachtete mich eingehend, als ich an der heißen Flüssigkeit nippte. »Lass uns frühstücken gehen, irgendwo am Strand. Ich will diesen Tag mit dir verbringen. Oder zumindest den Morgen.«

Ich schmolz förmlich dahin. »Das wäre wunderbar, aber ich kann nicht.«

Er drückte mir einen Kuss auf die rechte Schläfe und murmelte: »Ich verrate dir ein kleines Geheimnis. Ich bin mit deiner Auftraggeberin verwandt. Ich kann da einiges drehen.«

»Ich weiß, aber ich habe einen Termin, um ein paar Zulassungen abzuholen. Es hat Ewigkeiten gedauert, sie endlich bearbeitet zu bekommen, und ich will nichts riskieren.«

»Ich kann auch bei Leuten etwas drehen, die nicht mit mir verwandt sind, weißt du. Wenn du irgendetwas brauchst, sag es mir.«

»Danke, das ist sehr großzügig.«

»Du musst mir nur sagen, was du brauchst, weil ich es nicht erraten kann. Noch nicht.«

Ich schnappte nach Luft. Dieser Mann roch einfach unglaublich. Ich drückte mein Kinn gegen seine Brust, ließ Küsse auf seinen Adamsapfel niederregnen. Wäre da nicht dieser Termin gewesen, hätte ich heute Morgen ganz in Landons Wunderbarkeit eintauchen können. Er schlang die Arme um meine Taille und zog mich eng an sich. Als ich so quasi von ihm umgeben war, konnte ich nicht anders, als mich zu fragen, ob Landon wohl einer der Männer war, die immer auf meiner Seite stehen würden.

»Du hast tolle Arme«, murmelte ich. »Und eine tolle Stimme.«

Er lachte. »Mir gefällt, wo das hinführt.«

»Ich würde ja weitermachen, aber ich muss nun wirklich unter die Dusche.«

»Wir sehen uns beim Mittagessen, dann können wir noch ein wenig reden.«

»Okay. Besorgst du etwas Leckeres?«

»Natürlich werde ich Essen mitbringen. Und mich selbst.«

»Hey! Du hast eine dreiste Seite. Ich habe mich schon gefragt, wann sie sich bemerkbar machen würde.« Ich trat zurück, verschränkte die Arme vor der Brust und schnalzte missbilligend mit der Zunge.

»Ich nehme doch mal an, du hast auch eine?«

»Landon, jetzt mal ernsthaft. So wie du aussiehst und mit deinem beruflichen Erfolg hatte ich damit gerechnet, dass dein Dreistigkeitsfaktor bei ungefähr einer Million liegt.«

Er grinste. »So wie ich aussehe?«

Ich erwiderte sein Grinsen. »Nun, ich habe deine Stimme und deine Arme bereits erwähnt. Ich würde den Rest auch noch aufzählen, aber ich muss jetzt duschen. Du kannst dich auf unser Mittagessen freuen. Ich kann dir ja nicht all meine Geheimnisse gleich am ersten Morgen verraten.«

Wie sich herausstellen sollte, waren diese paar Minuten mit Landon der beste Teil meines Vormittags. Der verantwortliche Bearbeiter für meine Zulassungen schien zu denken, dass mir die nötigen Qualifikationen für meinen Job fehlten.

»Sie arbeiten allein, ja?«, fragte er. Sein Büro war klein und stickig. Und er selbst roch, als trüge er seit Weihnachten dasselbe Hemd.

»Ich stelle für jedes Projekt Leute an.«

»Schulen sind Orte öffentlichen Interesses. Sind Sie sich sicher, dass Ihre … Firma der Aufgabe gewachsen ist?«

»Es ist kein großes Projekt. Sollte es nötig werden, könnte ich sogar alles allein machen. Und es ist eine Privatschule, keine staatliche«, hielt ich dagegen.

»Aber trotzdem brauchen Sie unsere Genehmigung. Ich brauche mehr Zeit, um das zu prüfen.«

Ich atmete tief durch, um ruhig zu bleiben. Ich wusste genau, was passieren würde, wenn ich ihm noch Zeit ließ. Er würde so lange brauchen, dass ich die Genehmigung nicht rechtzeitig bekam. Ich sollte mit diesem Auftrag direkt nach Vals Garten anfangen. Ich hatte meinem Kunden versprochen, alles gleichzeitig zu erledigen, und ich hatte vor, mein Wort zu halten.

Ich war nicht dahin gekommen, wo ich war, indem ich darauf gewartet hatte, dass Dinge einfach passierten. Ich hatte mit Zähnen und Klauen darum gekämpft, dass sie stattfanden. Ich richtete mich auf, lächelte und schmierte ihm ordentlich Honig ums Maul. Zehn Minuten später verließ ich sein Büro mit den Dokumenten in der Tasche.

Auf dem Weg zu Val schaltete ich mein Handy ein, das ich während des Termins ausgestellt hatte.

Landon: Val hatte einen Unfall mit einem betrunkenen Fahrer. Ruf an, sobald du das siehst.

Oh mein Gott! Ich sah auf die Uhrzeit – er hatte die Nachricht vor einer Stunde geschrieben. Für einen Moment war ich zu entsetzt, um ihn anzurufen oder irgendetwas anderes zu tun, als darum zu beten, dass es Val gut ging. Es musste ihr einfach gut gehen. Erst nach ein paar Sekunden riss ich mich aus meiner Erstarrung und meldete mich bei Landon. Er hob sofort ab.

»Hey!«, sagte er.

»Hey! Wie geht es Val?«

Mit der freien Hand umklammerte ich das Lenkrad. Mir war speiübel.

»Drei gebrochene Rippen und ihr rechtes Bein ist auch gebrochen.«

»O nein.«

»Sie wird für eine Weile im Krankenhaus bleiben. Und im Anschluss muss sie sich sechs Wochen lang schonen.«

»Was ist passiert?«

»Sie hatte heute ein wichtiges Meeting und ist sehr früh ins Büro gefahren, um sich darauf vorzubereiten. Ein betrunkener Idiot hat ihr Auto gerammt.« Seine Stimme klang so angespannt, dass ich am liebsten durch die Telefonleitung gegriffen hätte, um ihn in meine Arme zu ziehen.

»Du bist im Krankenhaus?«

»Ich war vorhin da, aber ich bin gegangen, weil sie mich gebeten hat, sie bei dem Meeting zu vertreten. Dorthin bin ich gerade unterwegs.«

»Du machst Witze, oder?«

Landon lachte. »Nein.«

»Wie kann sie im Moment noch an dieses Meeting denken?« Ich hoffte, das bedeutete, dass sie nicht allzu heftige Schmerzen hatte.

»Sie hat sich den gesamten letzten Monat darauf vorbereitet. Das ist eine große Sache für sie. Wir haben ein paarmal darüber geredet, und ich habe vor Jahren auch in der Firma gearbeitet, also weiß ich zumindest über die Grundlagen Bescheid.«

»Wow.«

»Dieses Meeting wird den ganzen Tag dauern, also muss ich unser Mittagessen leider absagen. Aber ich würde dich gerne heute Abend ausführen.«

»Landon, du hast einen anstrengenden Tag vor dir. Du musst nicht mit mir ausgehen.«

»Ich will aber. Nach dem Meeting werde ich bei Val vorbeischauen, wenn du allerdings danach noch nichts vorhast ...«

Ich schüttelte den Kopf, dann wurde mir klar, dass er mich ja nicht sehen konnte. »Ich hab keine Pläne.«

»Toll. Ich werde dir eine Nachricht schreiben, wenn die Besprechung zu Ende ist.«

»Dann viel Erfolg! Es wird bestimmt alles bestens laufen.«

»Danke für dein Vertrauen.«

»Trägst du Manschettenknöpfe?«, fragte ich, weil mir einfiel, dass er mir erzählt hatte, dass er sie immer trug, wenn es um rein Geschäftliches ging.

»Das tue ich. Ich bin aus dem Krankenhaus nach Hause gefahren, um mich umzuziehen.«

»Dann hast du den Deal bereits in der Tasche. Niemand kann Manschettenknöpfen widerstehen.«

»Autsch! Ich nehme meinen Dank zurück.« Er lachte. Es freute mich, dass ich es geschafft hatte, ihn trotz allem, was gerade los war, aufzumuntern. »Ich kann es kaum erwarten, dich heute Abend zu sehen, Maddie.«

Bei seinen lieben Worten bekam ich Schmetterlinge im Bauch. Ich schmolz ein wenig dahin … auch wenn ich das niemals zugegeben hätte. Mir war gar nicht klar gewesen, wie sehr ich darauf gehofft hatte, dass er etwas in der Art sagte. Adrenalin schoss in meine Adern, und ich konnte meine Gefühle kaum kontrollieren.

»Ebenso.«

Nach dem Auflegen grinste ich wie eine Idiotin. Ich wollte nicht ganz romantisch und träumerisch werden, aber ich konnte einfach nichts dagegen machen. Dann beschloss ich, den Tag damit zu beginnen, dass ich Val besuchte – bevor mir klar wurde, dass ich gar nicht wusste, in welchem Krankenhaus sie lag. Ich schrieb Landon eine Nachricht.

Ich wollte mich mit eigenen Augen davon überzeugen, dass es Val gut ging, oder so gut, wie es einem mit drei gebrochenen Rippen und einem gebrochenen Bein eben gehen konnte. Und ich würde ihr ein Mozzarella-Tomaten-Sandwich mitbringen. Nach kurzer Überlegung legte ich noch eine Tüte M&M's drauf. Bei mir halfen die Schokolinsen immer, um meine Stimmung zu heben … und ich hatte so ein Gefühl, dass Val jetzt für jede Aufmunterung dankbar war, die sie kriegen konnte.

17 Landon

Es war bereits sechs Uhr abends, als ich das Büro meiner Schwester verließ. Meine rechte Schläfe pulsierte, und meine Gedanken überschlugen sich. Obwohl ich Val in den Pausen immer mal wieder angerufen hatte, fuhr ich direkt zum Krankenhaus, um ihr noch mal genau Bericht zu erstatten und zu schauen, wie es ihr ging.

»Du siehst besser aus«, sagte ich.

Sie lag im Bett, ein Bein in Gips, den Oberkörper eng verbunden. Ihre rechte Seite war am heftigsten vom Aufprall betroffen.

Sie lächelte. »Du alter Charmeur. Das kann ich wirklich brauchen. Ich habe noch keinen Blick in den Spiegel geworfen, aber ich kann nicht besser aussehen, als ich mich fühle … und ich fühle mich schrecklich. Die anderen haben mir schon alles Mögliche mitgebracht, um mir was Gutes zu tun, aber richtig aufbauen kannst nur du mich.« Sie deutete auf den Krankenhaustisch neben sich. Er bog sich unter Bergen von Süßigkeiten und Essen. Sie seufzte. »Irgendwie bin ich total angeschlagen. Ich habe versucht, ein paar E-Mails zu lesen, und hätte mich fast übergeben.«

Die Ärzte hatten gesagt, dass sie eine Gehirnerschütterung hatte, was bedeutete, dass sie noch eine Weile Probleme haben würde, sich auf Geschriebenes zu konzentrieren. Zusätzlich musste sie mit Kopfschmerzen rechnen und würde schneller müde werden, aber letztendlich würden keine dauerhaften Schäden bleiben.

»Das ist ein Desaster«, sagte sie.

»Es hätte schlimmer sein können«, sagte ich ruhig. Als Will angerufen hatte, hatte er mir alles in einem einzigen Atemzug erklärt. Doch in der Sekunde, die es ihn gekostet hatte, nach *ein betrunkener Fahrer hat Vals Wagen gerammt* auch noch die Worte *ihre Verletzungen sind nicht lebensbedrohlich* hinzuzufügen, hatte ich mir bereits das Schlimmste vorgestellt. Für meine Panik machte ich die Tatsache verantwortlich, dass ich in meinem Leben schon so viele geliebte Menschen verloren hatte: unsere Eltern und Rachel. Der Gedanke, Val könnte mich auch noch verlassen, hatte mich vollkommen erstarren lassen.

»Ich weiß, Landon. Wir haben genug durchgemacht, dass ich wirklich zu schätzen weiß, wie glimpflich ich davongekommen bin. Aber das Timing ist echt beschissen. Nicht, dass es je eine gute Zeit gäbe, krank zu sein, aber mit dem Deal … Danke, dass du dich heute mit ihnen getroffen hast.« Sie spielte an ihrer Decke herum. Ich setzte mich neben ihrem gesunden Bein aufs Bett. »Sie werden abspringen. Ich konnte es in ihren Stimmen hören … selbst wenn sie es noch nicht laut ausgesprochen haben.«

Ich hatte Val während ein paar wenigen entscheidenden Minuten auf Lautsprecher gestellt, und ich konnte meine Schwester nicht anlügen.

»Diesen Eindruck hatte ich auch. Sie glauben, dein Team

wird dem Projekt nicht seine volle Aufmerksamkeit widmen, während du sechs Wochen nicht im Einsatz sein kannst.«

»Und sie haben recht damit. Vielleicht kann ich von zu Hause aus arbeiten, sobald die Gehirnerschütterung abgeklungen ist, aber das ist nicht dasselbe. Ein neues Projekt dieser Größenordnung erfordert meine Anwesenheit im Büro, um das Team zu motivieren und anzuleiten. Dieses Projekt war mein Baby. Ich hatte vor, die gesamte Produktion von Anfang an zu überwachen. Wäre ich sie, würde ich auch abspringen.«

Sie bewegte ihr gesundes Bein ein wenig nach rechts, dann wieder nach links.

»Ich will dir einen Vorschlag machen«, sagte ich.

Val stoppte ihre unruhigen Bewegungen. »Ich bin ganz Ohr.«

»Ich könnte die nächsten sechs Wochen hierbleiben und das Projekt zum Laufen bringen. Oder zumindest, bis du den Gips los bist. Ich kenne die Firma. Du hast viele Abläufe verbessert, aber ich lerne schnell. Ich glaube, wenn wir ihnen diesen Vorschlag unterbreiten, könnte das ihre Meinung ändern.«

Val wirkte zu verblüfft, um darauf etwas zu sagen – was echt außergewöhnlich war, weil es Val normalerweise nie die Sprache verschlug.

»Bist du dir sicher?«, fragte sie nach einer Weile. »Kannst du dir so lange freinehmen?«

»Ich habe einen amtierenden CEO. Adam wird einfach amtieren müssen. Und ich werde mir nicht mehr ganz freinehmen, sondern einfach ein wenig von hier arbeiten.«

Adam würde mir die Hölle heiß machen, doch das war mir egal. Ich hatte ununterbrochen nachgedacht, seitdem mir klar geworden war, dass Vals Geschäftsabschluss auf dem Spiel stand. Hier wurde ich dringender gebraucht als in San José.

»Landon, bist du dir sicher?«

»Ja. Wir werden Livingston sofort anrufen und ihm diesen Vorschlag unterbreiten.«

Sie nickte heftig, dann verzog sie das Gesicht. Ich zog mein Handy heraus, wählte Livingstons Nummer und stellte das Telefon laut. Das Gespräch dauerte keine fünf Minuten. Er schluckte die Idee auf der Stelle.

»Ich würde dich ja gern umarmen, aber ich kann nicht«, sagte Val, sobald ich aufgelegt hatte. »Danke, danke, danke. Du bist mein Held.«

Sie streckte die Hand nach dem Haufen von Süßigkeiten aus und angelte sich eine Tüte M&M's heraus. Dann kniff sie die Augen zusammen, als wäre ihr gerade ein Gedanke gekommen.

»Moment mal. Hat deine heldenhafte Entscheidung wirklich nur etwas mit mir zu tun? Oder spielt Maddie dabei auch eine Rolle?«

Ich grinste, dann stahl ich mir ein paar M&M's. »Schränkt es meine Heldenhaftigkeit irgendwie ein, wenn ich die zweite Frage mit Ja beantworte?«

Val warf lachend den Kopf in den Nacken, dann zog sie eine Grimasse und betastete ihre Rippen. »Ich wusste es. Oh, Landon, was soll ich bloß mit dir anstellen?«

»Ich bin erwachsen, Zwerg. Ich brauche deinen Segen nicht.«

»Das ist auch gut so. Ich neige eigentlich nicht dazu,

Segen zu verteilen. Tritte in den Hintern dagegen … Damit werde ich sofort wieder anfangen, wenn mein Bein aus diesem Gips raus ist.«

»Gut zu wissen.«

»Ich würde dir ein Kissen an den Kopf werfen, wenn ich mich bewegen könnte.« So drückte Val ihre Freude aus – und das nervte mich bereits, seitdem ich denken konnte.

»Ich würde dir ja wirklich gerne helfen, aber das kann ich nicht, nachdem das Kissen bestimmt in meine Richtung fliegen würde. Interessenkonflikt, du verstehst.«

»Du bist echt ein Trottel. Ich freue mich so für dich. Ich hatte mir schon gedacht, dass da etwas läuft, aber ich wollte mir nicht zu viele Hoffnungen machen. Sei nur … vorsichtig, okay? Letztendlich habt ihr zwei sehr unterschiedliche Leben.«

Das Lächeln erstarb auf meinen Lippen. »Ich weiß.«

»Hast du bereits mit Maddie darüber geredet? Weiß sie, dass du länger bleibst?«

»Nein, aber ich treffe mich gleich mit ihr.«

»Habt ihr zwei letzte Nacht …«

»Ich werde nicht mein Sexleben mit dir diskutieren, Schwesterherz.«

Val grinste wie ein Honigkuchenpferd und hob die Tüte mit M&M's. »Ich deute das als Geständnis. Sie hat mir heute Morgen die hier gebracht. Sie hat ständig gelächelt und irgendwie von innen heraus geleuchtet. Keine Ahnung, warum. Und du solltest jetzt besser gehen. Du hast deine brüderlichen Pflichten heute mehr als erfüllt. Geh und hab Spaß.«

»Bist du dir sicher, dass ich nichts mehr für dich tun kann?«

»Ja. Und Jace hat mir geschrieben, dass er auch noch vorbeischauen will. Ich wette, er kommt in den nächsten zehn Minuten.«

Ich drückte Val einen Kuss auf die Stirn und verließ dann das Zimmer. Zu wissen, dass ich der Grund für Maddies Lächeln war, machte mich glücklich. Ich hatte heute so oft an sie denken müssen, dass ich ein paarmal im Meeting fast den Faden verloren hatte.

Am Ende des sonst leeren Flurs begegnete ich Jace.

»Landon, hey! Wie ist das Meeting gelaufen? Val hat sich deswegen fürchterliche Sorgen gemacht.«

»Es ist so gut gelaufen, wie es ohne sie eben möglich war. Ich habe beschlossen, in L.A. zu bleiben, bis Val den Gips los ist, damit ich das Projekt für sie überwachen kann.«

»Du hast ... Kannst du das? Mit der ganzen Fusionssache in San José?«

»Ich werde es schon schaffen. Und ich werde auch dafür sorgen, dass Val es zu Hause bequem hat. Sie wird Hilfe brauchen, also wäre vielleicht eine Vollzeitkrankenschwester ...«

»Darum werde ich mich kümmern, Landon. Es ist wirklich schwer, dich zu stoppen, wenn du mal in den Organisationsmodus schaltest.« Er grinste mich breit an. »Atme mal tief durch. Du musst nicht alles selbst machen. Konzentrier dich aufs Geschäft und überlass den Rest uns. Und nun ... der Aufzug ist hinter mir. Steig ein, bevor du anfängst, alles Genauere mit mir zu besprechen.«

Ich erwiderte sein Grinsen, weil er recht hatte. Wir hatten einiges zu klären, doch darum konnten wir uns morgen kümmern. Jetzt wollte ich Maddie sehen.

18

Maddie

Ich sah zum tausendsten Mal in den Spiegel und fragte mich, ob mein Outfit passend war. Landon hatte mir vorhin geschrieben und erklärt, dass er nach seinem Besuch bei Val direkt zu meinem Haus fahren wollte. Nachdem ich keine Ahnung hatte, wie seine Pläne für den Abend aussahen, hatte ich mich für ein dunkelgrünes Top mit über dem Rücken gekreuzten Bändern entschieden, kombiniert mit einem schwarzen Rock, der mir bis knapp über die Knie ging.

Als ich hörte, wie ein Auto vor meinem Haus hielt, eilte ich zur Eingangstür, rutschte auf den Fliesen aus und wäre beinahe mit dem Kopf voran gegen die Tür geknallt. Ups.

Ich richtete mich auf, strich mir die Haare aus dem Gesicht und öffnete die Tür. Dann blieb mir fast der Mund offen stehen, als ich Landon erblickte.

Großer Gott.

Sein Anzug musste maßgeschneidert sein. Sonst hätte der Stoff nie so perfekt seine Schultern und muskulösen Arme umschmeichelt, um gleichzeitig die schmalen Hüften zu betonen.

Landon hatte die Wahrheit gesagt, als er behauptet hatte, dass die Anzüge der letzten Woche für ihn leger gewesen waren. Das hier … das war nicht leger. Er sah hundertprozentig aus wie der CEO, der er war … und tausendprozentig heiß. Landons Kleidung war darauf ausgerichtet, zu beeindrucken. Und auch wenn ich wusste, dass er diesen Anzug für das Meeting und nicht für mich angezogen hatte, nun … ich war trotzdem beeindruckt.

Es war allerdings nicht sein Anzug, der dafür sorgte, dass ich Schmetterlinge im Bauch hatte – und auch nicht sein Lächeln. Sondern den Strauß aus roten Rosen, den er in der Hand hielt.

»Ich wusste nicht, was deine Lieblingsblumen sind, aber die hier fand ich sehr schön. Sie passen zu dir, denn sie haben dieselbe Farbe wie deine Lippen.«

Tatsächlich waren rote Rosen meine absoluten Lieblingsblumen. Es war bestimmt Schicksal, dass er sie für mich ausgesucht hatte. Und wie betörend sie dufteten! Sehr verführerisch …

Als ich ihm den Strauß abnahm, berührten sich unsere Fingerspitzen. Schon dieser leichte Körperkontakt reichte aus, um meine Haut zum Kribbeln zu bringen.

»Willst du mich nicht reinbitten?« Ein verhaltenes Lächeln breitete sich auf seinem Gesicht aus.

»Ja, sicher. Komm rein. Ich stelle die Blumen kurz in eine Vase. Vielen, vielen Dank. Sie sind wunderschön.«

Meine Stimme klang selbst in meinen eigenen Ohren seltsam. Ein wenig hoch, aber auch barsch. Ich versuchte, eine Vase zu finden, was eine Weile dauerte, weil ich plötzlich ziemlich konfus war. Als ich endlich eine Vase unter den Wasserhahn hielt, spürte ich, wie Landon hinter mich trat.

»Maddie, habe ich etwas falsch gedeutet? Willst du mich nicht hier haben?«

In dem Augenblick, den es mich kostete, tief durchzuatmen, verschob er seine Hand vom Rand der Spüle an meine Hüfte, als könnte er nicht anders, als mich zu berühren, obwohl er nicht wusste, ob er es wirklich tun sollte.

»Nein, nein. Ich will dich hier haben. Ehrlich.« Ich stellte die Vase auf die Arbeitsfläche und arrangierte den Strauß. Erst dann drehte ich mich zu ihm um. Ich mochte die Falten auf seiner Stirn gar nicht, und noch weniger gefiel mir, dass ich dafür verantwortlich war.

»Es tut mir leid. Es ist nur … es ist eine Weile her, dass jemand mir Blumen geschenkt hat. Dadurch fühle ich mich wie etwas ganz Besonderes.«

Er musterte mich, dann hob er eine Hand an meine Wange, um sie leicht zu liebkosen.

»Das bist du auch für mich, Maddie. Es ist eine Weile her, dass ich Blumen besorgt habe, aber für dich wollte ich es tun. Ich will so viele Dinge tun. Dir rote Rosen kaufen, dich ausführen, dich zum Lachen bringen.«

Seine Worte berührten mich tief im Inneren. Ich wusste, dass sie dort Wurzeln schlagen und ich sie nie vergessen würde – auch nicht, nachdem er wieder abgefahren war. Doch das war mir egal. Wichtig war nur das Hier und Jetzt. Wenigstens hatte ich etwas Zeit mit Landon.

»Mir gefällt, wie das klingt«, flüsterte ich. Er stand nah genug vor mir, dass ich sein Duschgel riechen konnte. Ich drückte meine Nase an seinen Adamsapfel, und sofort umfasste seine Hand meine Taille fester. Er roch so gut. Ich wollte jedes Stück freiliegende Haut lecken. Doch ich zog mich zurück, weil ich mich noch mehr nach seinen Worten verzehrte. Sein Duft und sein genereller Sex-Appeal waren ein Festschmaus für meine Sinne. Aber seine Worte trafen mich mitten ins Herz … und ich wollte mehr davon.

»Ich habe nach dem Meeting Val besucht.«

»Wie geht es ihr?«

Er lächelte. »Sie lässt sich deine M&M's schmecken. Danke, dass du sie besucht hast.«

Ich erwiderte sein Lächeln. »Ich dachte, ich mache mich nützlich. Wie ist das Meeting denn gelaufen?«

»Durchwachsen.«

Ich heuchelte Entsetzen. »Die Manschettenknöpfe haben keine Wirkung gezeigt? Nun, wenn das ein Trost ist, bei mir funktionieren sie. Meine Knie sind ganz weich, und das liegt nur an ihnen.«

Sein Lächeln wurde breiter, bis sein gesamtes Gesicht leuchtete. »Das liegt alles bloß an den Manschettenknöpfen, hm? Ich habe gar nichts damit zu tun?«

»Vielleicht ein winziges bisschen.«

Ich hob die Hand und hielt Daumen und Zeigefinger nur wenige Millimeter voneinander getrennt.

Landon stemmte die Hände rechts und links neben mir auf die Arbeitsfläche, sodass ich gefangen war. Unsere Nasen schwebten direkt voreinander. Unsere Lippen waren in Kussreichweite. Und er küsste mich trotzdem nicht.

»Was wolltest du über das Meeting erzählen?«, hakte ich nach, als die Anspannung zwischen uns sich aufbaute, bis ich spüren konnte, wie meine Brustwarzen sich aufrichteten.

»Sie haben es nicht gut aufgenommen. Nicht, weil sie sich Sorgen um Vals Gesundheit machen, sondern weil sie jetzt das Projekt nicht selbst koordinieren kann. Ich habe angeboten, mich darum zu kümmern, bis es Val wieder gut geht. Es wird wahrscheinlich einen Monat bis sechs Wochen dauern, bis sie wieder normal arbeiten kann.«

»Du bleibst also länger?«

Ich fühlte seinen Stimmungsumschwung, bevor er sich aufrichtete. Er biss die Zähne zusammen.

»Du klingst enttäuscht.«

»Natürlich bin ich nicht enttäuscht. Ich freue mich, dass du länger bleibst. Du hast mich nur überrascht. Es ist wirklich nett, dass du das für deine Schwester tust.« *Nett* war ein viel zu schwacher Ausdruck. Ich kannte niemand anderen, der bereit gewesen wäre, so etwas zu machen. Ich musterte Landon mit ganz neuer Bewunderung. »Was hat Val gesagt?«

Seine Mundwinkel zuckten. »Dass ich ihr Held bin. Und dann hat sie meine Heldenhaftigkeit sofort hinterfragt, indem sie nachgehakt hat, ob sie wirklich der einzige Grund ist, wieso ich bleiben will.«

Wollte er damit das sagen, was ich mir einbildete?

»Was hast du geantwortet?« Ich zog die Hände hinter den Rücken und stützte mich auf der Arbeitsplatte ab.

»Dass die Geräusche, die du letzte Nacht von dir gegeben hast, vielleicht bei meiner Entscheidung auch eine Rolle spielen.«

»Das hast du ihr nicht erzählt!«

Ich warf mich nach vorne, da ich ihn in den Bauch kneifen wollte, doch er fing mein Handgelenk ein. Ich versuchte es mit der anderen Hand – Anfängerfehler! Auch die fing er ab. Er umfasste meine beiden Arme mit einer Hand, dann hob er sie über meinen Kopf und drückte meine Finger gegen den Hängeschrank.

Ich schnappte nach Luft, als Landons Blick sich an meinen Lippen festsaugte. Seine freie Hand schob er unter mein Top, unter meinen BH. Er ließ seinen Daumen sanft über die Unterseite meiner Brust gleiten, bis ich den Rücken durchdrückte. Als er über meine Brustwarze strich, stellte ich mich auf die Zehenspitzen, weil ich mich nach seinem Mund verzehrte. Wir küssten uns, bis wir beide außer Atem waren.

Meine Küche hatte noch nie so viel Erotik gesehen. Ich rechnete halb damit, dass der Holztisch wegen der sexuellen Anspannung im Raum zusammenbrach. Meine Knie fühlten sich jedenfalls an, als müssten sie jeden Moment nachgeben.

Landon gab meine Arme frei, umfasste mein Gesicht mit beiden Händen, sodass seine Daumen auf meinen Wangen und seine Finger an meinem Hals ruhten. Er hielt mich, als wäre ich unendlich kostbar. In mir kribbelte so viel Energie, dass ich einfach nicht stillhalten konnte. Ich zappelte.

»Ich habe eine Regel, Landon. Du darfst nicht dafür sorgen, dass ich mich in dich verliebe.«

»Da hast du nichts zu befürchten.« Er schluckte, sodass sein Adamsapfel hüpfte. »Ich glaube nicht, dass ich noch weiß, wie man liebt.«

»Dann sind wir ja sicher.«

»Sind wir das?« Er lächelte. »Mit dir will ich Dinge, die zu wollen ich mir seit Jahren nicht erlaubt habe, Maddie.«

Ich ließ meine Fingerspitzen über sein Kinn gleiten. Für einen Moment fragte ich mich, ob ich den Mund halten sollte, entschied mich aber dagegen. »Was meinst du damit, wenn du sagst, dass du dir nicht erlaubt hast, Dinge zu wollen?«

Seine Augen wirkten plötzlich traurig. »Mich nach Rachels Tod wieder zu erholen, war nicht einfach. Ich fühlte mich verloren und verletzlich. Lange Zeit war ich davon überzeugt, dass es sicherer wäre, niemanden an mich heranzulassen. Es war sicherer, sich gewisse Dinge nicht zu wünschen.«

»Oh, Landon.«

Die Trauer in seinem Blick wurde von einem schelmischen Funkeln verdrängt. »Aber ich will mehr Zeit mit dir verbringen, Maddie. Ich will dich kennenlernen. Alles an dir.«

Mein gesamter Körper kribbelte bei dem Gedanken, öfter in Landons Gegenwart zu sein, obwohl ich wusste, dass ich damit mein Herz aufs Spiel setzte. Ich hatte schon Bedenken, ob ich mich vor meinen Gefühlen schützen konnte, als ich noch geglaubt hatte, mir blieben nur ein paar Tage mit Landon. Aber wie wäre es nach mehreren Wochen?

Neuer Vorsatz: Ich würde nicht an die Zukunft denken. Ich musste zugeben, dass es befreiend war, ausschließlich im Moment zu leben, ohne mir Gedanken darüber zu machen, welche Auswirkungen meine aktuellen Handlungen auf die Zukunft haben konnten.

Wenn ich eine zweite Scheibe Bacon esse, werde ich dann gleich zunehmen? Wird meine Haut austrocknen, wenn ich das billigere Stück Seife kaufe? Werde ich mich in Landon verlieben, wenn ich mehr Zeit mit ihm verbringe? Diese Art von Fragen. Sie töteten jede Freude am Augenblick. Manche von ihnen waren natürlich durchaus berechtigt, doch sie waren auch Stimmungskiller.

»Ich führe dich zu einem Date aus«, verkündete Landon und schob beide Hände in die Hosentaschen, als müsse er sich anstrengen, mich nicht zu berühren, wäre allerdings entschlossen, sich der Herausforderung zu stellen. Aber unsere Ziele standen im Widerspruch, denn ich wollte berührt, geküsst und liebkost werden.

»Hmmm … so willst du mit mir ausgehen? In diesem fantastischen Anzug mit den Manschettenknöpfen? Das wird dafür sorgen, dass die Damen um uns herum reihenweise umfallen. Ich denke, ich tue ihnen einen Gefallen, wenn ich dich ganz für mich behalte. Sie werden nie erfahren, was sie verpasst haben. Und außerdem ist der Verkehr zu dieser Zeit der reinste Albtraum.«

Hitze brannte in seinem Blick, und ein Lächeln spielte um seine Lippen. Ich hatte das Gefühl, dass er meinen Versuch, ihn zu verführen, vollkommen durchschaute. Rückblickend war meine Argumentation auch ein wenig jämmerlich. Verkehrsprobleme? Ehrlich?

»Täusch dich nicht, Maddie … wenn wir zurückkommen, werde ich mich so tief in dir versenken, dass du deinen eigenen Namen vergisst. Im Moment möchte ich allerdings Zeit außerhalb des Schlafzimmers mit dir verbringen. Hast du irgendetwas dagegen einzuwenden?«

»Nein.« Meine Antwort klang ein wenig atemlos und sehr erregt. Er wickelte mich um den Finger, als wäre das sein Beruf. War er sich dessen überhaupt bewusst? »Aber nur fürs Protokoll, ich war nicht bloß auf Sex aus, als ich vorgeschlagen habe, dass wir hierbleiben könnten. Ich könnte mich um dich kümmern. Nach dem heutigen Tag könntest du es brauchen.«

Sein Blick wurde sanft, und er beugte sich vor, um mir einen Kuss auf den Mundwinkel zu drücken. Nach einem Augenblick sagte er: »Du kannst dich jederzeit um mich kümmern, Maddie. Das fände ich wunderbar. Aber heute Abend kümmere ich mich um dich. Also lass uns gehen.«

Ich warf noch einen letzten Blick auf die wunderschönen Rosen, und eine kleine Stimme in meinem Hinterkopf flüsterte, dass es sehr schwer werden würde, mich nicht in Landon zu verlieben. Schließlich symbolisierten genau diese Blumen die Liebe, und es hatte bestimmt eine Bedeutung, dass er sie mir geschenkt hatte. Ich brachte die Stimme zum Schweigen, als Landon meine Hand ergriff und mich für einen Abend der Ausschweifung aus dem Haus führte.

Landon wusste, wie man eine Frau fürstlich bewirtete. Er hatte mich ins *Vier Jahreszeiten* in Beverly Hills ausgeführt. Dort gab es ein schickes Restaurant auf der Terrasse, mit glitzernden Lichterketten überall. Ich saugte die Eindrücke in mich auf… doch mal ehrlich? Der Großteil meiner Aufmerksamkeit wurde von dem Mann in Anspruch genommen, der mir gegenübersaß.

»Sie, Sir, haben einen herausragenden Geschmack«, informierte ich ihn, als ich einen Schluck von meinem Rotwein nahm, einem Shiraz. Er passte gut zu meinem Steak. »Wie schwer wird es werden, dich gleichzeitig auf deine Fusion und Vals Projekt zu konzentrieren?«

Er runzelte die Stirn. »Sehr schwer. Ich versuche ständig, einen Angriffsplan zu entwickeln, der es mir erlaubt, beiden Projekten die nötige Aufmerksamkeit zu schenken, aber es dürfte trotzdem eine ziemliche Herausforderung werden.«

»Nun, du kannst darauf zählen, dass ich dir beim Entspannen helfe«, verkündete ich.

Sein Stirnrunzeln wurde von einem Lächeln abgelöst. »Wie genau willst du das anstellen?«

»Ich weiß es noch nicht, aber ich werde mir etwas Gutes einfallen lassen.«

Ich würde mich gut um ihn kümmern. So gut, dass er mich nie wieder gehen lassen wollte. Ups. Wo war dieser Gedanke denn hergekommen? Ich bedachte meinen Shiraz mit einem bösen Blick.

»Wie lange wirst du noch mit Vals Garten beschäftigt sein?«, fragte Landon.

»Drei Wochen. Dann gestalte ich einen Schulgarten. Das Projekt ist weniger kompliziert als Vals, weil ich keine Terrassen anlegen muss. Ich freue mich schon darauf.«

»Eine Schule? Ich dachte, du hättest gesagt, dass du gerne an Wohnhäusern arbeitest.«

Ich freute mich, dass er mir so genau zugehört hatte.

»Tue ich, aber ich konnte mir diese Gelegenheit einfach nicht entgehen lassen. Es ist eine Privatschule. Und wenn den Eltern gefällt, was sie sehen, kriege ich so vielleicht weitere Aufträge.«

»Clever. Sehr clever.«

»Danke. Das ist das Projekt, für das ich diese Genehmigung abholen musste.«

»Also kümmerst du dich um alles? Genehmigungen, Design, Umsetzung?«

»Ja. Aber ich arbeite manchmal auch mit Subunternehmen. Zum Beispiel möchte Val Steinstufen… und dafür habe ich einen Steinmetz beauftragt. Wenn die Erde mehr braucht als ein Standard-Bewässerungssystem, beauftrage ich eine Firma, die auf solche Anlagen spezialisiert ist. Doch so viel wie möglich mache ich selbst. Und sobald

Grace mit dem Jurastudium fertig ist, werde ich mir Leute für Festanstellungen suchen.«

»Du bist eine unglaubliche Frau, Maddie Jennings.«

»Vielen Dank, Mr Connor.«

»Du arbeitest hart, und du tust alles für deine Schwester – beeindruckend.« Er legte seine Hand auf meine und drückte leicht meine Finger. »Ich bewundere alles an dir.«

»Jetzt bringst du mich zum Erröten.«

»Ich liebe es, wenn deine Wangen sich röten.« Seine Stimme klang plötzlich tiefer, rauer, was sofort dafür sorgte, dass ich am liebsten auf der Stelle mit ihm geschlafen hätte.

»Landon! Wir haben das Abendessen noch nicht mal halb beendet. Du kannst mich nicht jetzt schon verlegen machen. Ich glaube, wir haben gerade über meine Firma geredet.«

Er schenkte mir ein wölfisches Grinsen. »Du hast recht. Hast du mal darüber nachgedacht, eine Partnerschaft mit einem der Subunternehmen einzugehen, die du öfter beauftragst? Du hättest sie nicht auf deiner Gehaltsliste, aber ihr könntet Synergie-Effekte nutzen.«

Ich lehnte mich im Stuhl zurück und spielte an meinem Weinglas herum. »Ich habe darüber nachgedacht, aber ehrlich, das bringt nur Ärger. Mein Ex und ich hatten eine ähnliche Vereinbarung. Obwohl wir in verschiedenen Fachgebieten gearbeitet haben, haben wir zusammen eine Firma gegründet – Eden Designs. Wir haben uns ein Büro und die Verwaltungskosten wie die Buchhaltung geteilt. Hin und wieder haben ein paar seiner Klienten auch meine Dienste in Anspruch genommen. Als wir uns dann getrennt haben, hatte ich unglaublich viel Arbeit damit, mich aus diesem

Gewirr zu lösen. Das war wirklich nicht schön. Er hat um jeden Auftrag gekämpft. Die Anwaltskosten haben einen Großteil meiner Ersparnisse aufgefressen. Das hat mich von der Idee geheilt, Partnerschaften einzugehen. Ich arbeite lieber allein.«

»Dein Ex war ein echt ein Vollpfosten.«

»Es war seltsam, wieder ganz von vorne anzufangen. Neues Haus, neue Leute. Die meisten unserer Freunde waren seine Freunde, weil er aus L.A. stammte, also hatte ich plötzlich nur noch einen sehr kleinen Freundeskreis. Und es ist nicht einfach, neue Leute kennenzulernen.«

»Hast du darüber nachgedacht, nach Miami zurückzukehren?«

»Nein. Mir gefällt es hier. Aber als ich nach L.A. gezogen bin, war mir nicht mal in den Sinn gekommen, dass ich zweimal neu anfangen müsste. Ich hoffe, dass ich so was nie wieder tun muss. Es ist wahnsinnig anstrengend.«

Landon musterte mich, dann richtete er seine Aufmerksamkeit allerdings auf einen großen Mann im Anzug, der an unseren Tisch trat.

Landon stand auf und schüttelte dem Mann die Hand. Ich erhob mich ebenfalls.

»Stephen, wie schön, dich zu sehen.« Landon deutete auf mich und sagte: »Das ist Maddie Jennings, eine sehr talentierte Landschaftsarchitektin.«

Landon klang so stolz, dass ich ihn am liebsten sofort geküsst hätte. Ich scannte seine Körpersprache ab, und sofort war mir klar, dass das nicht nur leere Worte waren. Ich wusste, dass es falsch war, Landon mit meinem Ex zu vergleichen, aber ich konnte einfach nicht anders. Wann immer Owen mich Leuten vorgestellt hatte, hatte er meinen Beruf mit keinem Wort erwähnt. Und wenn die Sprache dann doch darauf kam, war er leicht zusammengezuckt.

»Schön, Sie kennenzulernen, Maddie.« Stephen schüttelte mir die Hand, bevor er sich wieder auf Landon konzentrierte. »Wie lang bist du in L.A.?«

»Ein paar Wochen.«

»Ich werde dich anrufen, damit wir mal ein Treffen ausmachen. Hab noch einen schönen Abend.«

Sobald Stephen gegangen war, setzten wir uns wieder und aßen unsere Steaks auf. Landon schloss unter dem Tisch seine Schenkel um meine Beine. Ich liebte es, so von ihm umgeben zu sein. Nachdem der Kellner unsere leeren Teller abgeräumt hatte, rieb ich mir den Bauch. »Wollen wir noch Dessert? Ich würde wahnsinnig gerne ihre Pannacotta probieren.«

Ein Lächeln spielte um Landons Lippen, dann schloss er seine Beine enger um meine, bis meine Knie sich berührten. »Ich würde mir lieber dich schmecken lassen, aber für den Moment geht auch eine Pannacotta.«

»Du bist schamlos«, flüsterte ich. »Erst bringst du mich hierher, und jetzt verführst du mich?«

»Willst du dich wirklich beschweren?«

Ich öffnete den Mund, nur um ihn wieder zu schließen. »Du machst mich heiß, aber ich habe trotzdem das Gefühl, dass ich dir eine Predigt halten sollte, also bin ich hin- und hergerissen.«

Ohne den Blick von mir abzuwenden, bestellte Landon Pannacotta für uns beide, dann lehnte er sich vor. »Wie heiß genau mache ich dich?«

Die Luft zwischen uns knisterte förmlich, und für einen

Moment dachte ich darüber nach, einfach auf den Nachtisch zu verzichten. Doch mein Sturkopf hatte auch ein Wörtchen mitzureden, also blieb ich hart und ließ mir vor und zum Dessert sogar noch ein Glas Shiraz schmecken.

Landon bot mir seinen Arm an, als wir aufbrachen, und ich hängte mich dankbar bei ihm ein. Ich trug unglaublich hohe Stilettos. Die Schuhe waren neu, und ich hatte noch keine Zeit gehabt, sie einzulaufen, also brannten meine Ballen.

Als wir an den Tischen vorbeigingen, wurde mir bewusst, dass einige Frauen Landon förmlich mit den Augen auszogen. Eine Menge Frauen.

»Das ist das letzte Mal, dass du mit Manschettenknöpfen mit mir ausgehen darfst. Jede Frau hier drin will es mit dir treiben«, flüsterte ich, als wir den leeren Flur erreichten, der zur Lobby führte.

»Mit mir treiben?« Er lachte. Anscheinend fand er das komisch. »Du bist offensichtlich ein wenig angeschickert.«

»Vielleicht. Aber ich weiß trotzdem, was ich sage. Wenn wir das nächste Mal ausgehen, trägst du einen hässlichen Pullover. Und eine Papiertüte über dem Kopf würde vielleicht auch helfen.«

»Ziemlich besitzergreifend, hm?«

Ich schnappte nach Luft. »Oh, tut mir leid. Ich habe kein Recht, mich so zu benehmen.«

Landon blieb stehen und wandte sich mir zu. Er küsste mich so leidenschaftlich, dass sich mir der Kopf drehte. »Doch, das hast du. Süße, der Gedanke an dich mit einem anderen Mann macht mich irre.« Seine Augen funkelten, als er in einer wunderbar besitzergreifenden Geste den Daumen über meine Lippen gleiten ließ. »Ich mag es, dich so zu sehen, aber du musst dir wirklich keine Sorgen machen. Ich will bloß dich, Maddie.« Er drückte mir noch einen flüchtigen Kuss auf den Mundwinkel und flüsterte dann: »Lass uns nach Hause gehen, damit ich dir zeigen kann, wie sehr ich dich will, Maddie.«

Nie zuvor in meinem Leben hatte ich so inbrünstig um freie Fahrt gebetet.

Kaum hatten wir meinen Bungalow betreten, küsste Landon mich hart und drängte mich rückwärts in mein Schlafzimmer, bis ich mit den Unterschenkeln ans Bett stieß. Er senkte mich nach unten und gab meine Lippen frei. Anschließend machte er das Licht an und blieb neben dem Schalter stehen.

»Zieh dich für mich aus, Maddie.«

Ich schüttelte meine Schuhe ab, danach stieg ich aufs Bett. Ich hob den Saum meines Tops nur ein kleines Stück, sodass mein Bauchnabel sichtbar wurde. Landon sah mich unverwandt an, als wolle er mich herausfordern, weiterzumachen. So langsam wie möglich hob ich den Stoff ein paar weitere Zentimeter. Er atmete scharf ein. Meine Hände begannen vor gespannter Erwartung zu zittern. Ihm dabei zuzusehen, wie er mich beobachtete, machte mich heiß. Ich hob mein Top einen weiteren Zentimeter, und Landon entledigte sich seiner eigenen Kleidung. Als er vollkommen nackt war, stieg er vor mir aufs Bett. Er umfasste meine Knöchel mit einer Hand, ohne mich aus den Augen zu lassen. Als ich mein Oberteil auszog, biss er sich auf die Lippen. Eilig griff ich unter das Kopfkissen und zog das Kondom heraus, das ich dort versteckt hatte … nur für alle Fälle.

»Öffne deinen BH.« Er flüsterte, doch trotzdem hörte ich den Befehlston in seiner Stimme. Ich tat, was er verlangte, und meine Brüste ergossen sich aus dem Stoff. Landon gab einen meiner Knöchel frei, hob den Arm, öffnete den Reißverschluss und den Knopf meines Rocks und zog ihn über meine Beine nach unten, um das Kleidungsstück hinter sich auf den Boden zu werfen. Ich fühlte mich entblößt, nachdem ich jetzt bloß noch meinen String trug. Landon beobachtete mich eingehend. Sein lustvoller Blick huschte von meinem Hals zu meinen Brüsten zu dem Dreieck aus Haaren zwischen meinen Beinen, bevor er wieder hochsah.

Er schob sich über mich und fing meinen Mund ein. Ich seufzte an seinen Lippen. Meine Hüften verloren den Kontakt zum Bett, als er eine Brust umfasste und mich leicht in die Brustwarze kniff. Instinktiv versuchte ich, meine Beine zu schließen. Nachdem er direkt zwischen meinen Schenkeln saß, umschlang ich damit lediglich Landon. Er stöhnte, zog sich zurück und blickte zwischen uns nach unten. Er senkte eine Hand und drückte seinen Daumen über meinem Höschen an meine Öffnung. Erneut überlief ein Zittern der Vorfreude meinen Körper. Danach führte er seinen Daumen langsam an meine Klitoris.

»Landon! Oh ...«

Er wiederholte die Bewegung. Ich spreizte meine Schenkel, um ihm den Zugang zu erleichtern. Er ließ sich zwischen meinen Beinen nieder und senkte den Kopf. Durch den Schleier der Lust fühlte ich, wie er zwei Finger über den Rand meines Höschens gleiten ließ, direkt dort, wo meine Schenkel meine Mitte umrahmten. Ich vergrub meine Finger im Laken, als er die Finger unter den Stoff hakte und ihn zur Seite zog. Und dann fühlte ich seinen

Mund auf meiner feuchten Erregung… und es war ein so unglaublich gutes, so unglaublich intensives Gefühl, dass ich schamlos aufschrie. Ich hob den Kopf und sah, dass er einen Arm unter seinen Körper geschoben hatte. Seine Schulter bewegte sich – er berührte sich selbst. Während er mich mit dem Mund verwöhnte, fasste er sich an seine eigene Erektion. Der Anblick erweckte irgendetwas tief in mir zum Leben. Hitze waberte über meine Haut.

Ohne Vorwarnung löste er den Daumen von meiner Klitoris, schob die Hand unter meinen Hintern und hob ihn von der Matratze. Ich grub die Fersen ins Bett und spannte die Bauchmuskeln an, dann saugte er an meiner Klitoris.

»Aaaah!«

Meine Bauchmuskeln und die Muskeln in meinen Schenkeln brannten. Meine Mitte stand in Flammen. Mein gesamter Körper zitterte. Es war, als zögen sich dünne, unsichtbare Fäden von meiner Klitoris zu jeder Zelle meines Körpers. Ich wand mich und wimmerte, weil ich mich so nach meinem Höhepunkt verzehrte. Die Anspannung in mir stieg immer weiter.

Die nächsten paar Sekunden nahm ich nicht ganz klar wahr. Landon bewegte sich, gab mich genau in dem Moment frei, in dem ich explodierte. Ich hörte, wie er die Kondomverpackung aufriss, und schon schob er sich über mich und drang in mich ein.

Das Vergnügen, das mich durchfuhr, war so überwältigend, dass ich nicht mehr atmen konnte. Meine inneren Muskeln verkrampften sich um seine Länge. Mein Orgasmus intensivierte sich. Lust durchfuhr meinen gesamten Körper, bis sogar meine Zehen und Finger sich verspannten.

»Du fühlst dich so gut an, Maddie. So gut.« Seine Stimme war ein heiseres Flüstern. Als ich langsam von Wolke sieben wieder nach unten sank, bemerkte ich, dass die neben meinem Kopf aufgestützten Arme leicht zitterten. Er küsste meinen Hals, während er in mich stieß. Es schien unmöglich, doch ich spürte genau, wie er mich füllte und mir alles von sich gab.

»Heb deine Beine, schling sie um mich.«

Blind folgte ich der Aufforderung, schlang erst ein Bein, dann das andere um ihn, ohne zu verstehen, was er damit erreichen wollte … bis ich es doch tat. Als ich meine Fersen in seinen Schenkeln vergrub, direkt unter seinem Hintern, veränderte das den Winkel … und er berührte eine Stelle in mir, die er bisher nicht erreicht hatte. Ich hatte nicht einmal gewusst, dass solch allumfassende Lust möglich war. Ich war Wachs in Landons Händen. Mit jedem Stoß trieb er mich höher. Mein Körper kribbelte vor Anspannung, meine Muskeln zitterten. Landon küsste mich und verschränkte seine Finger mit meinen.

Im nächsten Moment verlor ich die Kontrolle über meine Sinne, als mein gesamter Körper vor Ekstase explodierte. Durch meine eigenen Schreie hörte ich Landons erfülltes Stöhnen und wusste, dass er ganz bei mir war.

19 Landon

Es herrschte viel Verkehr, als ich am nächsten Morgen zu Vals Haus fuhr, obwohl es noch früh war. Die Stadt war aufgewacht, aber wir schafften es rechtzeitig. Maddies Arbeiter waren noch nicht da.

»Weißt du was? Ich werde Val als Willkommensgeschenk einen Karottenkuchen backen«, sagte Maddie, als wir auf die vordere Veranda traten.

»Ich werde dir jetzt ein Geheimnis anvertrauen, Maddie. Meine Schwestern haben verräterische Zeichen, die deutlich machen, wenn sie gewisses Essen nicht mögen. Val trinkt eine Menge Wasser, damit sie nicht viel essen muss. Lori nimmt nur ganz kleine Bissen. Hailey wird behaupten, sie wäre auf Diät. Wenn Val also das letzte Mal nicht viel davon gegessen hat …«

Sie schüttelte den Kopf. »Wieso hat sie mir nicht einfach gesagt, dass er ihr nicht schmeckt?«

»Wenn in deinen Adern das gleiche Blut fließt wie in ihren, kannst du der grausamen Ehrlichkeit meiner Geschwister nicht entkommen. Den Rest der Menschheit behandeln sie mit mehr Taktgefühl.«

»Und ich musste erst mit dir schlafen, um das Familiengeheimnis zu erfahren, hm?«

»Ich kann unsere Geheimnisse ja nicht zu billig verkaufen.«

Ich zog sie in meine Arme und küsste sie. Dann ging ich nach oben, um mir frische Klamotten anzuziehen. Ich hatte bloß zwei meiner besten Anzüge mitgebracht, aber ich würde dafür sorgen, dass mir weitere aus San José geschickt wurden. Kleidung war wichtig, besonders wenn ich es mit Leuten zu tun hatte, die mich nicht kannten. Ein gepflegtes Äußeres sprach von Selbstbewusstsein und erzeugte Vertrauen, noch bevor ich mich vorgestellt hatte. Ich wusste genau, wie man das Spiel spielte.

Als ich wieder nach draußen trat, stand Maddie neben dem Eingangstor und streckte sich gerade. Auf dem Boden neben ihr stand ein Sack, der ungefähr halb so groß war wie sie. Sie musste ihn ganz allein vom Truck geholt haben. Ich eilte zu ihr.

»Maddie! Warte mit dem Ausladen, bis die Jungs da sind.«

»Wieso sollte ich Zeit verschwenden, wenn ich auch gleich anfangen kann?« Sie richtete sich auf und wollte zum Tor gehen, doch ich legte eine Hand an ihre Taille.

»Weil du dir den Rücken verrenken wirst. Warte auf die Arbeiter.« Meine Stimme war fest. Ich wollte nicht, dass sie sich überanstrengte.

Sie legte den Kopf schief und schob meine Hand zur Seite. »Glaubst du jetzt, du könntest mir Befehle geben, nur weil du deinen Schwanz in mich gesteckt hast?«

Sie war wirklich ein Hitzkopf. Und das Wort *Schwanz* aus ihrem Mund zu hören, machte mich scharf.

»Ich gebe dir keine Befehle. Ich passe bloß auf dich auf.«

»Genau«, hielt sie dagegen, ihre Miene wurde allerdings ein wenig weicher. »Ich bin zäh, Landon.«

»Das stelle ich gar nicht infrage. Aber trotzdem gelten die Regeln der Physik auch für dich. Ich werde dir beim Ausladen helfen.«

»Und diesen Anzug verknittern, bei dessen Anblick mir das Wasser im Mund zusammenläuft? Das würde den Effekt der Manschettenknöpfe vollkommen zerstören. Das wirst du nicht tun. Wenn du glaubst …«

Ich zog sie zu einem Kuss an mich, um ihr Feuer in mich aufzunehmen, dann umfasste ich ihren Hintern und zog Maddies Hüften an meine.

Ich war den halben Morgen bereits halb erigiert gewesen, doch nun war ich ganz hart. Als ich sie gegen mich presste, fühlte ich, wie ihre Brustwarzen sich unter ihrem BH und dem Arbeitshemd verhärteten. Was diese Frau mit mir anrichtete, war vollkommen verrückt. Meine Schuhe sanken in die Erde ein, als ich sie hochhob. Sie schlang die Arme um meinen Hals, die Beine um meine Hüften.

Ich küsste sie, bis wir hörten, wie das Eingangstor aufschwang. Maddie löste ihren Mund von meinem und keuchte, als ich sie wieder auf die Beine stellte.

»Ich will nicht, dass die Jungs mich so sehen.«

»Warum nicht?«

»Weil ich ihre Chefin bin.«

Ich ließ den Daumen über ihre Lippen gleiten, die von unserem Kuss gerötet waren. Ich hatte ihr meinen Stempel aufgedrückt.

»Ich habe deine Kleidung durcheinandergebracht«, murmelte sie, bevor sie die Kragen von meinem Hemd und meinem Jackett zurechtrückte. »Viel Glück heute, Landon.«

Ich nahm eine ihrer Hände und drückte ihr einen Kuss auf die Handfläche. Ich liebte es, neben ihr aufzuwachen, ihren warmen Körper an meinem zu spüren. Ich hatte sie die ganze Zeit über festgehalten und niemals loslassen wollen. Auch jetzt war ich nicht bereit dazu, doch wir mussten in unseren Tag starten.

Ich fuhr mit dem Taxi ins Büro und rief von unterwegs Adam an. Wie erwartet war er von meiner Ankündigung wenig begeistert.

»Landon, das kannst du nicht machen, Mann. Hör mal, es tut mir leid, dass es bei Val nicht gut läuft, aber hier ist auch nicht gerade alles rosig. Sullivan macht in quasi jedem Punkt einen Rückzieher. Er versucht, alles noch mal neu zu verhandeln, und das ziemlich aggressiv. Er wird begeistert sein, wenn er rausfindet, dass du auch die nächsten sechs Wochen nicht vor Ort bist.«

»Adam, du bist mein amtierender CEO. Sullivan weiß das.«

»Ja, aber mir gehört nicht die Firma, und das sorgt dafür, dass meinen Entscheidungen nicht so viel Gewicht beigemessen wird. Ist Vals Projekt es wirklich wert, einen schlechten Deal mit Sullivan zu riskieren? Oder dass die Fusion ganz platzt?«

Mir lief ein kalter Schauder über den Rücken. Mit zusammengebissenen Zähnen starrte ich aus dem Fenster. Ich wollte dafür sorgen, dass das Unternehmen am Markt über große Macht verfügte. Unsere Investoren verlangten das ebenfalls. Als ich die Firma gegründet hatte, hatte ich keine andere Wahl gehabt, als Investoren zu suchen … und dafür hatte ich Firmenanteile verkauft. Mir gehörten neunundvierzig Prozent, der Rest war auf verschiedene Investoren verteilt. Und sie wollten höhere Gewinne sehen. Ich hatte das Unternehmen so weit gebracht, wie es möglich war, aber allein konnte ich es nicht auf die nächste Ebene heben.

Ich brauchte mehr Geld oder einen Partner mit Zugang zu einem größeren Vertriebsnetz – was der Teil war, den Sullivan mitbrachte. Mehr Finanzbedarf bedeutete einen Börsengang oder mehr Investoren – was ich nicht tun wollte, weil ich damit mehr Geschäftsanteile und Kontrolle abgeben müsste. Die Partnerschaft mit Sullivan war meine beste Möglichkeit, weswegen dieser Deal unbedingt stattfinden musste. Aber im Moment gab es keine andere Lösung.

Auch wenn Adam ein guter Freund von mir war, verstand er trotzdem nicht, wie eng die Verbindungen im Connor-Clan waren. Mich zu erklären, hätte nichts geändert, und außerdem hatte ich keine Lust darauf. Letztendlich hatte ich das Sagen. Adam musste tun, was ich beschloss.

»Ich werde hier gebraucht, Adam. Offiziell bin ich nicht mehr im Urlaub, also kannst du mich ab morgen jederzeit kontaktieren. Ich brauche ein wenig Zeit, um mich wieder mit Vals Firma vertraut zu machen. Für den Moment gebe ich dir zehn Minuten, um die drängendsten Fragen mit mir zu besprechen.«

Kaum hatte ich ein paar Stunden in Vals Position gearbeitet, wurden zwei Dinge absolut klar. Erstens: Val arbeitete effektiver als neunzig Prozent der Leute, die ich kannte.

Zweitens: Sie delegierte nicht das Geringste. Sie überwachte alles, von wichtigen Entscheidungen bis hin zu kleinen, operativen Details. Nichts entging ihrem scharfen Blick. Und für fast jeden Schritt war ihre Zustimmung nötig.

»Wir brauchen die Genehmigung für die Lieferungen …«

»Die Proben werden heute ankommen. Wir brauchen Sie um zwei im Konferenzsaal.«

»Das Budget muss geändert werden.«

»Wann kommt Val zurück?«

»Sie hat nicht auf unsere E-Mails geantwortet. Das ist nicht …«

Ich unterbrach den Sprecher. »Und sie wird in nächster Zeit auch nicht auf Mails antworten.«

Ich fühlte mich, als stände ich auf einem Baseballfeld, auf dem mir ständig Bälle um die Ohren flogen, von denen mich einige direkt im Gesicht trafen, während ich anderen mit Mühe ausweichen konnte. Vals tägliche Aufgabenliste war lang genug, um zwei Leute in die Verzweiflung zu treiben. In den kurzen Augenblicken, in denen ich allein im Büro war, kontrollierte ich das Budget für die Supermarkt-Produktlinie. Doch die ständigen Unterbrechungen machten es mir fast unmöglich, mich zu konzentrieren. Val fuhr eine Politik der offenen Tür, die mich nicht begeisterte.

Ihre Assistentin betrat den Raum, kaum dass ich begonnen hatte, mir ein paar Notizen zu machen.

»Mr Connor, wir brauchen Sie im Versand. Wir …«

»Nein.«

»Entschuldigung?«

»Hören Sie … Sie heißen Angelica, stimmt's?«

»Ja.«

»Die nächsten zwei Stunden möchte ich nicht gestört werden.«

Sie wurde kreidebleich. »Aber …«

»Kein Wenn und Aber. Ich werde hier im Büro sein, doch ich möchte nicht, dass jemand den Raum betritt.«

»Val hat angerufen.«

Herrje. Meine Schwester lag noch im Krankenhaus.

»Schön. Bis ich Ihnen etwas anderes sage, werden Sie die Anrufe meiner Schwester nicht entgegennehmen. Außerdem müssen Sie ein Briefing für mich vorbereiten. Setzen Sie jeden Bereich der Wertschöpfungskette auf die Liste.«

Angelica sah mich an, als wäre ich verrückt, aber sie nickte und verließ das Büro. Ich schloss die Tür hinter ihr und atmete tief durch. Ich musste einen Plan entwerfen, und zwar einen verdammt guten. Und anders als Val brauchte ich Ruhe, um alles zu durchdenken.

Als ich das letzte Mal in der Firma gearbeitet hatte, hatte es das Büro noch nicht gegeben. Wir hatten weniger Angestellte gehabt, also hatten wir kein ganzes Gebäude gebraucht. Es war eine kluge Entscheidung von Val gewesen, hierher umzuziehen, als das Unternehmen gewachsen war. Das Gebäude lag so weit von ihrem Haus entfernt, dass die Pendelei nervig war, doch die Immobilienpreise waren günstig, also hatte sie den Komplex gekauft und sich damit eine Menge Miete gespart.

Ich setzte mich hinter den Schreibtisch, den Val in der südlichen Ecke des Büros aufgestellt hatte. Von hier aus konnte ich genauso mühelos aus der Tür wie aus dem Fenster sehen. Maddies Garten erstreckte sich vor dem Fenster. Selbst von hier aus wirkte er wie die wunderbare Oase der

Ruhe, die Val beschrieben hatte. Ich erhob mich, schnappte mir den Laptop, einen Stift und ein paar Papiere und verließ das Büro.

Ein paar Minuten später trat ich in den kleinen Park. Er war unglaublich schön. Ein breiter, gepflasterter Weg schlängelte sich mitten durch den Garten, mit mehreren kleineren Wegen, die nach rechts und links abgingen. Wo auch immer ich hinsah, leuchtete Grün mit gelegentlichen Farbflecken. Ich wusste nicht, wie die Bäume hießen, aber ich erkannte ein paar Palmen und Farne. Ich schoss schnell ein Handyfoto und schickte es zusammen mit einer Nachricht an Maddie.

Landon: Dieser Garten ist einfach unglaublich!

Ich ging davon aus, dass sie die Nachricht erst später lesen würde, weil Maddie ihr Handy nicht bei sich hatte, wenn sie arbeitete. Doch innerhalb von Sekunden bekam ich eine Antwort.

Maddie: Hinter diesem großen Farn steht eine Bank.

Landon: Danke.

Ich lachte, als ich die Bank entdeckte. Dann fragte ich mich, wie es sein konnte, dass ich Maddie bereits vermisste. Ging es ihr genauso? Vielleicht hatte sie ihr Handy dabei, weil sie gehofft hatte, von mir zu hören. Wahrscheinlicher war allerdings, dass sie auf einen geschäftlichen Anruf wartete. Dieser Morgen hatte sich angefühlt wie ein Ausflug in das Leben eines anderen Menschen: neben ihr aufzuwachen, unsere Nähe, ihre süße Entschlossenheit, mein Hemd und meinen Anzug glatt zu streichen. Wie würde sich das Leben anfühlen, wenn jeder Morgen so anfinge?

Ich erlaubte mir für ein paar Augenblicke, in dieser Fantasie zu schwelgen, bevor ich mich in die Arbeit stürzte.

20 Maddie

In den nächsten paar Tagen wurde Vals Haus zum Umschlagbahnhof für die gesamte Familie. Will schaute jeden Tag nach ihr, Lori brachte Essen vorbei, und Hailey war für einen kurzen Besuch eingeflogen, als Val heimdurfte. Jace hatte sie in Trainingspausen täglich besucht… und es war entzückend zu beobachten, wie der fast ein Meter neunzig große Fußballspieler sich um seine Schwester kümmerte, als wäre sie ein Baby.

Vals Garten sah inzwischen viel besser aus. Der Steinmetz sollte nächste Woche die Steinstufen legen, und ich hatte immer noch eine Menge zu tun, aber ich hatte trockenresistente Pflanzen wie die Kalifornische Säckelblume und die Kalifornische Schafgarbe auf allen Terrassenebenen gepflanzt. Ein Rosengarten durfte natürlich auch nicht fehlen.

Ich musste noch zwei Jacaranda-Bäume rechts und links neben der Veranda pflanzen, deswegen zog ich am Donnerstagmorgen los, um sie von *Elise's Plants and Flowers* abzuholen.

Elise war mein liebster Zulieferer. Ihr Laden war nicht

groß, doch Elise konnte alles besorgen, was ich brauchte – doppelt so schnell wie die meisten und zu einem akzeptablen Preis.

»Alles okay? Du wirkst ein wenig angespannt«, sagte ich, als sie mir dabei half, die kleinen Jacaranda-Bäume in meinen Truck zu laden. Ihr rabenschwarzes Haar war hoch auf ihrem Kopf zu einem Knoten gebunden, und sie wirkte total müde.

»Ja, es ist nur … ich organisiere gerade meine Webseite neu, in der Hoffnung, mehr Kunden zu gewinnen. Ich weiß bloß einfach nicht, wie ich das Design aufmotzen soll.«

»Ich könnte dir eine Referenz schreiben. Oder noch besser, du könntest Bilder vom Murieta-Projekt einstellen.« Das war das Projekt, für das ich den Preis gewonnen hatte.

Sie riss die Augen auf. »Bist du dir sicher? Ich will dir nicht deine Lorbeeren stehlen.«

»Du stiehlst mir gar nichts, Elise. Du solltest das Projekt auf jeden Fall aufführen. All diese Pflanzen habe ich von dir gekauft.«

»Okay, das werde ich machen. Danke. Du hast wirklich einen tollen Geschäftssinn, Maddie.«

Ich verließ ihren Laden mit einem Lächeln auf dem Gesicht und in Gedanken damit beschäftigt, weitere Möglichkeiten für gemeinsame Werbung zu finden. Elise führte wie ich ihren Betrieb allein, auch wenn sie zwei Angestellte in Teilzeit beschäftigte. Vor ein paar Monaten hatte sie mir eine richtige Partnerschaft vorgeschlagen … aber das wollte ich nicht. Allein das Wort *Partnerschaft* ließ in mir Erinnerungen an Rechtsanwälte und Geldsorgen aufsteigen – und an ein Gefühl von Minderwertigkeit. Doch es war klug, Synergien zu nutzen. Ich platzte fast vor Aufregung, als ich in Vals Einfahrt abbog.

Mein Umgang mit Landon beschränkte sich im Moment darauf, morgens in der Küche seiner Schwester zusammen einen Kaffee zu trinken. Ich war schon glücklich, überhaupt Zeit mit ihm zu verbringen, aber gleichzeitig wünschte ich mir trotzdem mehr. Ich bemühte mich, den Mut zu finden, ihn zu fragen, ob er nicht eine oder zwei Nächte (oder jede Nacht) bei mir verbringen wollte, wusste allerdings nicht, ob es wirklich eine gute Idee wäre, ihn gleich so in Beschlag zu nehmen. Ich hatte Schutzmauern um mein Herz aufgebaut, doch er schien sie mit jedem Kuss, mit jedem gestohlenen Moment weiter einzureißen.

»Was machst du heute Abend?«, fragte Landon am Freitagmorgen. Ich trank gerade meinen zweiten Kaffee. Gewöhnlich trank ich nicht mehr als eine Tasse, aber Landon ging nie, bevor ich nicht fertig war, was dafür sorgte, dass ich eine ganze Kanne in mich hineingegossen hätte, um ihn ein wenig länger bei mir zu behalten.

»Bisher hab ich noch keine Pläne.«

Ich saß mit baumelnden Beinen auf der Küchenanrichte. Landon trat zwischen meine Schenkel und drängte sie weiter auseinander.

»Halt dir den Abend frei.« Er sah mit diesem glühenden Blick auf mich herunter, der immer köstliche Dinge mit mir anstellte. Meine Finger verzehrten sich danach, ihn zu berühren. Wo, war mir relativ egal. Doch hätte ich die Wahl gehabt, hätte ich seinen Hintern angefasst. Ich fragte mich, ob ich wohl meine Hände über seinen Rücken gleiten lassen konnte, um dann absichtlich aus Versehen die Finger in den Muskeln seines Hinterteils zu vergraben. Vielleicht konnte ich ihm das als … tja, was genau verkaufen? Hmmm … vielleicht sollte ich meine Hände besser bei mir behalten, bis mir eine gute Ausrede dafür einfiel, ihn in der Küche seiner Schwester zu befingern.

»Und wieso sollte ich das tun?«, neckte ich ihn.

»Weil ich nach dem Familienessen Zeit mit dir verbringen will. Bisher habe ich noch nichts vor.« Er ließ seine Nasenspitze über meinen Hals gleiten. Ich liebte es, wenn er das tat. Ich liebte eigentlich alles, was er mit mir anstellte. »Ich will einfach Zeit mit dir verbringen«, sagte er, bevor er Küsse auf meinen Hals niederregnen ließ. Sofort begannen meine Nerven zu kribbeln. Als er näher an mich herantrat, die Hände unter meinen Hintern schob und meine Hüften an sich zog, nahm ich das als Freifahrtschein, auch seinen Po zu umfassen.

Verdammt, ich liebte seine Anzüge. Der Stoff war so dünn, dass ich mir fast einbilden konnte, seine Haut zu berühren. Fast. Er stöhnte, kaum dass ich meine Finger in seinen Muskeln vergraben hatte.

»Maddie, hör auf, oder ich nehme dich hier auf der Arbeitsfläche.«

Ich wog die Gegenargumente ab: Val hielt sich im ersten Stock auf … aber der Anstand gebot, es nicht zu tun. Ich hatte meinen Anstand noch nicht ganz verloren. Doch ich konnte fühlen, wie ich mit jeder Berührung von Landons Lippen weiter dahinschmolz.

Ich gab ihn frei und trat innerlich einen Schritt zurück. Dann musterte ich seufzend sein verknittertes Hemd.

»Wieso lässt du jeden Morgen zu, dass ich deine Kleidung durcheinanderbringe?«, fragte ich, als ich den Stoff, so gut es ging, glatt strich.

Er schluckte. »Weil ich es mag, wenn du sie wieder in Ordnung bringst.«

»Und ich mache das gerne«, gab ich zu. Sogar sehr gerne. Es fühlte sich an wie etwas, was ein Paar tat… als wäre er mein Mann und ich wolle mich vergewissern, dass er gut aussah, bevor er zur Arbeit ging. Das war lächerlich, ich weiß, doch ich konnte nicht anders, als mich dieser schönen Illusion jeden Morgen hinzugeben. Und auch, wenn er mir tagsüber Nachrichten schrieb, um sich nach mir zu erkundigen oder mir kurze Anekdoten aus der Arbeit zu berichten.

Als unsere Blicke sich trafen, erkannte ich für einen Moment Verletzlichkeit in Landons Miene. Das Gefühl wirkte so allumfassend, dass es mir einen Stich gab. Hegte er ähnliche Gedanken? Ich wagte es nicht, nachzufragen, doch als er mich in einem harten, leidenschaftlichen Kuss an sich zog, gab ich mich ihm ganz hin.

Am Abend kam Landon um sechs Uhr zurück. Ich begegnete ihm vor dem Eingangstor.

»Hey!« Sehnsüchtig ließ er den Blick über mich gleiten und sah dann auf die Autoschlüssel in meiner Hand. »Du fährst weg?«

»Ja. Ich bin für heute fertig und wollte niemandem auf den Geist gehen.«

»Aber wir haben doch Pläne für heute Abend.« Der oberste Knopf seines Hemdes stand offen, und er hatte erneut seine Ärmel aufgerollt. Er wirkte müde und genervt.

»Nach eurem Abendessen. Schreib mir, wenn du so weit bist, dann komme ich zurück. Ich werde nicht weit entfernt sein. Ich wollte mal das Viertel erkunden.«

»Maddie, ich meinte eigentlich, dass du mit uns essen sollst.«

»Oh! Aber ... das ist ein Familienessen. Ich bin mir sicher, ihr habt eine Menge zu besprechen.«

»Keine Staatsgeheimnisse, versprochen.«

Ich trat von einem Fuß auf den anderen und starrte auf meine roten Ballerinas. Ich fühlte mich geehrt, dass er mich fragte, aber trotzdem war ich mir nicht sicher, ob ich die Einladung annehmen sollte. Würde es seinen Geschwistern etwas ausmachen? Bei der Feier am 4. Juli hatten sie mich mit offenen Armen willkommen geheißen, doch ein Abendessen wirkte irgendwie intimer.

»Bist du sauer auf mich?«

Ich riss überrascht den Kopf hoch. »Wieso sollte ich sauer sein?«

»Ich weiß, dass ich dich in den letzten paar Tagen vernachlässigt habe. Es tut mir leid, ich hatte nicht vor ...«

Ich trat näher an ihn heran und drückte ihm die Hand auf den Mund. »Stopp, Landon. Ich bin nicht sauer. Du hast gearbeitet. Das verstehe ich.«

Ich fühlte sein Lächeln unter meiner Handfläche, bevor er meine Hand zur Seite schob. »Also hast du mich nicht vermisst.«

»Das habe ich nicht gesagt.«

»Also hast du mich vermisst?«

»Das habe ich auch nicht gesagt«, zog ich ihn auf. Er ließ seinen Daumen langsam um meinen Mund gleiten, dann beugte er sich vor, um leicht an meiner Unterlippe zu knabbern. Ich erstarrte und erlaubte ihm, mit seinen Liebkosungen fortzufahren. Er küsste mich nicht richtig, sondern neckte mich nur, bis ich mich nach ihm verzehrte. Wir standen vor Vals Eingangstor, wo jeder Nachbar oder Passant uns sehen konnte, aber das war mir egal. Wenn es um Landon ging, benahm ich mich wie ein verknalltes Schulmädchen.

Ich musterte Landons Körpersprache. Er war angespannt, und ich wollte etwas dagegen tun, also küsste ich ihn voller Leidenschaft. Er erwiderte den Kuss auf dieselbe Weise, als hätte er sich den ganzen Tag genau danach verzehrt. Als hätte er nach mir gehungert und bräuchte diesen Kuss genauso dringend wie den nächsten Atemzug.

»Harter Tag?«, fragte ich, als seine Lippen an meinen Hals glitten und seine Arme sich fester um mich schlossen.

»Verdammt harter Tag. Manchmal hasse ich alle Menschen.«

»Ich auch. Deswegen arbeite ich mit Pflanzen, Erde und Steinen.«

»Aber du hast diesen Tag gerade viel besser gemacht.« Er lachte und zog sich dann ein wenig von mir zurück. »Bleib zum Abendessen. Ich hätte dich gerne an meiner Seite.«

Er klang wirklich sexy in seiner Entschlossenheit. Seine Arme lagen immer noch um mich, und seine Hände beschrieben kleine Kreise auf meinem Rücken. Sein Blick ruhte auf meinen Lippen.

»Ich habe so ein Gefühl, dass du deine Anziehungskraft einsetzt, um mich zu überreden.«

Er grinste. »Was hat mich verraten? Die Küsse? Die Berührungen?«

»Nö. Der Blick in deinen Augen. Er ist fast raubtierhaft.«

»Ist das ein Ja?«

»Das ist ein Ja.«

Seine Mundwinkel hoben sich, und er drückte mir einen

Kuss auf beide Handflächen, bevor er mich wieder durchs Tor in den Garten führte. Landon wirkte jetzt schon viel entspannter als bei seiner Ankunft. Ich lächelte versonnen. Ich wollte mir den Verdienst nicht zu hundert Prozent anrechnen, aber ich war davon überzeugt, dass zumindest fünfzig Prozent mir zugeschrieben werden konnten.

Es gab ein Wort, das ein Abendessen mit den Connors perfekt umschrieb: laut.

Während der Party am 4. Juli hatten wir uns im hinteren Garten verteilt, doch nun waren fünf der Connors plus mir um den Wohnzimmertisch versammelt. Haileys Flugzeug hatte Verspätung, also würde sie erst später zu uns stoßen. Milo hatte sein Essen in sich hineingeschaufelt und saß jetzt auf dem Sofa. Er hatte In-Ear-Kopfhörer in den Ohren und war ganz auf sein iPad konzentriert.

Alle redeten gleichzeitig. Mir würde jeden Moment das Trommelfell platzen. Landon hatte einen Riesenspaß. Offensichtlich bezog sich seine vorherige Erklärung, dass er Menschen hasste, nicht auf seine Familie.

Val saß am Kopfende, in einem speziellen Stuhl, an der eine Stütze für ihren Gips befestigt war.

»Ich brauche keine Rund-um-die-Uhr-Pflege, Landon«, wiederholte sie zum gefühlt tausendsten Mal. »Die Krankenschwester, die kommt, um mir beim Waschen zu helfen, reicht vollkommen. Ich habe gelernt, mich mit den Krücken zu bewegen. Schneller komme ich sowieso nicht voran, außer ich besorge mir einen Rollstuhl. Und ich weigere mich, das zu tun. Außerdem wäre das mit der Treppe sowieso nicht praktikabel. Ich wünschte nur, die Auswirkungen der Gehirnerschütterung würden schneller abklingen. Ich kann immer noch nicht lesen, ohne schreckliche Kopfschmerzen zu bekommen. Und ich werde schnell müde.«

Will schaltete sich ein. »Es ist gut für Val, wenn sie Dinge selbst macht, so weit es eben geht.«

Als Landon den Kopf schüttelte und den Mund öffnete, wandte sich Will an mich. »Maddie, ich übertrage dir jetzt eine wichtige Aufgabe. Du musst Landon dazu bringen, sich zu entspannen. Er wird von der nervigen Überzeugung angetrieben, dass alles in seine Verantwortung fällt. Auf diese Art wird er bald graue Haare bekommen.«

Jace richtete den Blick ebenfalls auf mich. »Genau, setz diese Waffen einer Frau ein. Wir haben schon alles versucht und vollkommen versagt. Du bist unsere letzte Hoffnung.«

Meine Wangen brannten, doch ich war entschlossen, nicht verlegen zu werden, auch wenn ich kaum glauben konnte, dass er tatsächlich *Waffen einer Frau* gesagt hatte.

»Ich werde mein Bestes geben«, antwortete ich, wobei ich Mühe hatte, eine ernste Miene zu wahren.

Lori sah zu Milo, aber er schien vollkommen mit seinem iPad beschäftigt, die In-Ear-Kopfhörer fest in den Ohren. »Jace, ich verbiete dir, den Ausdruck *Waffen einer Frau* vor Milo zu verwenden.«

Jace warf seiner Schwester einen gespielt überraschten Blick zu. »Warum? Glaubst du, er versteht das nicht? Ich kann es ihm gerne erklären. Er muss schließlich auf das Leben vorbereitet sein.«

»Er ist sechs«, erklärte Lori so freundlich, dass selbst ich fürchtete, sie würde bereits an einem Racheplan für den Fall arbeiten, dass Jace sich Milo gegenüber doch verplapperte.

Hailey tauchte auf, als wir noch mitten beim Abendessen waren.

»Tut mir leid. Das Flugzeug ist eineinhalb Stunden zu spät in Seattle gestartet.« Sie umarmte Val und ließ sich dann auf den Stuhl neben Landon fallen. Während sie aß, fragte sie ihn nach der Arbeit aus.

»Ich habe alles unter Kontrolle«, sagte Landon.

Hailey zog die Augenbrauen hoch. »Ich möchte bitte Details hören.«

Landon gab nach und erzählte alles, was in der letzten Woche passiert war.

»Das klingt, als hättest du eine Menge zu tun«, meinte sie, als er fertig war. Ich war derselben Meinung wie Hailey. Allein Landons Beschreibung erschöpfte mich bereits.

Landon wedelte wegwerfend mit der Hand. »Ich komme mit der Arbeitsbelastung schon klar.«

Interessant. Mir gegenüber hatte er zugegeben, dass es der reinste Albtraum werden würde … aber seiner Familie gegenüber hielt er sich bedeckt. Auch wenn ich mich geehrt fühlte, dass er sich mir anvertraut hatte, war mir doch auch klar, dass seine vorgespielte Stärke nicht den Effekt hatte, den er beabsichtigte. Tatsächlich warfen Jace und Will ihm beide besorgte Blicke zu.

»Val, ich kann nächsten Freitag nicht zum Essen kommen. Wir spielen in New York«, sagte Jace.

Val zog einen Schmollmund. »Die Saison hat doch noch gar nicht angefangen.«

»Freundschaftsspiel. Nach dem zu schließen, wie der Trainier uns rannimmt, würde man das allerdings nie vermuten. Man könnte meinen, wir müssten bei der Weltmeisterschaft ran. Aber ich werde noch mal vorbeischauen, bevor wir aufbrechen. Und ich werde dir zuzwinkern, wenn ich interviewt werde.«

Val deutete mit dem Finger auf ihn. »So versuchst du doch nur, mich dazu zu bringen, dein Spiel zu schauen.«

»Du siehst dir meine Spiele nicht mal an, wenn du nichts anderes zu tun hast? Das trifft mich wirklich, Schwesterherz. Zutiefst.«

Alle am Tisch begannen zu lachen.

»Ich werde es versuchen«, meinte Val. »Aber wann immer ich schnelle Bewegungen auf einem Bildschirm sehe, bekomme ich Kopfschmerzen.«

»In ein paar Wochen wird sie die Wände hochgehen«, meinte Landon später, als wir das Haus verließen. Wir wanderten über den improvisierten Holzpfad zum Eingangstor nach unten.

»Das ginge jedem so, der ans Haus gefesselt ist. Keine Sorge. Ich werde ein Auge auf sie haben und sofort berichten, wenn sie etwas anstellt.«

»Jetzt willst du also für mich spionieren, ja?«

»Ich bin anpassungsfähig. Das Abendessen hat solchen Spaß gemacht. Und es war ganz schön laut. Mir klingelt es immer noch ein wenig in den Ohren. Aber darf ich dir eine Sache sagen? Du solltest gegenüber deinen Geschwistern nicht den starken Mann spielen. Sie durchschauen dich, und es sorgt nur dafür, dass sie sich Sorgen machen.«

Er zögerte. »Inzwischen ist das fast ein Reflex. Als wir jung waren, haben Val und ich immer alles getan, um Probleme von ihnen fernzuhalten.«

Ich nickte, weil ich durchaus verstand, was er damit meinte. »Das kann ich nachvollziehen.«

»Wirklich?«

»Ja. Unsere Situationen sind absolut nicht vergleichbar, aber ich habe mich oft gefühlt, als wäre ich Grace' Mutter. Besonders an den Abenden, wo unsere Eltern bei Auftritten waren.«

Wir hielten am Ende des hölzernen Weges an.

»Die Läden, in denen sie aufgetreten sind, waren nicht gerade etwas für Kinder, also waren wir ungefähr ab meinem neunten Lebensjahr oft allein zu Hause.«

Landon runzelte die Stirn. »Neun ist ganz schön klein, um schon allein gelassen zu werden. Besonders, wenn es noch ein jüngeres Geschwisterchen gibt.«

»Ich weiß. Aber sie hatten eigentlich keine andere Wahl. Sie sind gute Menschen, aber die Musik ist ihre Leidenschaft.« Ich hatte mich oft gefragt, ob sie die Musik nicht mehr liebten als uns, doch das war eigentlich unfair. Sie hatten ihr Bestes gegeben, und mehr konnte niemand verlangen. »Sie haben genug verdient, um uns durchzubringen, gerade so ... ich wünschte mir bloß, sie wären öfter da gewesen, verstehst du? Es waren die kleinen Dinge, die sich summiert haben ... wie Grace, die so lange auf sie gewartet hat, weil sie ihnen etwas zeigen wollte, was sie gemalt hat, dass sie beim Warten eingeschlafen ist. Oder als ich mit Mom über Mädchenfragen reden wollte, sie aber keine Zeit hatte, sodass ich stattdessen die Dame in der Apotheke ausgequetscht habe. Ich klinge undankbar.«

»Du hast dich nach Liebe und Aufmerksamkeit gesehnt«, sagte Landon sanft. »Das ist ganz normal.«

Ich blinzelte und schüttelte dann den Kopf. »Gewöhnlich rede ich nicht über das Thema.« Was an Landon brachte mich dazu, so offen zu sein?

»Du kannst mit mir über alles reden, Maddie. Ich verstehe, was du sagen willst. Und ich höre dir gerne zu.«

Wir waren uns ähnlicher, als ich vermutet hatte. Ich fühlte die Verbindung zwischen uns wie einen Haken in meinem Herzen, der mich näher zu ihm zog.

»Jedenfalls … zurück zu dir und deiner Familie. Du solltest versuchen, in ihrer Nähe … entspannter zu sein. Wenn sie dich fragen, wie es bei dir läuft, versuch doch mal, nicht automatisch *Ich habe alles unter Kontrolle* zu antworten.«

»So vorhersehbar bin ich also?«

»Nein, aber langsam beginne ich, dich zu durchschauen, Landon Connor. Und wenn ich dich durchschauen kann, dann können sie es auch … also versuch, ihnen gegenüber ehrlich zu sein.«

»Ich werde mich bemühen.« Seine Mundwinkel zuckten. »Du hast Jace' Pöbelei eingesteckt wie ein Champion.«

Ich gab mich gespielt schockiert. »Pöbelei? Das war ein ernst gemeinter Ratschlag. Und ich habe durchaus vor, heute Nacht die Waffen einer Frau gegen dich einzusetzen.«

»Ach wirklich?«

»Ja.«

»Was machst du dieses Wochenende?«, murmelte er. »Ich würde es gerne mit dir verbringen, wenn das möglich ist.«

»Das fände ich wunderbar. Aber morgen habe ich schon etwas vor. Vormittags gehen Grace und ich auf den Flohmarkt. Willst du uns begleiten?«

»Ich muss in der Früh noch ein Telefonat mit Adam führen, meinen amtierenden CEO. Heute hatte ich keine Zeit, mit ihm zu reden. Was machst du nachmittags?«

»Ich muss zwei meiner Außenwände streichen. Die anderen beiden habe ich bereits vor einer Weile frisch gestrichen. Ich sollte das echt dieses Wochenende schaffen. Aber danach kann ich gerne wieder die Waffen einer Frau in Aktion bringen.«

»Du malerst allein?«

»Ja. Grace arbeitet am Nachmittag noch bei *Macy's,* bevor sie abends zu ihrer Schicht in der *Lucky Bar* geht.«

»Ich werde mit dir streichen.«

Ich wedelte abwehrend mit der Hand. »O nein. Das ist eine schmutzige Angelegenheit.«

»Und? Zusammen sind wir schneller.«

»Landon, wirklich. Ich komme schon klar.« Ich machte Anstalten, zum Tor zu gehen, doch er packte meinen Arm und wirbelte mich herum. Sein Blick war hart und vollkommen auf mich konzentriert.

»Wieso bist du so stur?«

»Ich bin nicht stur. Ich will nur nicht, dass du dich verpflichtet fühlst, mir bei solchen Sachen zu helfen. Das fühlt sich für mich an, als wären wir ein Paar.«

Als ich ihm dieses spezielle Detail eröffnete, fühlte ich mich verletzlich. Ich war mir bewusst, dass ich ihn gerade von mir stieß, aber ich wusste auch nicht, wie ich damit aufhören sollte. Nach meiner Trennung hatte ich mich davor gefürchtet, irgendjemanden nah an mich heranzulassen. Ich hatte niemandem die Chance eröffnen wollen, dafür zu sorgen, dass ich mich klein und unwichtig fühlte. Ich versuchte, alles einfach mit einem Achselzucken abzutun, doch ich vermutete, dass Landon mich durchschaute. Er schien immer zu wissen, wie es in mir aussah.

Er gab meinen Arm frei und umfasste stattdessen mein

Gesicht mit beiden Händen. »Wir sind ein Paar, Maddie. Das ist nicht nur eine flüchtige Affäre. Ja, ich will dich jede verdammte Sekunde jeden verdammten Tages, aber ich will auch einfach bloß Zeit mit dir verbringen. Und dabei spielt keine Rolle, was wir tun.« Seine Daumen glitten über meine Wangenknochen, dann küsste er mich. »Du bist unterhaltsam. Loyal. Du bist eine tolle Frau, Maddie. Du hast jemanden verdient, der dich auf die richtige Weise behandelt. Ich will dieser Mann für dich sein. Hier und jetzt will ich dieser Mann sein.«

Er beugte sich vor, bis sein Oberkörper meine Brüste berührte. Ich schnappte nach Luft, doch bereits den nächsten Atemzug konnte ich nicht mehr machen, weil Landon seine Lippen auf meine presste. Er küsste mich sanft, aber voller Verlangen. Ich vergrub die Hand in seinem Haar. Seine Hände und Lippen richteten Unglaubliches mit meinen Sinnen an, es waren allerdings seine Worte, die mich mitten ins Herz getroffen hatten. Landon war wie ein Hurrikan. Er riss mich vollkommen von den Füßen … Und selbst wenn ich davon überzeugt war, dass es auf lange Sicht besser wäre, mich gegen meine Gefühle zu wehren, konnte ich das einfach nicht mehr. Ich wollte alles nehmen, was dieser Mann anzubieten hatte; alles auskosten, was er mich fühlen ließ.

Landon löste sich von mir. »Hey! Fang nicht an, diese weiblichen Waffen gegen mich einzusetzen, bevor wir auch nur den Garten meiner Schwester verlassen haben.«

Ein Lachen stieg in mir auf, doch es blieb mir in der Kehle stecken, als er meine Brüste umfasste und seine Daumen über dem Kleid über meine Brustwarzen gleiten ließ. Nach der Arbeit hatte ich mir ein hellblaues Baumwollkleid mit V-Ausschnitt und kurzen Ärmeln übergeworfen.

Er senkte eine Hand an meine rechte Hüfte und knüllte den Stoff meines Kleides zusammen, bis er meine Haut berühren konnte. Ein Zittern überlief mich.

»Ich liebe es, wie dein Körper auf mich reagiert. Es sorgt dafür, dass ich dich stundenlang einfach bloß auf diese Art streicheln will.«

Ich drängte ihm die Hüften entgegen, auf der Suche nach mehr Reibung. Landon zog eine Spur aus Küssen über meine Wange nach hinten, knabberte an meinem Ohrläppchen, bevor er mir süße Worte ins Ohr flüsterte.

»Landon! Was ich mir mit dir alles wünsche.« Wie konnte er meine Erregung in wenigen Sekunden von null auf hundert schießen lassen? Ich hatte nicht gewusst, dass ich dazu fähig war. Landon sorgte dafür, dass ich ganz neue Seiten an mir kennenlernte – auch wenn ich wahrscheinlich nur auf ihn so reagierte. Im Garten war es stockdunkel, aber trotzdem. Ich konnte ihn nicht hier anspringen, also beschloss ich, vernünftig zu sein, und trat einen Schritt zurück.

»Sollen wir gehen?«, fragte ich.

»Ja, sollten wir.« Ich hörte das Lächeln in seiner Stimme, als wir den Garten verließen. »Also, steht unser Date zum Malern morgen?«

»Ja, du Tyrann. Das Maler-Date steht. Wo willst du nun hin?«, fragte ich, sobald wir im Auto saßen. »Die Aussicht vom Griffith-Observatorium ist nachts wirklich spektakulär. Oder wir könnten auf die Aussichtplattform im Rathaus fahren und danach in der Innenstadt noch etwas trinken. Oder wir gehen an den Strand. Aber nicht Venice Beach, da ist zu viel los.«

»Ich hatte ganz vergessen, wie unglaublich diese Stadt ist.«

»Oh, ich werde dich daran erinnern. Ich hatte immer das Gefühl, dass Zugezogene L.A. mehr schätzen als die Einheimischen.«

Mir kam da eine Idee, die allerdings gefährlich war. Würde er je darüber nachdenken, wieder hierherzuziehen? Konnte ich ihn … überzeugen? Ich schüttelte den Kopf, um diesen selbstsüchtigen Gedanken zu vertreiben. Dennoch wünschte ich mir, diese Sache zwischen uns könnte über das Hier und Jetzt hinaus andauern.

»Nun dann, L.A.-Expertin. Zeig mir, was ich verpasst habe. Du suchst heute Abend aus, was wir Abenteuerliches unternehmen.«

Ich warf ihm einen misstrauischen Blick zu. »Du bist so entgegenkommend. Willst du gar nicht verhandeln?«

»Ich werde dir meine Verhandlungsfähigkeiten später am Abend demonstrieren.«

»Wird Kleidung dabei eine Rolle spielen?«

»Natürlich.« Er beugte sich zu mir. »Aber ich behaupte nicht, dass wir Kleidung *tragen* werden.«

21 Landon

Ich gab selten zu, dass ich mich übernommen hatte … nicht einmal mir selbst gegenüber. Doch zwei Wochen, nachdem ich begonnen hatte, zwei Firmen gleichzeitig zu führen, musste ich es mir eingestehen. Die Aufgabe, dafür zu sorgen, dass die Herstellung der neuen Produktlinie für die Läden gut anlief, war in die Führung des gesamten Unternehmens ausgeartet. Nachdem sie nicht mehr so häufig Kopfschmerzen bekam, arbeitete Val ein paar Stunden am Tag von zu Hause, beantwortete E-Mails und führte Telefonate, aber der Großteil der Aufgaben musste im Büro erledigt werden. Sobald meine Schwester wieder auf den Beinen war, überzeugte ich sie davon, jemanden als ihre rechte Hand einzustellen. Sie konnte nicht ewig den Job von zwei Leuten leisten.

Die Verhandlungen mit Sullivan kosteten mich mehr Zeit als erwartet, was erklärte, wieso ich als Einziger noch im Gebäude war. Proben von Parfüms und Duschlotionen füllten die Hälfte meines Schreibtisches. Die andere Hälfte war mit Papieren bedeckt.

Ein Geräusch erregte meine Aufmerksamkeit. Ich sah

von den Proben auf und fragte mich, ob Vals Assistentin doch noch geblieben war, um dann freudig überrascht zu sein, als ich Maddie im Türrahmen entdeckte. Ich stand auf und ging zu ihr.

»Meine Schöne, komm rein. Was machst du hier? Wie lange stehst du schon dort?«

»Nicht lange. Ich habe nur den CEO in Aktion bewundert. Der Look steht dir. In diesem Anzug mit Manschettenknöpfen siehst du einfach zum Anbeißen aus. Hast du noch mehr so tolle Klamotten?«

»Ja.« Adam hatte mir meine gesamte Kleidung geschickt.

»Ich bin hier, um dich zu entführen.«

Ich zog Maddie ins Büro und küsste sie leidenschaftlich. Ich hatte in der letzten Woche fast jede Nacht in ihrem Haus verbracht. Ihr Bett war mein absoluter Lieblingsort. Maddies süßer Duft hing in den Laken und den Kissen, daher war es mein persönlicher Himmel.

»Komm, lass uns gehen«, murmelte sie.

Ich sah auf meinen Schreibtisch, auf dem sich die Arbeit stapelte, doch sie schnalzte missbilligend mit der Zunge.

»Oh, also bist du der Meinung, du könntest mich dazu zwingen, dich mein Haus streichen zu lassen, aber ich darf dich nicht von der Arbeit wegreißen? So funktioniert das nicht, Mr CEO. Ich gebe nach, du gibst nach. Das ist keine Einbahnstraße.«

Ich hatte keine Ahnung, was sie plante, doch ich freute mich schon darauf. Meine Maddie war ein Lichtblick, wenn schon die Partnerschaft in San José langsam außer Kontrolle geriet und sich die Entwicklung von Vals Kosmetiklinie in die Länge zog. Zu Maddie heimzukommen und morgens neben ihr aufzuwachen, hatte alles erträglicher gemacht.

»Du bist heute aber frech! Ich hatte nicht vor, Nein zu sagen. Das alles hier kann bis morgen warten.«

Sie grinste breit. »Dann komm. Der Sonnenuntergang wartet nicht auf uns. Und danach gehen wir schön essen, dann kommst du mal auf andere Gedanken.«

Vierzig Minuten später erreichten wir unser Ziel. Die Aussicht war unglaublich, das Wetter so schön, wie es Mitte Juli in L.A. nur möglich war. Wir befanden uns höher über der Stadt, als ich zuerst angenommen hatte. Ich konnte in der Ferne sogar das Meer sehen. Im Vergleich zu anderen Parks war dieser hier sehr naturbelassen. Wir waren umgeben von gelblichen Büschen und verwildertem Gras, doch mir gefiel das besser als diese perfekt gepflegten Rasenflächen. Und was ein zusätzlicher Vorteil war: Wir waren ganz allein.

Maddie setzte sich aufs Gras und streckte die Beine aus. Sie klopfte neben sich auf den Boden, aber ich schüttelte den Kopf. Stattdessen setzte ich mich hinter sie, drückte meine Brust an ihren Rücken und umschloss ihre Beine mit meinen, weil ich so viel von ihr berühren wollte wie nur möglich.

»Wie war dein Tag?«, fragte ich.

»Aufregend. Ich bin immer aufgeregt, wenn ein neues Projekt startet. Es ist so seltsam, an einer Schule zu sein und keine Kinder zu sehen. Aber die Arbeit wird dadurch, dass Ferien sind, sicherlich erleichtert. Wir sollten kurz vor dem Schulbeginn fertig werden. Ich werde die Arbeit bei Val allerdings vermissen. Aus der Ferne kann ich sie nicht im Auge behalten.«

»Aber das machen ja Lori, Jace und Will, die ständig bei ihr vorbeischauen. Wie hast du diesen Ort hier entdeckt?«

»Ich suche oft nach ein wenig Wildnis in der Stadt. Als Inspiration, verstehst du, nachdem ich versuche, in meinen Gärten die Natur zu imitieren. Natürliche Habitate üben einen viel beruhigenderen Effekt auf das menschliche Hirn aus als streng geometrisch angelegte Gärten. Offensichtlich kann ich nicht einfach wild etwas einsetzen und die Pflanzen dann sich selbst überlassen, weil sie sonst schnell im Weg sind. Das wäre nicht praktisch. Aber ich schaue mir gerne natürliche Lichtungen und Ähnliches an, da die Natur gewöhnlich die klügsten Lösungen findet, weißt du?«

Ich achtete selten auf so etwas, also war mir das nicht bewusst. Tatsächlich konnte ich mich nicht mal erinnern, wann ich mir das letzte Mal die Zeit genommen hatte, einen Sonnenuntergang zu beobachten. Normalerweise ging ich Mußestunden um jeden Preis aus dem Weg. Doch mit Maddie wollte ich in den Wochen, die uns blieben, so viel Freizeit verbringen wie möglich. Mir gefiel, dass sie mich dazu brachte, innezuhalten und auf die kleinen Dinge des Lebens zu achten.

»Heute habe ich eine Anzeige von einem Bauunternehmen gesehen, das sich auf große Wohnanlagen spezialisiert hat. Sie arbeiten an einem Gartenkonzept. Sie wollen Wohngebäude errichten, deren Umgebung gestaltet ist wie ein Park. So ein Auftrag wäre ein Traum.« Sie kicherte. »Sorry, das kam ziemlich aus dem Nichts. Ich war nur so aufgeregt, als ich die Anzeige gesehen habe.«

»Es ist mir eine Ehre zu hören, wovon du träumst«, versicherte ich ihr. »Danke, dass du mir das anvertraust. Hast du dich beworben?«

»Habe ich tatsächlich. Aber ich glaube, das habe ich bloß getan, weil ich einfach nicht anders konnte. Mir fehlen die

Kapazitäten für ein so großes Projekt. Wir reden über eine riesige Fläche.«

»Klingt eine Partnerschaft inzwischen attraktiver?«, zog ich sie auf.

»Die Idee lässt mich nicht ganz los… aber für mich klingt das immer noch mehr nach Quälerei als nach Gelegenheit.«

»Du lässt dich von deiner Furcht leiten, Maddie, da es einmal schiefgelaufen ist. Aber davon solltest du dich nicht abhalten lassen, zu erreichen, was du dir wünschst.«

»Ich weiß… du hast recht. Ich könnte mich auf größere Projekte bewerben als nur Privatgärten. In L.A. gibt es zahlreiche Gelegenheiten, und es gibt unglaublich viele verschiedene Vegetationsarten. Das liebe ich so an dieser Stadt. Als ich frisch hierhergezogen war, bin ich jeden Nachmittag stundenlang durch die Stadt gestreunt, um sie besser kennenzulernen.«

Ich fand es fantastisch, wie entschlossen Maddie war, ihr eigenes Leben zu gestalten, komme, was wolle. Fast hätte ich sie gefragt, ob sie je darüber nachgedacht hatte, L.A. zu verlassen. Nach allem, was sie mir über ihren Ex und ihren Umzug hierher erzählt hatte, hätte ich meinen gesamten Besitz darauf verwettet, dass sie nicht bereit wäre, noch mal irgendwo neu anzufangen – und auf keinen Fall einem Mann zuliebe. Und es war auch nicht fair, sie zu bitten, für mich alles aufzugeben, wenn ich mir doch nicht sicher war, ob das, was ich anzubieten hatte, ausreichen würde, um sie glücklich zu machen. Aber ich verzehrte mich verdammt noch mal nach dem Recht, all ihre Träume wahr werden zu lassen.

Ich schob Maddies Haar zur Seite und drückte ihr einen

Kuss in den Nacken. Ihr nahe zu sein und sie zu berühren, reichte nicht aus. Ich wollte sie schmecken. Sie erstarrte, als meine Zunge ihre Haut berührte, dann stieß sie ein zauberhaftes leises Stöhnen aus.

»Dein Mund ist so wunderbar«, flüsterte sie.

Ich küsste sie, bis ihre Atmung sich beschleunigte und sie keuchend die Beine überschlug. Ich stöhnte, weil ich genau wusste, was das bedeutete. Aber ich wollte, dass sie es aussprach.

»Bist du feucht?«

Sie stieß ein leises Seufzen aus und nickte. Ich zog mit den Zähnen an ihrem Ohrläppchen, weil meine Neugier mich dazu brachte, herauszufinden, wie weit ich sie treiben konnte.

»Landon!«, flüsterte sie. »Wir können uns hier nicht ausziehen.«

»Süße, ich muss dich nicht ausziehen, um dich zum Höhepunkt zu bringen.«

Sie trug eine kurze Jeans und ein pinkfarbenes Poloshirt.

Maddie wedelte abwehrend mit der Hand, dann deutete sie auf den Horizont. »Halt deine Hände, wo ich sie sehen kann.«

Ich schloss die Finger einer Hand um eine Brust, die andere Hand schob ich zwischen ihre Beine, um über dem Stoff ihre Vagina zu reiben. Ich bewegte zwei Finger auf und ab, was uns beide scharfmachte. Sie schlug meine Hände zur Seite.

»Du lenkst mich ab.« Ihre Stimme klang heiser und zitterte.

»Wenn meine Hände dich ablenken, dann sagt das mehr über dich aus als über mich.«

»Wir sind den ganzen Weg hierhergefahren, um uns den Sonnenuntergang anzuschauen. Heb dir deine schmutzigen Gedanken für später auf. Viel später.«

Ich hatte nicht vor, das zu tun. »Wir werden den Sonnenuntergang beobachten, Maddie. Aber dieses Rendezvous wird nicht enden, ohne dass ich mich in dir versenke. Du kannst dir aussuchen, wo – hier, im Auto, bei dir zu Hause –, aber ich werde dich auf alle Fälle nehmen.«

»Du bist wirklich schamlos«, flüsterte sie.

»Und skrupellos«, bestätigte ich. »Zumindest, wenn es um dich geht.«

Sie drehte den Kopf und drückte ihre Lippen auf meine. »So soll das also laufen, ja? Du willst mich mit schönen Worten rumkriegen?«

Sie rutschte zwischen meinen Beinen heraus und setzte sich neben mich, also zog ich ihre Füße auf meinen Schoß und ließ ihre Sandalen verschwinden. Sie stöhnte, als ich die Daumen auf ihre Fußsohlen presste.

»Oh, jetzt fährst du schwere Geschütze auf, hm? Willst mich mit einer Fußmassage verwöhnen?«

»Du bist den ganzen Tag auf den Beinen.«

»Ich verstehe. Nur um das klarzustellen ... du tust das bloß mir zuliebe? Du hast es nicht auf eine Belohnung abgesehen?«

»Süße, täusch dich nicht. Ich werde mir diese Belohnung später holen. Aber trotzdem ist das hier nur für dich.«

Sie lächelte mich an. Und in diesem Moment wusste ich, dass ich als glücklicher Mann sterben würde, wenn es möglich wäre, dieses Lächeln jeden Tag für den Rest unseres Lebens zu sehen. Schweigend beobachteten wir, wie der Himmel sich in einer Mischung aus Pink und Orange verfärbte, um dann langsam in Dunkelheit zu versinken, während die Lichter der Stadt aufleuchteten.

Maddie zog ihre Sandalen wieder an und stand so schnell auf, dass sie fast das Gleichgewicht verloren hätte.

»Hast du es eilig?«, zog ich sie auf, als ich sie stützte.

»Ja. Ich bin keine Exhibitionistin, also werden wir jetzt zu meinem Haus fahren. Es sei denn, das waren bloß leere Versprechungen?« Sie schob herausfordernd das Kinn vor.

»Ich mache niemals leere Versprechungen, Maddie.« Um das unmissverständlich klarzumachen, zog ich sie eng an mich, damit sie spüren konnte, wie hart ich war. Ich umfasste ihren Hintern und hielt sie fest, um mich leicht an ihr zu reiben. Sie keuchte und vergrub die Finger in meinen Armen.

»Oh, perfekt. Ich kann es kaum erwarten, dass du dein Versprechen einlöst.«

Sie errötete und leckte sich die Lippen. Ich knabberte an ihrer Unterlippe, bis sie sich in meinen Armen wand.

»Ich hoffe, der Ausflug hat dir gefallen. Das ist übrigens mein geheimer Ort, also lauf nicht rum und erzähl allen davon.«

»Meine Lippen sind versiegelt. Danke, dass du mich hierher mitgenommen hast.«

Als sie die Arme um meinen Hals schlang, fühlte ich mich ihr tiefer verbunden, als ich es je bei einem Menschen empfunden hatte. Diese Erkenntnis hätte mir Angst machen müssen, doch stattdessen umarmte ich sie fester. Wie sollte ich es nur ertragen, wenn sie nicht mehr Teil meines Lebens war?

Hailey ließ die Bombe am nächsten Freitagabend beim Essen platzen.

»Das hast du nicht getan!«, rief ich.

»Doch, habe ich. Hör mal, du hast dich in den letzten drei Wochen vollkommen überarbeitet. Ich sehe schon die ersten grauen Haare auf deinem Kopf. Ich habe mit meinem Chef geredet und ihm erklärt, dass ich mir einen Monat freinehme. Er ist ausgetickt, aber dank meines Verhandlungsgeschicks habe ich ihn davon überzeugt, mir zumindest drei Wochen freizugeben. Also werde ich Montagmorgen mit dir ins Büro fahren. Wir können uns die Arbeit teilen.«

Ich starrte sie vollkommen verwirrt an. »Okay. Einen Moment. Wie bist du zu der Überzeugung gelangt, dass ich Hilfe brauche?«

»Deine Partnerschaft mit Sullivan gestaltet sich schwierig, und Vals Projekt erfordert zweihundert Prozent deiner Aufmerksamkeit. Bestimmt wäre es keine schlechte Idee gewesen, wenn sie mal jemanden angestellt hätte, der sie unterstützt.«

Sie sah zu Val, die plötzlich ein intensives Interesse an ihrem Quinoa-Avocado-Salat entwickelte. Nachdem wir wollten, dass Val sich ausruhte, kochten wir momentan am Freitag abwechselnd. Der Salat war Wills Beitrag gewesen. War ich bei den letzten Abendessen zu unvorsichtig gewesen? Hatte ich mich zu sehr beschwert? Ich zermarterte mir das Hirn, konnte mich aber nicht erinnern, das getan zu haben.

»Hailey, ich weiß das echt zu schätzen, aber das ist wirklich nicht nötig. Du musst dich auf deine eigene Karriere konzentrieren.«

Hailey verschränkte die Arme vor der Brust. »Ich habe eine Menge Urlaubstage angesammelt. Es wurde dringend Zeit, dass ich mir mal freinehme. Mein Chef ist wie alle anderen Chefs auch – ich hoffe mal, abgesehen von den hier Anwesenden.« Sie warf Val und mir einen scharfen Blick zu. »Er mag es nicht, wenn seine Angestellten ihre Urlaubstage tatsächlich nehmen, aber er kann nichts dagegen tun.«

Vor einer Weile hatte Hailey mir anvertraut, dass man ihr eine Beförderung in Aussicht gestellt hatte. Und ich kannte die Anforderungen der Consulting-Welt gut. Die Chefs wollten sehen, dass man nur für die Arbeit lebte. Sich freizunehmen, würde sie nicht weiterbringen. Aber Hailey wusste das alles, also musste ich mir ein anderes Argument einfallen lassen.

»Du kennst die Firma nicht…«

»Ich bin Unternehmensberaterin, Landon. Es ist mein Beruf, mich schnell in die Arbeitsabläufe unbekannter Firmen einzuarbeiten. Ich gehe Projekt für Projekt vor und habe ein gutes System gefunden, mich schnell mit den Eigenheiten eines Unternehmens vertraut zu machen. Und ich habe schon bei anderen Firma in der Branche gearbeitet.«

Sie schob ihr Kinn vor, als wolle sie mich herausfordern, ihre Fachkompetenz infrage zu stellen. Okay, das war ein jämmerlicher Versuch gewesen. Langsam gingen mir die Ideen aus. Hilfe suchend sah ich zu Val.

»Val? Du willst ihr das einfach erlauben?«

Hailey seufzte. »Ich bin erwachsen, Landon. Ich brauche von keinem von euch beiden die Erlaubnis, zu tun, was ich mir in den Kopf setze.«

Meine Zwillingsschwester wirkte todunglücklich. »Ich will nicht, dass auch bloß einer von euch meinetwegen seine Anliegen zurückstellt. Aber Landon, du hast wirklich viel zu tun. Ich kann dir mit meiner Heimarbeit kaum helfen. Mein Team ist es nicht gewohnt, auf Distanz mit mir zusammenzuarbeiten. Ich weiß, dass ich nicht gut im Delegieren bin, und du solltest mehr Zeit haben, dich deinen Partnerschaftsverhandlungen zu widmen.«

Die Verhandlungen hatten diese Woche einen neuen Tiefststand erreicht. Sullivan versuchte, jede getroffene Vereinbarung aufzukündigen, selbst bei vollkommen unwichtigen Details. Er verschwendete unser beider Zeit… und das störte mich, weil ich einfach nicht verstand, worauf er es abgesehen hatte. Zu Beginn war er mir wie ein gradliniger Mensch erschienen. Ich hätte mich ja aus der ganzen Partnerschaft zurückgezogen, aber das war meine einzige Möglichkeit, den Investoren die Ergebnisse zu liefern, die ich ihnen versprochen hatte.

Meiner Familie gegenüber hatte ich die neuesten Probleme mit der Fusion allerdings nicht erwähnt. Woher wussten sie davon? Hatte Adam Val angerufen? Ich würde ihn umbringen. Ich sah mich Hilfe suchend am Tisch um, doch es kostete mich gerade mal drei Sekunden, um zu verstehen, dass ich das vergessen konnte. Lori, Jace und Will nickten zustimmend. Milo konzentrierte sich auf seine zweite Schüssel Salat. Ich wünschte mir, Maddie wäre hier, obwohl ich selbst mit ihrer Unterstützung überstimmt worden wäre.

»Wenn ich sage, dass ich etwas hinkriege, dann ist das auch so«, erklärte ich ruhig.

»Mann, bist du stur«, meinte Lori.

»Wir können sturer sein«, warf Will ein.

Jace lachte leise. »Lasst uns nicht übermütig werden. Starrsinn wird in der Connor-Linie vererbt, aber Landon treibt das Sturheits- und Entschlossenheitslevel in ganz neue Höhen. Wir müssen das irgendwie anders angehen. Ich glaube, wir sollten mal über altmodisches Feilschen nachdenken.«

»Ich kann mich um alles kümmern«, wiederholte ich, doch ich klang nicht mehr ganz so überzeugt. Ich dachte daran zurück, wie Maddie mich vor zwei Wochen ermahnt hatte, meinen Geschwistern gegenüber nicht immer den starken Mann zu spielen. Ich wusste, dass sie recht hatte, aber etwas zu wissen und es wirklich zu tun, waren zwei völlig verschiedene Dinge. Allerdings konnte ich mich zumindest bemühen.

»Du musst dich nicht mehr allein um alles kümmern, Landon. Wir sind erwachsen. Und du bist unser Bruder, nicht unser Vater«, sagte Jace. Alle am Tisch verstummten.

»Das weiß ich.«

Er schüttelte den Kopf. »Manchmal scheinst du es zu vergessen. Ich nehme an, das ist normal, nachdem du und Val … nun, wir wissen alle, was ihr für uns getan habt. Und wir sind euch sehr dankbar dafür. Aber du musst nicht mehr alles allein machen«, erklärte Jace so sanft, dass sich mir der Kopf drehte. Jace war gewöhnlich nicht unbedingt für sein Taktgefühl bekannt.

»Sie hat sich bereits freigenommen, Landon«, sagte Lori. »Entspann dich einfach. Das wird schon alles werden.«

»Okay, ich … weiß deine Hilfe zu schätzen, Hailey. Aber ich wünschte, du hättest mit mir darüber geredet, bevor du diese Entscheidung getroffen hast.«

Hailey klatschte in die Hände. »Auf keinen Fall. Der beste Weg, bei dir etwas zu erreichen, liegt darin, dich aus dem Hinterhalt anzuspringen. Das hat funktioniert, als ich noch ein Kind war, und jetzt tut es das auch. Wieso sollte ich ein funktionierendes Konzept ändern?« Sie rammte Lori verschwörerisch den Ellbogen in die Seite.

Ich lachte. Lori hatte diese Technik entwickelt, als es ihr nicht gelungen war, mich dazu zu bringen, ihr einen Dalmatiner zu kaufen. Sie hatte versprochen, sich ganz allein um das Tier zu kümmern, doch ich war davon ausgegangen, dass sie keine Ahnung hatte, was das wirklich bedeutete. Eines Abends, als Val und ich aus dem Pub nach Hause gekommen waren, hatte sie im Wohnzimmer mit einem Dalmatiner-Welpen im Arm auf uns gewartet. Sie hatte das Hündchen an die Brust gedrückt und mich anklagend angestarrt.

»Ich hoffe, dass dein Herz nicht kalt und schwarz genug ist, ihn auf die Straße zu setzen.«

Ihre Worte hatten mich tief genug getroffen, dass ich mich noch heute an sie erinnern konnte.

Natürlich hatte ich nicht vor, den Hund auf die Straße zu setzen. Der Dalmatiner blieb, und die Hinterhaltstechnik wurde geboren: eine Strategie, die von all meinen Geschwistern erfolgreich eingesetzt wurde – manchmal sogar von Val.

»Übrigens«, sagte Jace, »wo ist Maddie? Ich habe mich daran gewöhnt, dass sie Freitagabend dabei ist.«

»In der Bar, wo ihre Schwester arbeitet. Sie haben eine große Veranstaltung, und Maddie hilft aus.«

Will prostete mir mit seinem Bier zu, ehe er einen Schluck nahm. Hailey stemmte die Ellbogen auf den Tisch und musterte mich eingehend.

»Was?«, fragte ich herausfordernd.

»Ich glaube, ich erkenne Sternchen in deinen Augen.«

»O Mann, jetzt geht es los«, sagte Jace. »Flieh, solange du noch kannst. Ich spüre den nächsten Hinterhalt kommen. Das machen sie jedes Mal, wenn ein weiblicher Fan mich zu lange ansieht.«

»Das ist etwas anderes. Wir passen nur auf dich auf«, erklärte Lori und nahm sich noch ein wenig Salat. »Was, wenn diese Frauen bloß an deinem Ruhm interessiert sind?«

»Vielleicht macht mir das ja gar nichts aus«, meinte Jace, dann lachten wir alle. Ich war stolz auf meinen Bruder. Ein Leben als professioneller Fußballspieler erforderte eine Menge harter Arbeit und Hingabe. Jace liebte das Spiel schon seit frühesten Kindertagen, als er Val und mich beim Spielen beobachtet hatte. Der Fußballtrainer unserer Schule hatte Val und mir erklärt, wir wären Naturtalente ... doch als Jace zum Testspiel gegangen war, hatte der Trainer ihn nicht mal ins Team berufen. Er hatte Jace erklärt, er solle sein Glück lieber in einer anderen Sportart versuchen. Stattdessen hatte mein Bruder mich gebeten, mit ihm zu trainieren. Seine Entschlossenheit war unfassbar gewesen. Im nächsten Jahr hatte er es ins Team geschafft, und nun gehörte er zu den besten Spielern des Landes.

Val verlagerte ihr Gipsbein auf dem Polsterhocker, dann schwankte sie in ihrem Sessel hin und her wie das Pendel einer alten Standuhr.

»Mein Hintern tut weh, weil ich so viel sitze«, erklärte sie, als wir alle sie anstarrten.

»Sobald es deinen Rippen besser geht, solltest du dich mehr bewegen«, wies Jace sie an. »Die Muskeln in diesem Bein werden sowieso ein wenig verkümmern, aber es ist wichtig, dass du den Rest deines Körpers trainierst. Das ist der Ratschlag, den der Arzt unseres Clubs uns immer gibt, wenn wir verletzt sind. Ich gebe es nicht auf, ihn dazu zu bringen, dass er mal bei dir vorbeischaut. Er ist der Beste.«

»Oh, noch ein Arzt. Ich freue mich schon darauf«, meinte Val trocken. Dann merkte sie auf. »Ist er heiß?«

Jace' Miene wurde grimmig. »Er ist nichts für dich. Er ist ein Womanizer und …«

Val fing an zu lachen. »Ich wollte dich doch nur aufziehen. Mein Gott, entspann dich.« Er öffnete den Mund, aber Val hob eine Hand. »Ich glaube, bevor wir abgelenkt wurden, haben wir über Landons Liebesleben geredet.« Sie zwinkerte mir zu. »Bilde ich mir das bloß ein, oder verbringst du mit Maddie ganz schön viel Zeit?«

Ich war mir nicht sicher, ob sie tatsächlich nicht bemerkt hatte, dass ich in den letzten drei Wochen nur ein paar Nächte in ihrem Haus geschlafen hatte – oder ob sie lediglich versuchte, die Aufmerksamkeit von sich selbst abzulenken, indem sie mich ins Scheinwerferlicht rückte.

»Du bildest es dir nicht ein«, antwortete ich. Val grinste so breit, dass ich beschloss, ihr im Zweifel einen Vertrauensbonus einzuräumen.

Später am Abend, als wir den Tisch abgeräumt hatten, schickte ich Adam eine kurze Nachricht.

Landon: Hast du in letzter Zeit mit Val gesprochen?

Adam: Nein, aber Hailey hat mich letzte Woche angerufen.

Landon: Was genau hast du ihr erzählt?

Adam: Ich will verdammt sein, wenn ich es weiß. Erst mal hat sie sich nach meinem Hund erkundigt, aber irgendwie habe ich ihr am Ende des Gesprächs erzählt, welche Farbe das Logo von Sullivans Firma hat. Du weißt doch, wie sie ist. Sie besitzt das Talent, zu reden wie ein Wasserfall, wie es bei allen Unternehmensberatern der Fall ist.

Natürlich.

Nach dem Abendessen war ich in Versuchung, Maddie anzurufen. Wir hatten für heute Abend keine Pläne, weil sie und Grace bis zum Geschäftsschluss in der *Lucky Bar* arbeiten würden. Aber ich vermisste sie. Hatte sie Spaß? Dachte sie so oft an mich wie ich an sie? Ich musste sie einfach sehen.

Jahrelang hatte ich mir nicht erlaubt, andere Menschen zu brauchen, weil es einem ganz schön zusetzte, wenn man diese Personen irgendwann verlor. Doch wenn es um Maddie ging, konnte ich beim besten Willen nicht anders. Meine Zeit hier war begrenzt, und ich wollte keinen Tag davon vergehen lassen, ohne sie zu sehen. Ich stand kurz davor, einfach unangekündigt in der *Lucky Bar* aufzutauchen, aber dann beschloss ich, ihr doch zuerst eine Nachricht zu schreiben.

Landon: Alles okay? Hast du Spaß mit Grace?

Schon wenige Augenblicke später bekam ich eine Antwort.

Maddie: Kenspaß. Foll.

Hatte sie getippt, ohne auf das Display zu schauen? Ich trat auf die vordere Veranda und rief sie an.

»Was war das?«, fragte ich, kaum dass sie abgehoben hatte.

»Hi, Landon. Hier ist Grace. Der wirre Buchstabensalat meiner Schwester tut mir leid. Sie hat bereits getippt, ehe ich es geschafft habe, ihr das Handy wegzunehmen.«

»Geht es ihr gut?«

»O ja. Aber Jose, der heutige Barkeeper, fand es witzig, ihr einen Streich zu spielen. Hat ihr einen Bloody Mary mit einem dieser teuren Wodkas gemixt, die nicht in der Kehle brennen, sodass man den Alkohol kaum bemerkt. Er war … recht großzügig.«

»Niiiicht erzählen. Er wird denk'n, ich wär betrunken.« Maddies Stimme erhob sich über den Hintergrundlärm.

»Sie glaubt immer noch, sie wäre nüchtern«, erläuterte mir Grace.

»Das habe ich mitbekommen. Wie kommt sie nach Hause?«

»Ich werde mit ihr in ein Taxi steigen, sie daheim absetzen und dann zurückkommen. Ich bin heute Abend im Service und muss dableiben, bis die Band aufhört. Oder … wir könnten deine Dienste als edler Ritter in Anspruch nehmen. Hättest du heute Abend Zeit?«

»Ja«, sagte ich. Gleichzeitig hörte ich Maddie im Hintergrund schreien: »Du kleine Verräterin. Ich will nicht, dass er mich betrunken sieht.«

Grace gluckste amüsiert. »Oh, gut. Sie hat zugegeben, dass sie betrunken ist. Das ist ein Fortschritt. Wie schnell kannst du hier sein?«

»Es dauert ungefähr eine halbe Stunde.«

»Super. Ich werde sie in der Zwischenzeit von den Bloody Marys fernhalten. Jose, wenn du ihr noch einen Drink mit Alkohol servierst, werde ich dich im Schlaf umbringen.« Den letzten Satz schrie sie so laut, dass mir die Ohren klingelten.

Nach einer eiligen Verabschiedung von meinen Geschwistern rief ich mir ein Taxi und fuhr zur *Lucky Bar.*

Der Laden war noch voller als bei meinem letzten Besuch. Eins musste ich dem Besitzer lassen – seine Strategie, die Bar durch Live-Auftritte zu beleben, funktionierte gut. In einer Stadt mit Kneipen an jeder Ecke hatte er trotz der ganzen Konkurrenz Erfolg. Ich fand Maddie auf einer der Couchen links von der Bar. Eine zierliche Blondine kümmerte sich um sie.

»Grace?«, fragte ich, sobald ich in Hörweite war. Sie nickte und streckte mir die Hand entgegen. Sie sah genauso aus wie Maddie, nur einen guten Kopf kleiner. Und ihre Augen waren mandelförmig statt rund.

»Schön, dich kennenzulernen, Landon. Unsere Kleine hier fühlt sich nicht allzu gut.«

Maddie seufzte, dann winkte sie mich mit dem Zeigefinger näher heran. Als ich mich über sie lehnte, schlang sie sofort die Arme um meinen Hals. Ohne nachzudenken, küsste ich sie und schmeckte Tomatensaft und Wodka auf ihrer Zunge. Doch darunter war immer noch meine süße Maddie. Meine süße und angeschickerte Maddie. Mir wurde erst klar, wie betrunken sie war, als sie versuchte, ihre Hand unter mein Hemd zu schieben.

»Ich werde dich nach Hause bringen, meine Schöne«, murmelte ich, nachdem ich meine Lippen von ihrem Mund gelöst hatte. Ich richtete mich auf und wandte mich an Grace. »Ich werde mich heute Abend um sie kümmern. Mach dir keine Sorgen.«

Grace seufzte. »Wow, meine Schwester hat recht. Du bist echt ein Traummann.«

»Das hat sie gesagt?«

»O ja. Da könnte man fast neidisch werden.«

Maddie pikte Grace in den Oberschenkel. »Für dich gibt's einen anderen. Landon gehört mir. Ich teile ihn mit keiner anderen.«

»O Mann«, rief Grace.

Ich zog mein Handy heraus und bestellte ein Uber. Laut der Angabe würde der Wagen in drei Minuten da sein.

»Komm, Süße. Auf mit dir.« Ich packte ihre Hände und half Maddie beim Aufstehen. Ich wusste noch nicht, wie unsicher sie wirklich war, aber für alle Fälle schlang ich einen Arm um ihre Taille. Grace brachte uns zum Ausgang. Sobald wir in die angenehme Nachtluft getreten waren, hing Maddie quasi in meinem Arm. Sie schwieg die ganze Fahrt nach Hause, fest an mich angekuschelt.

Immer wieder hörte ich Grace' Worte in meinem Kopf. Ich war absolut nicht perfekt … doch zu erfahren, wie viel Vertrauen Maddie in mich hatte, sorgte dafür, dass ich der Mann sein wollte, den sie in mir sah. Ich wollte der Mann sein, den sie brauchte. Ich trug sie in meinen Armen bis zum Bett.

»Wie war das Abendessen?«, fragte sie, sobald ich ihr die Schuhe ausgezogen hatte. Sie rollte sich auf der Seite zusammen. Ich setzte mich neben sie und streichelte ihr Haar.

»Gut. Ein wenig verrückt. Hailey nimmt sich drei Wochen frei, um mir bei der Arbeit zu helfen.«

Maddie wirkte nicht überrascht. Stattdessen versuchte sie, ihr Lächeln hinter dem Kissen zu verstecken.

»Du wusstest davon?«, fragte ich.

»Könnte sein, dass ich dich absichtlich aus Versehen bei deinen Schwestern angeschwärzt habe.«

Ich unterdrückte ein Lächeln. »Wie macht man etwas absichtlich aus Versehen?«

»Nun, Val hat mich an meinem letzten Vormittag in ihrem Garten in die Enge getrieben. Hat angefangen, mich mit Fragen zu löchern. Ich dachte, es ginge nur um ein Frauengespräch, weißt du? Aber dann hat Hailey mich ebenfalls angerufen, und mir drängte sich das Gefühl auf, dass sie etwas plante. Doch statt herunterzuspielen, wie viel du arbeitest, habe ich ihr alles genau beschrieben. Ich habe dich verraten. Zu meiner Verteidigung kann ich bloß anführen, dass es nötig war.«

»Ich bin froh, dass du das getan hast. Ich habe kein Land mehr gesehen. Aber ich bin es nicht gewöhnt, mir so was auch einzugestehen.«

Sie hob den Kopf. »Du bist schon ein seltsamer edler Ritter. Du stehst für alle anderen ein, aber manchmal habe ich das Gefühl, dass du selbst Hilfe brauchst. Ich will ja nicht übertreiben, aber ich wäre die perfekte Kandidatin. Kann ich mich für den Job bewerben?«

»Du hast ihn bereits, Maddie.«

»Wirklich? Was tust du da?«, fragte sie alarmiert, als ich mich neben ihr auf der Bettkante ausstreckte.

»Ich lege mich neben dich. Aber wahrscheinlich liege ich gleich auf dem Boden, wenn du nicht Platz machst.«

»Aber du willst nicht hier schlafen, oder?« Jetzt klang sie noch entsetzter, obwohl sie ein Stück zur Seite rutschte.

»Wieso zum Teufel nicht?«

»W-weil ich mich nicht gut fühle. Ich könnte mich übergeben, und das ist nicht schön und …«

»Maddie! Ich bleibe!«

»Oh, bitte, dann werde eben herrisch und mach mich zur Schnecke, wenn ich schon am Boden liege. Blöde Slutty Marys.«

»Was?«

»Ich habe Jose gebeten, mir eine Bloody Mary zu machen, aber mit wenig Wodka, weil ich Grace geholfen habe. Ich wollte keine Virgin Mary. Das ist langweilig. Es sollte verboten sein, an einem Freitagabend alkoholfreie Cocktails trinken zu müssen. Auf jeden Fall hat er mich reingelegt. Er meinte, ich sähe aus, als hätte ich es nötig.«

»Und, hat das gestimmt?«

Mir war sie ebenfalls als merkwürdig angespannt erschienen, doch ich hatte es darauf geschoben, dass Maddie nicht wollte, Grace oder ich könnten sie betrunken sehen. Ich hätte wissen müssen, dass an dieser Sache mehr dran war.

»Ein wenig. Ich hatte gerade ein Telefonat mit meinen Eltern beendet, die erklärt haben, sie würden es nicht zu meinem Geburtstag schaffen, da sie für einen Auftritt gebucht sind. Sie hatten bereits an Weihnachten keine Zeit … also hatte ich gehofft, sie könnten es wenigstens zu meinem Geburtstag in zwei Wochen einrichten. Ich habe keine große Party geplant. Ich hätte gerne eine, aber dafür fehlt mir die Zeit. Nur ein kleines Abendessen …« Sie schwieg einen Augenblick, bevor sie hinzufügte: »Es klingt albern, dass ich mich so darüber aufrege.«

»Du bist nicht albern. Es ist dir wichtig.«

Sie zuckte mit den Achseln. »Ich sollte es gut sein lassen.

Ich vermisse sie bloß so sehr. Aber ich habe ja Grace und meine Freunde.«

»Vergisst du da nicht jemanden?«, zog ich sie auf.

»Hmmm. Ich verstehe mich auch ganz gut mit dem Briefträger. Vielleicht sollte ich ihn ebenfalls einladen. Glaubst du, ich habe sonst noch jemanden vergessen?«

»Mich.« Ich beugte mich vor und küsste ihr Ohrläppchen. »Du hast mich, Maddie.«

Ich wollte ihr wichtig sein; wollte auf der Liste der Leute stehen, die sie als vertraut genug betrachtete, um sie jederzeit anzurufen.

»Nicht so richtig. Ich habe dich bloß von deinem Leben in San José geborgt. Es ist toll, wenn wir zusammen sind, aber ich will mir selbst nichts vormachen.«

Ihre Worte waren wahr, auch wenn mir das gar nicht gefiel.

»Aber jetzt hast du mich.«

Sie rümpfte die Nase und musterte mich eingehend. »Hmmm. Das ist eine sehr vage Aussage. Ich bin mir ziemlich sicher, dass ich keinen Besitzanspruch auf das hier erheben kann.« Sie umfasste durch den Stoff meiner Hose meine Erektion. »Aber welchen anderen Teil von dir sollte ich besitzen? Deinen scharfen Verstand? Deinen knackigen Hintern?«

»Knackig?«

»Mehr als das. Er ist zum Anbeißen.«

Sie ließ ihre Hand über meine Brust gleiten, ohne meinen Blick freizugeben.

»Du hast alle Teile von mir, Maddie. Du hast mich ganz.«

Sie lächelte verlegen und vergrub dann ihr Gesicht an meiner Brust.

»Wirst du in zwei Wochen, zu meinem Geburtstag, noch hier sein?«

»Ja, werde ich.« Und selbst wenn nicht, dann würde ich für diesen Tag einfliegen. Ich würde zu Weihnachten angereist kommen und zu jedem anderen Feiertag, an dem sie mich sehen wollte. Tatsächlich konnte ich mir keinen Tag ausmalen, wo ich sie nicht sehen wollte. Konnte sie sich das vorstellen? »Siehst du, an deinem Geburtstag bin ich hier. Und ich werde dafür sorgen, dass du diesen Tag nicht vergisst, versprochen.«

»Jetzt spielst du also wieder den Charmeur. Los, mach nur.«

Sie hob eines meiner Handgelenke und deutete auf meinen Unterarm. »Und das hier sollte verboten werden. Weißt du eigentlich, wie du mit aufgerollten Hemdsärmeln aussiehst?«

»Ich dachte, du magst die Manschettenknöpfe.«

Sie rutschte auf dem Bett näher an mich heran. Ihr Arm war zwischen uns eingeklemmt, doch trotzdem spürte ich den Druck ihrer rechten Brust. Ich konnte mich kaum davon abhalten, ihr die Kleidung vom Leib zu reißen.

»Oh, die mag ich auch. Die Manschettenknöpfe senden die Botschaft aus: *Ich habe hier das Sagen,* und das ist heiß. Aber das hier sagt: *Ich habe keine Angst davor, mir die Finger schmutzig zu machen.*«

Sie ließ ihre Zunge über die Ader an meinem Unterarm gleiten. Ich spürte ihre Liebkosung direkt an meinem Schwanz.

»Maddie, verdammt.«

»Ich mag es, wenn du fluchst.« Ihr Tonfall trieb meine Erregung immer höher. Sie bettelte förmlich darum.

»Nicht heute Nacht, Süße.«

Ich konnte heute Nacht nicht sanft sein, und außerdem riskierte ich, dass ich mich schlecht benahm, wenn ich meinem Verlangen freien Lauf ließ. Sie bewegte die Hand zwischen unseren Körpern, streichelte meine Erektion, bis ich fast die Kontrolle verlor. Ich packte ihr Handgelenk und drückte es an ihren Bauch.

»*Er* will mich.« Sie senkte ihre Stimme zu einem Flüstern und fügte hinzu: »Wieso erlaubt dein Chef uns nicht ein wenig Spaß? Er ist gemein.«

Maddie versuchte erneut, die Hand zu senken, also wechselte ich die Taktik. Ich kletterte auf sie, drückte ihre Hände über ihrem Kopf aufs Bett und fing ihre Beine mit meinen ein.

»Und was willst du jetzt tun?«, neckte ich sie.

Sie riss die Augen auf und atmete stoßweise. »Was auch immer du von mir willst, Landon.«

Verdammt, Maddie würde mein Untergang sein. Ich konnte ihr nicht ewig widerstehen. Doch ich wusste, was sie brauchte. Ihre Augen funkelten vor lauter Verlangen, ihr Körper zitterte vor Erregung.

Ich umfasste ihre Handgelenke mit einer Hand. Mit der anderen Hand öffnete ich den Knopf an ihrer Jeans und zog den Reißverschluss nach unten. Als ich meine Finger in ihr Höschen gleiten ließ, stöhnte sie. Sie war feucht.

»Maddie, meine Schöne, seit wann bist du so feucht?«

»Seit du mich ins Haus getragen hast«, flüsterte sie, als verriete sie mir damit ein schmutziges Geheimnis. Ich streichelte langsam ihre Schamlippen. So verdammt langsam, dass es uns beide fast umbrachte.

»Schneller, Landon.«

Ich küsste ihren Mundwinkel und ließ dann meine Lippen über ihre Wange gleiten. Sie war so erregt, dass sie bestimmt innerhalb von zehn Sekunden für mich kommen würde. Aber das wäre eher unbefriedigend für sie. Ich wollte es in die Länge ziehen; Maddie in solche Höhen der Lust treiben, dass der Orgasmus all die Anspannung des heutigen Tages aus ihrem Körper und Geist vertreiben würde. Ich würde sie all das vergessen lassen, indem ich ihr eine Freude schenkte, die sie noch bis ins Mark fühlte.

»Nein«, sagte ich.

Sie versuchte, sich gegen meine Handfläche zu drängen. Ich zog meine Hand zurück.

»Nein«, wimmerte sie. »Hör nicht auf.«

»Du hast gesagt, du magst es, wenn ich bestimme.«

Sie hörte auf, sich zu bewegen. Sofort führte ich meine Finger wieder an ihre Mitte.

»Hier habe ich das Sagen, Maddie.«

Sie presste die Lider zusammen. Ich zitterte vor Anstrengung, nicht meinen Instinkten nachzugeben. Ich wollte unbedingt in ihr sein, aber heute Abend ging es nur um sie. Ich streichelte Maddie noch langsamer als bisher.

Zuerst begannen ihre Beine zu zittern, dann ihre Hände. Ich hielt sie in den Armen, als ihr gesamter Körper in ihrem Orgasmus erschauerte. Immer wieder rief sie meinen Namen, bis sie erschöpft war.

Dann erst bewegte ich mich. Ich zog ihr das Top über den Kopf, anschließend ihre Jeans nach unten, wobei ich ihre Beine küsste.

»Was tust du da?«, fragte sie.

Ich lächelte an ihrem Oberschenkel. »Ich suche mal wieder nach Muttermalen.«

Sie lachte. »Hast du bei deiner letzten Suche ein paar Stellen übersehen?«

»Kann nicht schaden, noch mal nachzuschauen.«

»Nun ja, du bist eben sehr gründlich.«

Sie zog ihren BH aus, und ich zog auch ihr Höschen nach unten. Ich küsste ihren Busen, umkreiste ihre Brustwarzen mit der Zunge. Sie öffnete die Beine für mich. Ihr bedingungsloses Vertrauen beschämte mich fast. Ich saugte an ihrer Klitoris, ließ zwei Finger in ihre Hitze gleiten und bewegte langsam die Hand. Maddie vergrub die Fersen in der Matratze und hob mir die Hüften entgegen.

»All das gehört mir, Maddie.«

»Nur dir.«

Ich bewegte mich zwischen ihren Beinen, liebkoste ihre Klitoris.

Sie schrie auf, und ihre Schenkel begannen erneut zu zittern. »Landon, das ist zu schnell. Ich weiß nicht, ob ich noch mal kommen kann.«

»Du wirst es tun. Für mich wirst du das tun.«

Kurz darauf explodierte sie. Dann schob ich mich neben sie und zog sie in meine Arme. Sie keuchte nach wie vor leicht, als sie eine Hand auf meinen Reißverschluss legte. Ich fing ihr Handgelenk ein und führte ihre Finger an meine Lippen.

»Ich werde dich heute Nacht nicht lieben, Maddie. Ich werde dich bloß halten.«

Sie seufzte und bewegte sich, bis sie halb auf mir lag. Ihr Körper war vollkommen gelöst. Ich konnte keinerlei Anspannung mehr in ihr spüren.

»Du hast mich an erste Stelle gestellt.«

»Du hast nichts anderes verdient.«

»Du bist so gut darin, meine Schutzmauern einzureißen, Landon. Stein für Stein. Und du gehst dabei sehr, sehr gründlich vor.«

Ich lachte leise und zog sie noch enger an mich. Ich wusste, was sie sagen wollte. Sie hatte meine Schutzmauern längst gesprengt.

22 Maddie

Ich hatte dröhnende Kopfschmerzen, als ich aufwachte. Glücklicherweise waren die Vorhänge vor das Fenster gezogen. Mir wurde ganz warm ums Herz, als ich verstand, dass Landon das getan haben musste. Durch die angelehnte Tür drangen Stimmen aus dem Wohnzimmer herein. Ich erkannte Will und Lori, die sich mit Landon unterhielten. Was machten sie hier? Ich setzte mich auf und machte eine Bestandsaufnahme meiner Befindlichkeiten. Mein Hinterkopf und meine Schläfen pulsierten, aber mir war nicht schlecht. Ich trug ein altes Shirt und eine locker sitzende Yogahose. Landon hatte mir gestern noch geholfen, mich umzuziehen. Ich stand auf und stellte fest, dass ich nicht schwankte.

Landon schob die Tür ein Stück weiter auf. »Ich dachte doch, dass ich Geräusche gehört habe. Wie fühlst du dich?«

»Ich hab Kopfweh«, murmelte ich. »Sind Lori und Will da?«

»Wir sind zur Rettung geeilt«, rief Lori. Lächelnd nahm Landon meine Hand und führte mich ins Wohnzimmer.

Lori und Will saßen nebeneinander auf meiner Couch.

Lori deutete auf eine Plastikflasche, die auf meinem niedrigen Dreh-Bücherregal stand, das auch als Couchtisch diente. Die grünliche Flüssigkeit in der Flasche war mir unheimlich. Meiner Erfahrung nach schmeckten grüne Getränke selten besser, als sie aussahen.

»Das ist das Spezialmittel der Connors gegen Kater«, erklärte sie. »Es hilft.«

Will schaltete sich ein. »Als Testperson kann ich es wärmstens weiterempfehlen.«

»Nun, wenn jemand mit einer Dienstmarke sich dafür verbürgt, dann bin ich dabei. Danke.« Ich setzte mich ihnen gegenüber auf den Sessel, beäugte die Flüssigkeit aber immer noch misstrauisch. »Was macht ihr beide hier? Wo ist Milo?«

»Milo hat eine Spielverabredung«, erklärte Lori. »Landon hat mich angerufen, um mich nach dem Rezept für das Spezialmittel zu fragen. Ich mag dich zu sehr, um meinem lieben Bruder zu erlauben, dich zu vergiften, also habe ich es selbst gemixt. Landon hat das Herz am richtigen Fleck, aber in der Küche ist er eine Katastrophe. Will hat gerade mit mir gefrühstückt, also ist er mitgekommen.«

Ich empfand solche Dankbarkeit gegenüber den drei Connors in meinem Haus, die sich rührend um mich kümmerten. Landon schnappte sich die Flasche und verschwand in der Küche. Wenige Augenblicke später kehrte er zurück und gab mir meine Lieblingstasse – die, auf der *Ohne Kaffee fühlt sich jeder Tag an wie Montag* stand. So angerichtet wirkte die grünliche Flüssigkeit etwas ansprechender.

»Danke.«

»Willst du noch etwas? Ich kann es dir holen«, meinte Landon.

»Nein, mir geht's gut.«

Lori seufzte, dann stieß sie Will mit dem Ellbogen an. »Jetzt pass gut auf. Bestimmt kannst du noch was lernen.«

»Willst du damit unterstellen, ich wüsste nicht, wie man eine Frau zu behandeln hat?«, fragte er.

»Eine Schwester kann nie zu sorgfältig sein.«

»Du meinst, zu nervig.«

Ich grinste Landon an und flüsterte pseudoleise: »Glaubst du, sie erinnern sich daran, dass wir auch da sind?«

Landon drückte mir einen Kuss auf die Stirn und flüsterte zurück: »O ja. Es ist ihnen nur egal.«

Ich schob meine Mund neben sein Ohr und flüsterte wirklich: »Würde es dir etwas ausmachen, wenn ich deine Familie zu meinem Geburtstagsessen einlade?«

»Aber keineswegs«, sagte er laut.

Ich räusperte mich. »Will, Lori, in zwei Wochen am Dienstag habe ich Geburtstag. Falls ihr Zeit hättet, würde ich mich sehr freuen, wenn ihr vorbeischaut. Alle anderen werde ich heute anrufen.«

Lori runzelte die Stirn. »Das ist der Tag, an dem unser Cousin Sebastian uns mit seiner Familie besucht.«

»Sie können auch kommen«, meinte ich. »Je mehr, desto besser. Aber dann muss ich wahrscheinlich einen anderen Ort für die Party finden.«

Lori richtete sich auf dem Sofa auf. »Hey, ich könnte die Organisation übernehmen. Du weißt, dass ich mir meinen Lebensunterhalt als Hochzeitsplanerin verdiene.«

»Tolle Idee«, meinte Landon.

»Was? Nein, du musst dir nicht so viel Mühe machen. Ich kann das alles organisieren.«

»Liebes, lass Lori alles machen. Schau dir doch an, wie

aufgeregt sie ist. In deiner so gewonnenen Freizeit kannst du mich organisieren.«

»Und das ist der Hinweis, dass wir uns lange genug aufgedrängt haben.« Lori stand auf. »Will und ich gehen dann mal. Ich werde dich wegen der Geburtstagsfeier anrufen, damit du mir alle nötigen Infos geben kannst. Pass gut auf unser Mädel auf, Landon.«

Meine Wangen brannten. Ehrlich, eigentlich galt das für meinen gesamten Körper. Mir gefiel, wie das klang. Sehr gut sogar.

»Danke, dass ihr vorbeigekommen seid. Und für die Hilfe bei der Party. Du kannst aber jederzeit einen Rückzieher machen«, sagte ich, als ich die beiden zur Tür begleitete. Landon ging neben mir, seine Hand an meinem Kreuz. Sobald seine Geschwister verschwunden waren, führte er mich zur Couch und drückte mir die Tasse in die Hand.

»Je eher du das trinkst, desto besser.«

Ich zog einen Schmollmund. »Wieso kann es nicht pink sein?«

»Vertraust du mir nicht?«

»O doch, das tue ich.«

»Nimm einen Schluck. Der erste ist der schwerste.«

Das war eher eine Untertreibung. Das Zeug schmeckte schrecklich… und dann plötzlich nicht mehr. Die Flüssigkeit hinterließ einen bittersüßen Nachgeschmack in meinem Mund, doch ich konzentrierte mich auf die Süße und trank, bis ich die Tasse geleert hatte.

»Das ist meine Maddie«, sagte Landon, als ich die Tasse auf den Boden stellte und meine Beine aufs Sofa zog. Ich bemerkte kaum, dass Landon sich bewegt hatte, bis ich seine Hände an meinem Nacken spürte, wo er die Finger in meine Haut grub.

»Hey, das ist gut. So gut.« Ich fühlte mich noch besser, als er sanfte Küsse auf meinen Scheitel niederregnen ließ.

»Fühlst du dich schon bereit für ein Frühstück?«

»Ja. Aber ich will nicht, dass du damit aufhörst.«

Ich erinnerte mich genau an die gestrige Nacht, trotz der Slutty Marys in meinem Blut. Er hatte sich so liebevoll um mich gekümmert.

Als mein Magen knurrte, sagte er: »Wir sollten dir wirklich etwas zu essen besorgen, Süße.«

»Okay. Ich fühle mich bereits besser.«

»Ich habe dir doch gesagt, dass dieses Spezialmittel Wunder wirkt.« Er zog los, um sich in meiner Küche umzusehen. »Ich werde dir ein paar Toasts machen, und neulich habe ich irgendwo in einem Schrank Marmelade gesehen. Wie klingt das als Frühstück?«

»Toll.« Ich fand es wunderbar, dass er sich in meinem Haus so wohlfühlte. Als er mir einen Teller mit zwei Toasts darauf brachte, streckte er mir auch mein Handy entgegen.

»Dein Telefon brummt ständig.«

Ich nahm Teller und Handy entgegen und entdeckte eine Nachricht von Grace.

Grace: Guten Morgen. Wie geht es deinem Kopf? Hast du noch Tabletten, oder soll ich dir welche bringen? Ich dachte, ich schreibe dir eine Nachricht, weil ich nicht weiß, wie du heute Morgen auf laute Geräusche reagierst.

Maddie: Ich bin versorgt, vielen Dank.

Landon setzte sich auf die Couch und zog meine Beine auf seinen Schoß. Dann rutschte er näher an mich heran, bis mein Hintern an der Außenseite seines Schenkels ruhte. Hmmm … wenn ich noch ein wenig näher rutschte, konnte ich meine Mitte an ihn drängen. Ich fragte mich, ob mir das wohl gelingen würde, ohne dass er es merkte. Er sah so toll aus, dass ich ihn am liebsten angesprungen hätte.

Landon stellte den Teller zwischen uns. Es fühlte sich irgendwie intim an, so gemeinsam zu frühstücken. Ich hatte mich an unser pärchenähnliches Verhalten gewöhnt. Bei diesem Gedanken verspürte ich ein leichtes Ziehen in der Magengrube. Nein, diesen Gedanken würde ich nun nicht zulassen. Ich war entschlossen, mich auf das zu konzentrieren, was Landon und ich jetzt hatten, statt Zeit auf nervige Fragen in Bezug auf die Zukunft zu verschwenden.

»Woran denkst du gerade?«, fragte er. »Du siehst aus, als würdest du einen inneren Kampf ausfechten.«

Wow. Ich war für Landon wirklich ein offenes Buch. Wie war das passiert? Trotzdem fehlte mir der Mut, zuzugeben, dass ich mir gewünscht hatte, wir beide hätten eine gemeinsame Zukunft. Wir wussten beide, wie es laufen würde. Ich war heute Morgen nur besonders verletzlich, weil … Na ja, weil Landon hier war und mich behandelte, als würde ich ihm sehr viel bedeuten. Er musste echt aufhören, sich so Landon-mäßig zu benehmen.

»Komm schon, ich weiß doch, dass du an mich gedacht hast«, zog er mich auf. Ich seufzte und beschloss, ihm zu gestehen, dass ich ihn am liebsten auf der Stelle verführen würde.

»Ich habe darüber nachgedacht, dass du so toll aussiehst, dass ich dich anspringen will. Ziemlich schamlos, hm?«

Mir gefiel, wie souverän er mit dem Kommentar umging. Ich stellte den leeren Teller auf den Couchtisch, dann wechselte ich meine Position, bis ich rittlings auf ihm saß.

»Ich bin hin- und hergerissen. Ich will dir sagen, wie fantastisch du bist, habe aber auch Angst, dass dir das zu Kopf steigt«, sagte ich. Er ließ eine Hand über meinen Arm nach oben gleiten, bis sie an meinem Nacken lag. »Du bist so unglaublich, Landon. Perfekt.«

Er erstarrte. »Sag das nicht.« Ich hatte mit einer schlagfertigen Antwort gerechnet. Stattdessen wirkte der Blick in seinen Augen verletzlich, fast traurig. »Ich habe zu viel verloren, als dass das stimmen könnte.«

»Du siehst einfach nicht, was ich sehe«, sagte ich mitfühlend.

Er vergrub seine Finger in meinem T-Shirt, als ich seinen Kiefer küsste, um meine Lippen dann in Richtung seines Ohres gleiten zu lassen.

»Ich will der Mann werden, den du siehst.«

»Das bist du bereits.« Ich vergrub mein Gesicht an seinem Hals. Er roch fantastisch. So männlich, nach Holz und Leder. »Du bist freundlich und fürsorglich und der tollste Mann, den ich kenne. Und du machst mich so glücklich, Landon.«

»Wirklich?«

»Ja. Glücklicher, als ich je gewesen bin.«

Ein überraschter Ausdruck huschte über sein Gesicht. Ich fand das vollkommen inakzeptabel und betrachtete es als meine Pflicht, ihn zu überzeugen.

»Du massierst mir die Füße, vertuscht meine kulinarischen Fehltritte und hast mir rote Rosen mitgebracht. Die Liste ist endlos.« Leise gestand ich: »Du sorgst dafür, dass ich mich geschätzt fühle.«

»Du hast es verdient, geschätzt zu werden, Maddie. Daran musst du immer denken.«

»Nun, ich nehme an, wenn jemand ständig alles tut, damit man sich klein und minderwertig fühlt, fängt man an, zu glauben, man hätte es nicht anders verdient.«

»Bloß, damit du es weißt: Falls ich deinem Ex je begegnen sollte, werde ich ihn schlagen. Rein aus Prinzip. Ohne jede Erklärung.«

»Siehst du, das ist ein weiterer Beweis dafür, was für ein toller Mann du bist«, sagte ich scherzhaft, bevor ich mich näher an ihn heranschob und meine Hände über seine breiten Schultern sowie die definierten Muskeln an seinen Armen gleiten ließ.

23 Landon

Ich vergrub meine Finger in ihrem Haar. Ich brauchte mehr von Maddie. Ich würde nie genug von ihr bekommen. Sie machte sich an den Knöpfen meines Hemdes zu schaffen und öffnete sie, während ich sie voller Leidenschaft küsste. Ich hatte keine Ahnung, wann genau wir ins Schlafzimmer gingen. Ich hatte mich in Maddie verloren und wollte das noch weiter tun. Ich wollte ihr zeigen, wie wichtig sie mir war.

Ich zog sie aus und streichelte sie. Als wir beide nackt waren, senkte ich sie aufs Bett und setzte mich über sie. Meine Erektion berührte sie direkt unter den Brüsten. Sie ließ ihre Hand mit festem Griff ein paar Mal über meine Länge gleiten. Ihr Haar lag auf dem weißen Laken ausgebreitet, ihre Haut war gerötet. Ich spreizte die Finger auf ihrer Brust, ließ meinen Daumen in einem Kreis um einen ihrer Nippel gleiten. Sie leckte sich die Lippen. Ihre Brust hob und senkte sich in tiefen Atemzügen.

»Du bist so schön, Maddie.«

Ich liebkoste weiter ihre Brustwarze, fühlte, wie sie zu zittern begann, erst bloß leicht, dann stärker. Für einen

Moment fragte ich mich, ob ich sie wohl allein mit der Stimulation ihrer Brüste zum Höhepunkt bringen konnte … doch ich wusste, dass ich diese Theorie heute nicht testen würde. Vielleicht niemals. Wenn es um Maddie ging, verzehrte ich mich immer nach mehr. Ich wollte sie um mich fühlen. Wollte in ihr sein, sie küssen, so viel von ihrer Haut berühren wie nur möglich.

Sie umfasste meinen Ständer und hob den Kopf. Ihre Absicht war klar erkenntlich, doch ich saß zu weit entfernt, als dass sie mich hätte in den Mund nehmen können. Sie sah zu mir auf und zwinkerte mir lüstern zu, bevor sie ihre Arme unter meine Schenkel schob und nach unten rutschte, bis ihr Mund direkt vor meiner Erektion schwebte. Ich umschloss ihre Schultern mit meinen Schenkeln. Reine Leidenschaft blitzte in ihrem Blick auf. Sie erlaubte mir die volle Kontrolle über sich.

»Sieh mich an, Maddie.«

Ich brauchte die Verbindung unserer Blicke. Ich wollte, dass wir uns gegenseitig beobachteten, wenn wir eine weitere Grenze übertraten, unsere Intimität noch vertieften. Ich wollte, dass sie sah, wie absolut und vollkommen sie mich besaß. Ich wollte auf dieselbe Weise über sie verfügen.

Als unsere Blicke sich trafen, schloss sie den Mund um mich. Zu beobachten, wie ich auf diese Weise in sie stieß, war fantastisch, ein absolutes Privileg. Die Art, in der sie sich mir öffnete, verlockte mich, dasselbe zu tun. Ich wollte ihr alles geben, was ich besaß. Aber ich wusste nicht, ob ich das konnte oder ob es reichen würde. Als ich kurz davor war zu kommen, zog ich mich zurück.

»Ich muss in dir sein.« Ich zog mir ein Kondom über,

ehe ich in sie eindrang. Sie war feucht und eng. Ich stützte mich auf die Unterarme auf, dann stieß ich immer wieder in sie, bis wir beide kamen.

»Wow«, rief Maddie eine Weile später und schlang die Arme um meinen Hals. Ich liebte es, wenn sie mich so festhielt.

»Das hört man gern.« Ich drückte ihr einen Kuss auf die Nasenspitze, als sie versuchte, unter mir herauszurutschen. »Wo willst du hin? Bleib da.«

»Nö. Ich habe heute große Pläne mit dir.« Erneut wand sie sich unter mir, doch ich drückte sie in die Matratze.

»Und wie sehen diese Pläne aus?«

»Lass mich los, dann verrate ich es dir.«

»So funktioniert das nicht, Süße. Ich habe hier das Sagen.« Sie leckte sich die Lippen, und ich konnte spüren, wie ihre Nippel sich an meiner Brust verhärteten. Ich mochte mir ja eingeredet haben, ich hätte das Kommando, in Wirklichkeit hatte allerdings Maddie die gesamte Macht. Ich schob eine Hand zwischen uns und berührte ihre Klitoris. Sie keuchte. Ich küsste einen ihrer Mundwinkel, dann den anderen.

»Also, wirst du jetzt reden?«

»Du bist echt schrecklich. Wenn du es unbedingt wissen musst, ich will etwas tun, damit du dich entspannst. Etwas Schönes.«

»Du gibst mir bereits alles, was ich brauche, Maddie. Zu dir nach Hause kommen? Neben dir aufwachen? Das sind meine täglichen Highlights.«

»Freut mich, das zu hören.« Ihre Stimme brach, und sie hielt kurz inne, um sich zu räuspern. »Aber ich hatte eigentlich etwas Proaktiveres geplant. Wie ein heißes Bad oder eine Massage. Und dann gehen wir nach draußen. Es ist Ende Juli. Um diese Zeit ist es in L.A. am schönsten, wenn du mich fragst.«

»Ich hätte einen anderen Entspannungsvorschlag. Ich will das hier. Dich.« Ich senkte den Kopf und ließ meine Zunge über ihre Nippel gleiten, bis sie sich mir entgegenwölbte.

»Du nutzt meine Gutmütigkeit aus«, murmelte sie leise stöhnend. »Aber nachdem ich es ziemlich genieße, lasse ich dich vielleicht damit durchkommen.«

»Du lässt mich?« Ich drückte leidenschaftliche Küsse auf ihre Brüste und sah ihr dann in die Augen. »Du hast wohl vergessen, wer hier das Sagen hat, Süße.«

»Ach wirklich? Nun, dann belehre mich eines Besseren.« Sie schenkte mir ein strahlendes Lächeln.

Ich würde dieses Lächeln vermissen. So wie alles an ihr. Für dieses Lächeln würde ich in den Krieg ziehen.

Man konnte es nicht anders ausdrücken: Hailey war brillant. Das bewies sie mir in der nächsten Woche. Ich hatte noch nie mit ihr zusammengearbeitet, und ein Teil von mir hatte sich gefragt, ob ich sie wohl überhaupt als Geschäftspartnerin sehen konnte statt als meine kleine Schwester. Ich hätte mir keine Sorgen machen müssen. Sie hielt alle auf Trab und hatte mich außerdem gebeten, vor den Angestellten nicht zu erwähnen, dass ich ihr Bruder war. Sie gestand unsere Blutsverwandtschaft nur hinter geschlossenen Türen ein – keiner von uns war ein Fan von Vals Offener-Tür-Politik.

Hailey glitt ins Büro, während ich gerade eine Telefonkonferenz mit Sullivan führte, setzte sich auf den Boden und breitete kleine Flaschen und Akten vor sich aus. Wir hatten einen zweiten Schreibtisch für sie aufgestellt, doch in der Woche, die sie jetzt hier war, hatte ich sie nur selten daran sitzen gesehen.

»Sullivan, das funktioniert offensichtlich nicht«, sagte ich. Ich stand hinter Vals Schreibtisch, zu aufgewühlt, um zu sitzen. »Wenn wir unsere Verhandlungen nicht Ende der Woche abgeschlossen haben, werden wir getrennte Wege gehen.« Das war kein Bluff. Ich wusste, dass das den Investoren nicht gefallen würde, aber letztendlich verschwendete Sullivan bloß unser aller Zeit.

»Sorgfalt ist wichtig«, hielt Sullivan dagegen.

»Die sorgfältigen Verhandlungen hatten wir hinter uns, bevor ich aufgebrochen bin. Deswegen bin ich weggefahren. So wie es aussieht, passen wir nicht gut zusammen, wenn Sie solche Zweifel hegen.« Wir ergänzten uns prima. Ich wusste, dass es nicht leicht werden würde, einen anderen Partner zu finden, der so gut zu unserem Angebot passte, aber Sullivans Verhalten hatte mich zu der Überzeugung gebracht, dass wir trotzdem ohne ihn besser dran waren. »Das ist mein letztes Wort. Ich wünsche Ihnen einen schönen Abend.«

Ich beendete das Telefonat, fuhr mir mit der Hand durchs Haar und setzte mich endlich.

»Meine Füße bringen mich um«, murmelte Hailey und schüttelte ihre Schuhe ab.

»Die da bringen dich um.« Ich deutete auf ihre Pumps.

»Hey! Die Absätze sind nur vier Zentimeter hoch, und ich liebe diese Schuhe. Was wird Sullivan deiner Meinung nach tun?«

»Ehrlich? Ich weiß es nicht. Aber inzwischen glaube ich, dass wir ohne ihn besser dran sind, selbst wenn mir die Investoren dafür an die Gurgel gehen werden.«

Hailey deutete auf die Fläschchen auf dem Boden vor sich. »Ich habe die Muster mitgebracht. Sie waren die Gewinner bei dem Publikumstest, den wir durchgeführt haben.«

»Du meinst, den du durchgeführt hast, Hailey? Danke, dass du hier bist.«

»Und du dachtest, du könntest das alles ohne mich hinkriegen.«

»Du wirst mich das jahrelang nicht vergessen lassen, oder?«

»Mal ernsthaft? Ich werde dir das dein gesamtes Leben lang vorhalten.«

Ich konnte es förmlich vor mir sehen. Doch eines nagte immer noch an mir.

»Bist du dir sicher, dass dieser Urlaub bei der Beförderung nicht gegen dich verwendet werden wird?«

Hailey atmete tief durch. »Sie haben mich bei der Beförderung bereits übergangen.«

»Was? Wann ist das passiert? Wieso hast du mir das nicht erzählt?«

»Weil ich immer noch daran zu knabbern habe?«

»Du hattest diese Beförderung verdient. Du hast mehr Umsatz generiert als jeder andere im Büro, und du warst am effizientesten. Wie lautete ihre Begründung?«

»Das war alles sehr vage. Also habe ich beschlossen, mich nicht mehr für die Firma krummzulegen. Weißt du, wie viele Geburtstagspartys und Weihnachten ich verpasst habe, weil ich Überstunden gemacht habe, um Termine einzuhalten und unsere Kunden zufriedenzustellen?«

Das wusste ich nur zu gut.

»Ich habe jede von Milos Schulaufführungen verpasst. Von jetzt an werde ich mich bloß noch für die Familie verbiegen. Alle anderen sind es einfach nicht wert.«

»Es tut mir leid, Hailey.«

»Ich habe meine Lektion gelernt. Ich werde mich umorientieren, sobald ich einen Job gefunden habe, der gut genug bezahlt ist. Das ist das Problem mit der Beraterbranche. Wenigstens verdient man super, dafür dass man ansonsten kein Leben hat. Die Gehälter überall anders können da einfach nicht mithalten.«

»Wenn du einen Job brauchst …«

Sie winkte ab. »Wag es ja nicht, mir einen anzubieten. Ich bin im Moment so enttäuscht von der Consulting-Branche, dass ich in Versuchung kommen könnte, ihn anzunehmen.«

»Du sagst das, als wäre es etwas Schlechtes.«

»Ich wüsste nie, ob du mir die Stelle angeboten hast, weil ich den Job verdient habe, oder nur deswegen, weil ich deine Schwester bin.«

Ich stöhnte. »Hailey, ich weiß doch, wie kompetent du bist.«

»Hör mal, ich weiß dein Angebot zu schätzen, aber ich will sowieso nicht nach San José ziehen.«

Ich öffnete den Mund, um noch weiter mit ihr zu diskutieren, doch in diesem Moment erschien eine Nachricht auf meinem Handydisplay.

Grace: Alles organisiert.

Landon: Perfekt.

Ich hatte mir von Maddie ihre Nummer besorgt. Zusammen mit ihr und meiner Schwester planten wir Maddies Geburtstagsparty. Lori übernahm die eigentliche Planungsarbeit: Grace und ich hatten bloß Ideen beigesteuert.

»Wem schreibst du?«, fragte Hailey.

»Grace.«

Meine Schwester strahlte und streckte ihre Beine auf dem Boden aus.

»Lori hat mir erzählt, dass ihr drei Maddies Geburtstag plant. Das ist so süß, Landon. Val und ich haben bereits mit Pippa und Summer gewettet, dass bald eine Connor-Hochzeit ins Haus steht.«

Pippa und Summer waren zwei unserer Bennett-Cousinen. Ich hatte sie wahnsinnig gern, doch gleichzeitig wünschte ich mir, sie würden meinen Schwestern keine so gefährlichen Ideen in den Kopf setzen.

»Ich hoffe, du hast nicht vor, Maddie gehen zu lassen«, meinte Hailey.

Als ich nicht antwortete, sagte sie: »Ich schwöre, ich werde dir den hier an den Kopf werfen, wenn du dir die Chance entgehen lässt, glücklich zu werden.« Sie packte einen ihrer Schuhe. »Sieh dir diesen Absatz an. Der kann eine Menge Schaden anrichten. Und ich liebe diese Schuhe … also sollte dir das verraten, wie ernst es mir damit ist.«

»Es ist kompliziert, Hailey.«

»Weil ihr in verschiedenen Städten lebt?«

»Nicht nur deswegen. Du würdest das nicht verstehen.«

»Doch, das tue ich sehr wohl. Du hast Rachel verloren. Wenn es jemanden gibt, der Bindungsängste nachvollziehen kann, dann wir. Wir alle haben Mom und Dad verloren. Das versuchen wir dir schon seit geraumer Zeit zu erklären.«

Einen Moment lang war ich zu überrascht, um auch nur zu denken, geschweige denn, ihr zu antworten. Ich hatte mich immer an die lächerliche Hoffnung geklammert, dass es Val und mir gelungen wäre, unsere jüngeren Geschwister vor dieser tiefen Unsicherheit zu beschützen, die damit einherging, die Leute zu verlieren, die man liebte und von denen man abhängig war.

»Es tut mir leid, ich wollte deinen Verlust nicht …«

Sie schüttelte den Kopf. »Hier geht es nicht um uns. Es geht um dich. Seitdem du Maddie hast, lächelst du wieder, Landon. Strahlst regelrecht. Ihr tut euch gegenseitig gut. Lori hat mir erzählt, wie süß du an dem Morgen warst, als sie und Will bei Maddie vorbeigeschaut haben. Diese Frau macht dich glücklich.«

»Sehr«, gab ich zu. Hailey wartete, doch ich hatte nichts weiter zu sagen.

Irgendwann seufzte sie dramatisch. »Wenn du mir weiter bloß einsilbige Antworten gibst, lässt du mir keine andere Wahl, als eine GECOIN zu organisieren.«

»Ist das eine Währung?«, fragte ich verwirrt.

»Geheime Connor-Intervention.«

»Was ist das?«

»Würde ich dir Genaueres verraten, wäre es keine Drohung mehr. Aber ich habe dich gewarnt.«

Ich sah auf die Uhr. Es war sechs Uhr abends. Ich musste immer noch einige Dokumente durchlesen und mir die Proben ansehen, aber das konnte bis morgen warten.

»Lass uns für heute Schluss machen«, schlug ich vor.

»Da bin ich ganz deiner Meinung. Also, was plant ihr

für Maddies Geburtstag?«, fragte Hailey und zog sich die Schuhe an, während ich aufstand. »Lori will mir absolut nichts verraten.«

»Als würde ich es dir erzählen. Dann wüsste es Maddie sofort.«

»Willst du damit behaupten, ich hätte eine große Klappe?«

Ich streckte die Hand aus, um ihr auf die Beine zu helfen. »Hailey, ich liebe dich, aber du bist der Grund dafür, dass es in unserer Familie keine Überraschungspartys gibt.«

»Das war einmal. Ich habe eine einzige Feier ruiniert.«

Wir hatten eine Überraschungsparty zu Loris sechzehntem Geburtstag organisiert, doch zwei Tage vorher war alles herausgekommen.

»Vergiss nicht Wills Geschenk zum Highschoolabschluss.«

Hailey starrte mich mit offenem Mund an. »Das habe ich nur getan, um ihn davor zu bewahren, Geld für ein Motorrad auszugeben. Was hätte ich denn tun sollen?«

»Dir etwas Besseres einfallen lassen als *Hey, Will, kauf dir kein Motorrad – das ist unser Geschenk!*, wie wär's damit gewesen?«

»Ich bin in Panik geraten, okay?«

Hailey und ich verabschiedeten uns im Aufzug voneinander. Sie fuhr in die Garage weiter, um ihr Auto zu holen. Ich nahm mir ein Taxi. Ich hatte mir für meinen Aufenthalt keinen Wagen gemietet, weil ich die Fahrten gerne nutzte, um E-Mails zu beantworten. Adam hatte mir eine Liste von Firmen geschickt, die wir für eine Partnerschaft erwägen könnten, falls Sullivan den Deal wirklich sausen ließ. Meine Gedanken waren allerdings nicht bei einer möglichen Partnerschaft. Ich dachte ständig über mein Gespräch mit Hailey über Maddie nach. Nach San José zurückzugehen, bedeutete, Maddie nicht mehr zu sehen. Diesen Gedanken ertrug ich einfach nicht.

Als das Taxi vor Maddies Haus vorfuhr, sah ich, dass sie ganz oben auf einer Leiter stand und irgendwas auf dem Dach reparierte.

Eilig bezahlte ich den Fahrer, dann rief ich ihr zu: »Maddie? Was machst du da oben?«

»Eine Schindel macht Ärger. Ich muss sie in Ordnung bringen, aber ich komme verdammt noch mal nicht dran. Ich werde ganz aufs Dach klettern müssen.«

»Süße, ich kann das für dich machen. Komm wieder runter.«

»Ist schon okay. Kannst du die Leiter halten?«

»Süße«, warnte ich sie, als ich die Metallleiter mit beiden Hände umklammerte, »du kannst nicht aufs Dach klettern. Ich komme von der Leiter aus dran. Komm runter.«

Statt auf mich zu hören, stieg Maddie auf die letzte Sprosse der Leiter und stemmte ihre Handflächen aufs Dach. Ich stand kurz davor, sie zu packen und nach unten zu zerren, doch sie stand jetzt bereits nicht allzu sicher. Ich hielt die Leiter mit all meiner Kraft fest, dann stieg mir Galle in die Kehle, als sie einen Fuß aufs Dach stellte. Als sie den anderen Fuß hob, verlor sie das Gleichgewicht.

»Scheiße!«, rief sie und versuchte, mit beiden Händen am Dach Halt zu finden, als sie langsam nach unten rutschte. Ich versuchte, das Wegrutschen zu stoppen, indem ich die Leiter umklammerte, doch sie bewegte sich schon zu schnell.

Ich packte Maddies Beine, sobald sie in meine Reichweite kamen. So konnte ich zwar verhindern, dass sie stürzte, aber ihr Gewicht störte mein Gleichgewicht, und ich stolperte rückwärts. Letztendlich landeten wir beide auf dem Boden.

»Verdammt. Aua!«, rief Maddie. Sobald ich wieder auf den Beinen stand, half ich ihr auf und untersuchte sie nach Verletzungen.

»Hast du was abbekommen?«

»Nein. Nur ein paar Kratzer.«

»Wieso hast du nicht auf mich gehört? Ich habe dir doch gesagt, dass es gefährlich ist, auf dieses verdammte Dach zu klettern!«, schrie ich.

»Schrei mich nicht an. Wag es ja nicht, mich anzuschreien!«, schrie sie zurück.

»Du hättest dich ernsthaft verletzen können!«

»Nun, habe ich aber nicht. Wieso der ganze Aufruhr? Ich bin ausgerutscht. Das war nicht das erste Mal und wird auch sicher nicht das letzte Mal gewesen sein. Eine Dachschindel ist gebrochen, und ich musste das in Ordnung bringen.«

Ich rieb mir mit beiden Händen das Gesicht, in dem Versuch, mich zu beruhigen. »Es tut mir leid, dass ich geschrien habe – ich bin in Panik geraten. Ich dachte, du wärst verletzt.«

Maddie verschränkte die Arme vor der Brust, doch ihre Miene wurde weicher. »Ich bin nicht verletzt, Landon. Danke, dass du mich aufgefangen hast.« Sie sah zum Dach auf. »Ich muss noch mal da hoch. Ich will diese Schindel heute reparieren.«

»Du machst Witze, stimmt's? Ich lasse dich da nicht noch mal hoch.«

»Ich habe dich nicht um Erlaubnis gebeten.«

»Ich habe dir doch gesagt, dass ich das machen kann.« Ich fühlte, wie erneut das Temperament mit mir durchging.

»Ich will mich nicht daran gewöhnen, mich auf dich zu verlassen, okay?«

Ihre Worte trafen mich mitten ins Herz. Ich zog sie in eine Umarmung. »Baby ...«

»Ich bin mir sicher, ich klinge gerade wie ein Baby. Es tut mir leid, Landon. Ich weiß nicht, warum ich mich so aufrege.«

»Maddie, lass mich das für dich machen, okay?«

Sie nickte und kuschelte sich dann enger an mich. »Und ich hatte diesen tollen Plan geschmiedet, dir aus der Nase zu ziehen, was ihr für meinen Geburtstag plant«, sagte sie an meinem Hals und brachte mich damit zum Lachen. »Ich denke mal, das kann ich jetzt vergessen, oder?«

Zu Beginn hatten Grace und ich Maddie in die Planungen einbeziehen wollen, doch dann hatten wir beschlossen, dass es schöner wäre, sie zu überraschen. Ich konnte mir ihr Lächeln am großen Tag nur zu gut vorstellen.

»Du kannst es ja mal versuchen«, sagte ich mit einem Augenzwinkern. »Aber jetzt steige ich aufs Dach. Du kannst deine Überzeugungsfähigkeiten spielen lassen, während ich deine Schindel in Ordnung bringe.«

Ich wollte nicht, dass diese Frau sich jemals wieder Sorgen um eine Schindel machen wollte. Ich wollte jede Schindel für sie reparieren, jede Wand für sie streichen. In diesem Moment sah ich unser gemeinsames Leben ganz klar vor mir. Ich wollte sie auf keinen Fall gehen lassen, doch ich hatte keine Ahnung, wie ich sie halten sollte.

Maddie

24

Am Montag vor meinem Geburtstag briet ich in der Sonne, weil ich gerade einen Sack Dünger über den Schulhof schleppte, als mein Handy brummte. Ich suchte Schutz im Schatten einer großen Eiche, bevor ich abhob.

»Maddie Jennings«, sagte ich.

»Hi, Ms Jennings. Hier ist David Hooper von Hooper Properties.«

Ich erkannte den Namen. Das war der Bauunternehmer, der nach Gartenarchitekten für sein grünes Wohnviertel suchte. Ich hatte mich vor ein paar Wochen dort beworben und nicht so früh mit einem Anruf gerechnet.

»Mir gefällt Ihr Portfolio wirklich sehr, aber ich bin da in Ihrer Bewerbung über etwas gestolpert und hoffe, dass es nur ein Tippfehler ist. In der Kommentarspalte erklären Sie, dass Sie zwei Monate länger benötigen würden, das Projekt zu beenden, als ich angegeben habe.«

»Ja, das ist korrekt. Bedauerlicherweise kann ich nicht schneller arbeiten.«

»Ich verstehe. Nun, falls sich die Situation ändern sollte,

rufen Sie mich an. Ich würde Sie sehr gerne damit beauftragen.«

»Sicher. Danke für Ihre Anruf, Mr Hooper.«

Ich konnte nichts gegen den Stich tun, den es mir nach dem Ende des Telefonats vor lauter Enttäuschung gab. Sicher, ich hatte gewusst, dass meine mangelnden Kapazitäten mich den Auftrag kosten würden, doch es laut ausgesprochen zu hören, tat trotzdem weh. Erneut dachte ich darüber nach, mit Elise zusammenzuarbeiten. Landon hatte recht. Ich sollte der schiefgegangenen Partnerschaft mit Owen nicht die Macht einräumen, meinen Träumen im Weg zu stehen. Das war einfacher gesagt als getan, aber ich nahm mir vor, nach meinem Geburtstag intensiver darüber nachzudenken.

Direkt darauf sah ich Leta Hendricks, die Rektorin der Schule, den Schulhof überqueren. Ich hatte sie heute hierhergebeten, um ihr zu zeigen, welche Fortschritte wir gemacht hatten, und um sie zu fragen, ob sie noch Änderungswünsche hatte. Zusammen mit den Jungs, die ich für dieses Projekt angeheuert hatte, arbeiteten wir schon einige Wochen daran. Es lagen noch zehn Tage vor uns, doch ich wollte die Meinung der Schulrektorin hören, bevor wir die letzten Arbeiten anpackten.

»Das ist unglaublich, Maddie. Die Eltern werden sich sehr freuen«, verkündete sie, als sie nah genug gekommen war. »Ich finde toll, was Sie mit dieser Gruppe Palmen angestellt haben. Und mit dem Bougainvillea-Bogen. Es sieht noch besser aus, als ich es mir nach Ihren Beschreibungen vorgestellt habe. Und alles passt gut zu den Platanen.«

»Natürlich. So wollte ich es. Ich habe mich in die Bäume verliebt, kaum dass ich sie gesehen habe.«

Die Kalifornischen Platanen hatten bereits auf dem Grundstück gestanden, ehe die Schule gebaut wurde. Sie verliehen der Anlage einen gewissen traditionellen Charme, obwohl die Einrichtung relativ neu war.

Nachdem die Rektorin offensichtlich beeindruckt war, schien jetzt der beste Zeitpunkt zu sein, um sie um einen Gefallen zu bitten. Ich musterte ihr ordentlich frisiertes, grau meliertes Haar, den altmodischen Schnitt ihres Blazers und ihres Rockes. Leta sah genau so aus, wie ich mir die Rektorin einer Privatschule vorgestellt hätte. Doch trotz ihres strengen Erscheinungsbildes war sie sehr freundlich.

»Ich würde gerne am ersten Schultag vorbeischauen, wenn das für Sie in Ordnung ist … um die Eltern und Kinder herumzuführen.«

»Aber natürlich. Wir würden uns freuen, Sie hier zu haben.«

Ich bezweifelte nicht, dass Leta den Eltern meine Kontaktdaten geben würde, falls sie sich danach erkundigten, aber ich wollte offensiver vorgehen. Es ging doch nichts über persönliche Anwesenheit. Normalerweise war ich nicht gut darin, mich auf diese Weise zu vermarkten, diese Gelegenheit war allerdings einfach zu gut, um sie ungenutzt verstreichen zu lassen.

»Danke.«

»Nun, dann lasse ich Sie mal weiterarbeiten.«

Sobald sie verschwunden war, knurrte mein Magen, als wolle er mich daran erinnern, dass Mittagszeit war. Die Jungs hatten sich etwas zum Essen mitgebracht, aber ich schlenderte zum Burrito-Stand auf der anderen Straßenseite. Ich vermisste meine Mittagessen mit Landon.

Beim Essen ging ich im Kopf meinen Auftragskalender

für dieses Jahr durch. Bis Ende Oktober war ich fast vollkommen ausgebucht. Obwohl in L. A. eigentlich das ganze Jahr über gutes Wetter herrschte, dachten die Leute im Winter selten daran, ihren Garten neu zu gestalten, also musste ich mich besonders anstrengen, um mir Projekte zu sichern. Ich fragte mich, ob es in San José wohl ähnlich aussah, und schüttelte dann den Kopf. Wieso dachte ich überhaupt darüber nach? Ich wusste doch, wie es laufen musste.

Aber ich vermisste Landon jetzt schon.

Am nächsten Morgen wachte ich voller Erwartung auf. Ich klopfte auf das Bett neben mir, obwohl ich wusste, dass es leer sein würde. Irgendwie hatte ich darauf gehofft, Landon würde sich mitten in der Nacht zu mir schleichen. Eine Frau durfte doch schließlich noch träumen, oder nicht?

Meine Vorfreude nahm zu. Grace hatte mich erbarmungslos mit den Plänen aufgezogen, die sie zusammen mit Landon und Lori geschmiedet hatte, aber keiner der drei hatte mir irgendwelche Details verraten. Miststücke. Ich würde mich so bald wie möglich an ihnen rächen. Nun, zumindest an Grace. Ich war mir nicht sicher, wie das mit Lori oder Landon funktionieren sollte. Er fuhr in einer Woche ab. Val hatte erklärt, sie wäre bis dahin fit genug, um in der Firma an die Arbeit zurückzukehren. Meine Augen begannen zu brennen, und ich blinzelte heftig. Ich durfte an meinem Geburtstag nicht heulen.

Ich griff nach meinem Handy. Es war fast acht Uhr morgens. Ich hatte seit Jahren nicht mehr an einem Wochentag so lange geschlafen, aber Landon hatte mich überzeugt, mir den Tag freizunehmen.

Kaum schaltete die Uhr auf acht Uhr um, klingelte mein Telefon. Ich grinste, als Landons Name auf dem Bildschirm erschien.

»Die meisten Leute warten mit ihren Geburtstagsanrufen bis später. Das gebietet der Anstand.«

»Ich bin nicht die meisten Leute. Und in Bezug auf dich besitze ich keinen Anstand«, sagte Landon. »Alles Gute zum Geburtstag, Maddie.«

»Danke. Willst du mir nun die Pläne für heute verraten?«

»Nö, aber meine Helferin wird bald ankommen.«

Ich rutschte im Bett herum. »Grace oder Lori?«

»Grace.«

»Ich kann nicht glauben, dass du dich mit meiner und deiner Schwester gegen mich verbündet hast. Und dass du all diese fiesen Tricks angewandt hast, um mich dazu zu bringen, mir den Tag freizunehmen.«

»Ich kann mich nicht erinnern, dass du dich in diesem entscheidenden Moment beschwert hättest.«

Ich spürte, wie meine Wangen anfingen zu brennen. Bei den Tricks, die er draufhatte, hatte ich mich natürlich nicht beschwert.

»Du besitzt wirklich keinerlei Anstand. Ich habe keine Ahnung, warum ich mich mit dir abgebe.«

Landon lachte leise. »Ich kann es kaum erwarten, dich später zu sehen. Viel Spaß heute.«

»Spaß wobei? Komm schon, gib mir wenigstens einen Tipp.«

Wie aufs Stichwort klingelte es an der Tür. Landon musste es ebenfalls gehört haben, weil er sagte: »Da ist dein Tipp. Bis später, Maddie.«

»Bis später.«

Ich sprang aus dem Bett und sah mich nach meiner Jeans um. Dann kam mir ein Gedanke. Was, wenn Landon vor der Tür stand und mich gerade nur aufgezogen hatte? Sofort raste mein Herz. Das Klopfen an meiner Eingangstür wurde drängender.

Als ich sie öffnete, fiel mein Lächeln ein wenig in sich zusammen.

»Was soll das denn?« Grace klang anklagend.

Ich ließ verlegen den Kopf hängen und gestand meine Sünden. »Ich hatte mir eingebildet, Landon hätte mich bloß aufgezogen, als er erklärt hat, wir würden uns erst später sehen.«

»Ich wäre ja sauer, aber das ist absolut verständlich. Ich wäre auch enttäuscht, wenn ich mit diesem Adonis gerechnet und dann lediglich meine Wenigkeit vorgefunden hätte.«

Ich zog sie in eine Umarmung. »Ich bin nicht enttäuscht, du kleine Verschwörerin.«

»Happy Birthday, Schwesterherz.« Sie löste sich von mir und fügte hinzu: »Ich bin heute deine Lotsin. Du hast eine Viertelstunde, um dich anzuziehen.«

Neugier und Panik kämpften in mir. Neugier in Bezug auf die Pläne für den Tag und Panik, weil mir nur eine Viertelstunde blieb, um zu duschen und mich anzuziehen. Vierzehn Minuten später drehte ich mich vor Grace im Kreis.

»Akzeptabel?«

Sie nickte. »Lass uns gehen.«

Mein Telefon klingelte ununterbrochen, während Grace uns durch die Stadt fuhr. Freunde und ehemalige Kunden riefen an, dann meine Eltern.

»Wir sind da«, verkündete Grace, als ich mich gerade

von Mom verabschiedete. Sie parkte den Wagen in einer schmalen Straße, die von Restaurants und Läden gesäumt wurde. Wollten wir bummeln gehen? Ich mochte Shopping. Ich brauchte nichts Spezielles, aber das hielt mich nicht davon ab, mir etwas zu gönnen. Ich liebte hübsche Dinge.

Ich beendete das Telefonat mit Mom, dann nahm Grace meine Hand und führte mich die Straße entlang. Erst als ich mein Handy in die Tasche geschoben hatte, wurde mir klar, dass wir uns auf dem Rodeo Drive befanden – auch bekannt als die teuerste Einkaufsstraße von L.A.

»Der Rodeo Drive dürfte mein Budget sprengen, oder?«

Sie zwinkerte mir zu. »Glücklicherweise hast du heute Geburtstag, sodass du nicht zahlen musst. Landons Geschenk. Er hat mich gefragt, was du gerne tust, und ich habe Shopping erwähnt.«

Ich öffnete den Mund, um zu widersprechen, doch sie hob einen Finger.

»Wenn du Beschwerden haben solltest, trag sie Landon vor. Ich bin bloß deine Führerin. Aber nur damit du es weißt, du wirst hier nicht weggehen, ohne zumindest ein Kleid und Schuhe gekauft zu haben.«

»Das ist unglaublich!«

Wir hielten vor einem Laden an, in dessen Schaufenster unglaubliche Abendkleider standen, die unfassbar teuer aussahen. Ich spürte förmlich, wie ich dahinschmolz, als wir sie bewunderten. Der Tag war hochsommerlich heiß. Grace öffnete die Tür zum Laden … und das Innere roch sogar teuer.

Eine perfekt gestylte blonde Verkäuferin begrüßte uns.

»Wie kann ich Ihnen helfen?«

»Wir suchen nach einem Abendkleid. Meine Schwester hat Geburtstag, und heute Abend findet eine Party statt.«

»Natürlich. Soll ich Sie herumführen? Sie können mir sagen, welche Kleider Sie gerne probieren würden, dann bringe ich sie Ihnen direkt zu Ihrer Umkleide.«

Aufgeregt probierte ich ein Kleid nach dem anderen an. Ich konnte mich nicht entscheiden, welches mir am besten gefiel. Das schwarze mit dem tiefen Ausschnitt? Das dunkelblaue mit den kleinen Bändern auf dem Rücken? Ich war davon überzeugt, dass Landon dieses Kleid besonders gut gefallen würde. Mich auszuziehen, wäre dann, als würde er ein Geschenk auspacken. Ich dachte darüber nach, Landon ein paar Schnappschüsse zu schicken, doch ich wollte ihn überraschen. Dann hatte ich eine bessere Idee. Ich schoss ein Bild, bevor ich das nächste Kleid anzog, während ich nur meine Unterwäsche trug. Er antwortete, kaum dass ich in das neue Kleid geschlüpft war.

> **Landon:** Maddie ... du willst das nicht tun. Mich aufzuziehen, könnte gefährlich sein.

Ich leckte mir die Lippen. Mein gesamter Körper kribbelte.

> **Maddie:** Du hast mich mit meinem Geburtstag aufgezogen. Das ist deine Strafe.

> **Landon:** Ich werde mir meine Belohnung heute Nacht holen.

Ich presste die Schenkel zusammen und atmete dann tief durch. Okay. Das war nicht der richtige Moment für Erregung – nicht, während die Verkäuferin und Grace draußen darauf warteten, dass ich aus der Umkleide trat. Verdammter Landon. Wie konnte er mich aus der Ferne so beeinflussen?

»Wenn irgendetwas nicht perfekt ist, können wir es ändern lassen. Wir haben eine Näherin im Haus, und sie kann das Kleid innerhalb von ein paar Stunden für Sie anpassen«, rief die Verkäuferin hinter dem Vorhang, der die Umkleide vom Laden trennte.

»Ist gut.«

Ein Kleid hatte ich bisher noch nicht anprobiert. Ein weißes, das aussah, als stamme es direkt aus einem Märchen. Das Oberteil lag eng an, mit einem unauffälligen Muster aus pinkfarbenen Magnolienblüten. Der Rock bestand aus leichtem Chiffon und fiel in A-Form bis fast auf den Boden. Sowohl Grace als auch die Verkäuferin seufzten, als ich vor den Vorhang trat.

»Das ist es«, rief Grace. Doch als ich mich im Spiegel betrachtete, verkrampfte sich mein Magen. Ich sah aus wie eine Braut in ihrem Hochzeitskleid. Das Kleid war definitiv schön genug für den großen Tag … und der Mann war perfekt genug, um ihn zu heiraten.

Ich schüttelte den Kopf, um diese Fantasie zu vertreiben. Ich würde nicht Landons Frau werden. Er würde nie um meine Hand anhalten. So war es zwischen uns nicht. Er hatte mir von Anfang an gesagt, dass er für nichts Festes offen sei. Wieso waren meine Gedanken überhaupt in diese Richtung gewandert?

Weil Landon der einzige Mann war, der je dafür gesorgt

hatte, dass ich mich als etwas Besonderes fühlte. Er hatte sich die Mühe gemacht, herauszufinden, was ich gerne mochte, nur um mir eine Freude zu machen. Landon hatte alles dafür getan, damit ich mich geschätzt fühlte, seitdem er mich am Tag nach unserem Tanz nach Hause gebracht hatte. Jeder Kuss und jede Berührung trugen dazu bei.

Ich liebte ihn. Zumindest mir selbst gegenüber konnte ich das eingestehen. Ich konnte meine eigenen Gefühle nicht länger leugnen, wenn ich mich in meiner Fantasie tatsächlich als Landons Braut sah, bloß weil ich ein weißes Kleid anprobiert hatte.

»Nein, mir gefällt ein anderes besser«, sagte ich schließlich. Meine Stimme klang irgendwie seltsam, doch ich hoffte, dass weder Grace noch die Verkäuferin etwas bemerken würden. »Ich will noch mal das Blaue anziehen.«

Ich eilte zurück in die Umkleide und zog den Vorhang zu. Ohne in den Spiegel zu sehen, legte ich das Kleid ab. Doch mir gingen weiterhin tausend Sachen durch den Kopf.

Konnte ich nach San José ziehen? Ich war einmal einem Mann gefolgt, und das war nicht allzu gut für mich gelaufen. Konnte ich in einer anderen Stadt noch mal neu anfangen? Landon zuliebe? Grace war erwachsen, also brauchte sie mich hier nicht mehr unbedingt. Und als Landschaftsarchitektin konnte ich überall arbeiten. Ich hatte genug Ersparnisse, um Grace' Studienkosten zu decken, selbst wenn die Firma am Anfang nicht allzu gut laufen sollte.

Obwohl ich mir hier in L.A. eine gute Basis aufgebaut hatte, beauftragten mich Kunden selten mehrmals. Die Leute legten ihre Gärten nicht regelmäßig neu an. Einen Großteil meiner Aufträge bekam ich über Mundpropaganda. Die meisten Kunden hatten mich ihren Freunden in L.A. empfohlen, also würde ich ganz neu anfangen müssen. Ich konnte nicht glauben, dass ich auch nur darüber nachdachte. Aber Landon war das Risiko wert. Die größte Frage war: Würde Landon überhaupt wollen, dass ich umzog? Ich fürchtete, seine Antwort würde Nein lauten.

»Ich will das hier«, sagte ich, als ich erneut in dem blauen Kleid vor die Umkleide trat. »Aber an der Taille sitzt es etwas zu weit.«

Die Verkäuferin nickte. »Ich werde gleich unsere Näherin holen.«

»Aber das ist so teuer«, flüsterte ich Grace zu, kaum dass die Verkäuferin verschwunden war.

Meine Schwester zögerte keinen Moment. »Nicht für Landon. Schlag ihm das nicht ab. Er war aufgeregt wie ein kleiner Junge, als wir das geplant haben. Ich habe zuvor noch nie erlebt, dass einen Mann der Gedanke glücklich macht, Geld für Kleidung auszugeben.«

Oh, wie gut ich mir seinen Enthusiasmus vorstellen konnte. Grace hatte recht. Es würde Landon glücklich machen. Und wollte ich nicht genau das? Außerdem war das Kleid völlig atemberaubend.

»Du hast recht. Du hast absolut recht.«

Die Verkäuferin tauchte mit der Näherin im Schlepptau wieder auf. Es kostete sie gerade mal zehn Minuten, alles abzustecken.

»Ich kann das in zwei Stunden fertig haben«, sagte sie.

»Wir können in ungefähr zweieinhalb Stunden zurückkommen«, erklärte Grace, sodass ich mir die Frage stellte, was Landon und sie noch für mich geplant hatten.

Wir kauften ein, bis uns die Füße wehtaten. Ich erstand

zwei Paar Schuhe und eine Handtasche sowie mehrere Oberteile und eine Jeans. Als ich das letzte Paar Schuhe anprobierte, ertappte ich Grace dabei, wie sie wehmütig die Kleiderständer musterte.

»Was?«, fragte ich.

»Landon hat gesagt, ich solle mir auch etwas gönnen, aber irgendwie fühle ich mich dabei, als würde ich ihn ausnutzen.«

Mir wurde ganz warm ums Herz. Er hatte sogar an Grace gedacht.

»Tja, der Witz geht auf deine Kosten, kleine Schwester. Du wirst hier nicht weggehen, ohne zumindest ein paar Schuhe gekauft zu haben.«

Maniküre und Pediküre standen ebenfalls auf dem Programm. Ich hatte Grace gefragt, ob das auch ein Geschenk von Landon war, und sie hatte geantwortet: »Nein! Das ist mein Geschenk, weil du die beste Schwester der Welt bist.«

Als wir schließlich in meinen Bungalow zurückkehrten, wünschte ich mir, ich könnte mich einen Moment hinlegen, doch ich hatte noch einiges zu tun. Ich musste mir die Haare waschen und stylen und mich schminken. Grace und ich öffneten eine kleine Flasche Champagner, während wir uns gegenseitig beim Make-up halfen.

Im Anschluss nahmen wir ein Taxi zum Veranstaltungsort. Ich war so aufgeregt, dass es schon lächerlich war. Wir fuhren nach West Hollywood und hielten vor einem weißen Gebäude, vor dem in regelmäßigen Abständen hölzerne Stangen aufgereiht standen. Es vermittelte den Eindruck von schlichter Eleganz. Die Wände bestanden aus

Glas, und ich konnte bereits Leute darin sehen. Der Name des Restaurants, *Sinful,* zauberte ein Lächeln auf mein Gesicht.

Bereits einen Augenblick später erschien Landon vor der Tür und lächelte Grace und mich breit an.

»Hier ist das Geburtstagskind«, verkündete meine Schwester unnötigerweise.

»Happy Birthday, Maddie«, sagte Landon.

»Danke für den heutigen Tag.« Ich drehte mich einmal im Kreis, damit er mich bewundern konnte. Mein blondes Haar war zu einer schicken Hochsteckfrisur gestylt, mit ein paar gelockten Strähnen, die neben meinem Gesicht bis auf die Schultern fielen. Das dunkelblaue Kleid hatte keinen besonders tiefen Ausschnitt, aber es zeigte genug, um die Fantasie anzuregen. Die Bänder auf dem Rücken gefielen mir am besten. Der Rock fiel mir bis auf die Zehen. Ich schob mein Bein durch den schenkelhohen Schlitz, um meine Schuhe zu präsentieren – schwarze High Heels mit einem dünnen Riemen um die Knöchel. Landon mochte keine Ahnung von Schuhen haben, aber er erkannte ein heißes Modell, wenn er es sah. Seine Augen funkelten.

Grace räusperte sich. »Sollen wir nach oben gehen, ihr Turteltäubchen?«

Ich lächelte verlegen, dann hängte ich mich bei Landon ein, als Grace uns durchs Gebäude führte. Wir stiegen eine schmale Wendeltreppe aus Metall nach oben. Ich hob mit der freien Hand meinen Rock an, weil ich fürchtete, auf den Stoff zu treten.

»Wer ist alles da?«, fragte ich, als wir im ersten Stock ankamen. Meine Hüften schwangen bereits im Takt der lauten Musik aus den Lautsprechern. Der Raum war schwach beleuchtet, was eine gemütliche Atmosphäre erzeugte. Die Glaswand am anderen Ende des Raums bot eine wunderbare Aussicht über L.A. bei Nacht.

»Du wirst schon sehen«, sagte Landon und drückte mir einen Kuss auf die Schläfe.

Grace strahlte. »Landon und Lori haben mich gebeten, eine Liste von all deinen Freunden zu erstellen, die du gerne sehen würdest.«

Ich hatte mit Dylan und Alena gerechnet und vielleicht sogar mit Emma und Robbie, die aus Desert Hot Springs angefahren gekommen waren. Doch ich hatte definitiv nicht meine besten Freundinnen aus dem College erwartet, Jenny und Wilma. Und auch nicht Sarah und Lydia, mit denen ich damals in Miami in einer WG gewohnt hatte.

Der Connor-Clan saß an einem großen, runden Tisch in der Nähe der Glaswand. Val trug immer noch ihren Gips, aber zumindest waren ihre Rippen wieder verheilt. Lori kam direkt auf uns zu und warf mir die Arme um den Hals.

»Alles Gute!«, rief sie. »Was denkst du?«

»Das ist unglaublich. Vielen Dank.«

»Hey, ich will nicht den ganzen Verdienst einheimsen. Grace und Landon haben mir geholfen. Aber überwiegend habe ich die ganze Arbeit gemacht«, erklärte sie frech.

»Ich finde es toll. Wo ist Milo?«

»Ich habe eine Übernachtungsparty bei einem seiner Freunde organisiert, damit ich nicht so früh verschwinden muss.«

Ich zog los, um alle zu begrüßen, und strahlte dabei ununterbrochen.

Jenny belegte mich mit Beschlag, sobald ich meine Runde gedreht hatte. Sie zerrte mich zur Bar. Auf der Karte standen lauter Cocktails, die nach Filmen benannt waren. Ich bestellte einen Casablanca und Jenny einen Cleopatra. Ihr kleines Schwarzes stand ihr atemberaubend gut, und sie sah keinen Tag älter aus als zu unserer Collegezeit.

»Mädel, ich dachte, ich schmelze dahin, als Landon angerufen hat. Du hast da wirklich einen Kerl gefunden, den du nicht mehr hergeben solltest«, sagte sie. Ich seufzte traurig und nippte an meinem Drink. Das wusste ich natürlich. Die Frage war nur: Wie sollte ich ihn behalten?

Ich hatte seit Jahren keine große Party gefeiert. Zumindest nicht, seitdem ich nach L.A. gezogen war. Das Leben hatte mir immer einen Strich durch die Rechnung gemacht, daher hatte ich mich mit kleinen Feiern zufriedengegeben – aber genau so sollte man Geburtstage eigentlich feiern. Mit Stil.

Irgendwann wanderte ich zum Connor-Tisch. Lori und Hailey saßen bei Val. Landon, Jace und Will standen im Raum verteilt. Die Connor-Frauen sahen heute Abend alle umwerfend aus. Val trug ein rotes Kleid im Tunika-Stil mit einem schwarzen Gürtel. Ein Bein war nackt, das andere in Gips. Hailey hatte ihr dunkles Haar zu einem Dutt gebunden, doch gelockte Strähnen spielten um ihr Gesicht. Ich beneidete sie um ihre tollen roten Schuhe mit den silbernen Absätzen. Erst jetzt, wo ich sie zwischen Lori und Val sitzen sah, wurde mir klar, dass sie die einzige Schwester war, die keine grünen Augen hatte. Ihre waren dunkel, wie Schokolade. Lori trug ein kurzes weißes Kleid mit einem wunderbaren Spitzenmuster, ihr blondes Haar zu einem aufwendigen Zopf geflochten.

»Meine Damen, ich bringe Cocktails«, verkündete ich, als ich ein Tablett mit vier Gläsern auf dem Holztisch abstellte.

»*Cocktails* ist mein absolutes Lieblingswort«, rief Hailey.

Wir nahmen uns alle ein Glas. Als wir anstießen, sagte Val: »Auf die wunderbare Maddie, die unseren Bruder glücklicher gemacht hat, als ich ihn je gesehen habe.«

»Hört, hört«, sagte Hailey. »Das kann ich bezeugen. Ich habe ihn bei der Arbeit im Blick behalten.«

»Mädels, hört auf damit. Ich werde sonst noch rot.«

Val, die direkt neben mir saß, legte ihre Hand auf meine. »Du tust ihm gut, Maddie. Und wenn ich mir so ansehe, wie glücklich du bist, würde ich sagen, er tut dir auch gut.«

Mit einem verdächtigen Lächeln auf den Lippen spielte Lori an ihren Fingernägeln herum. »Nur so als Anmerkung, ich hätte nichts dagegen, bald eine Connor-Hochzeit zu planen. Und so wie die Dinge stehen, seid ihr die wahrscheinlichsten Kandidaten.«

Verdammt. Meine Fantasie brauchte wirklich keine weitere Munition. Ich befand mich heute Abend sowieso schon in einem gefährlichen Zustand. Und die Cocktails halfen dabei kein bisschen.

Als Landon mich eine Weile später in die dunkelste Ecke der Tanzfläche zog, war ich ziemlich aufgewühlt. Wenn er Geburtstage so feierte, fragte ich mich, wie bei ihm wohl ein Heiratsantrag aussehen würde. Ich wette, er wäre total romantisch, mit roten Rosen und was sonst noch so alles dazugehörte. Ich seufzte. Heute Abend hatte Landon die Schleuse geöffnet. Träume und Hoffnungen drangen hindurch. Ich konnte sie nicht länger unter Kontrolle halten … und das machte mir ein wenig Angst.

»Worüber denkst du nach? Muss ja etwas wirklich Tolles sein. Schau dir dieses Lächeln an«, sagte er.

»Es ist absolut geheim«, zog ich ihn auf.

»Ach wirklich?«

Ich nickte selbstbewusst, obwohl mein Puls raste. Ich hatte Angst, dass er meine Gedanken lesen konnte.

»Ich kenne da zufällig ein paar Techniken, die jemanden dazu bringen, einem alle Geheimnisse zu verraten«, sagte er.

Er ließ seinen Zeigefinger über meine Oberlippe gleiten, dann zog er mich in einer langsamen, sinnlichen Verführung an sich, um seine Zunge denselben Weg nehmen zu lassen. Ich spürte die Berührung direkt zwischen meinen Beinen. Er fing meinen Mund ein und küsste mich, bis ich die Zehen hochzog, um ihn nicht anzuspringen. Du lieber Gott, seine Küsse halfen auch nicht dabei, die Schleusen geschlossen zu halten, hinter denen meine Gefühle gestaut waren. Absolut nicht.

»Was du heute für mich getan hast, war so aufmerksam. Danke«, sagte ich. »Ich bin einfach glücklich.«

»Freut mich, das zu hören. Ich liebe es, dich glücklich zu machen.«

Er schenkte mir dieses wunderbare Lächeln, das ich so liebte. Ich hob die Hand und zog seinen Kopf zu einem weiteren Kuss herunter, weil ich einfach erneut seine Lippen spüren musste.

Landon berührte meine Arme, meinen Rücken, dann ließ er eine Hand tiefer sinken. Es gab einen kleinen, einladenden Schlitz zwischen dem letzten Band und meinem Kreuz. Landon entdeckte ihn und schob zwei Finger hinein, als wäre die Berührung bis jetzt bei Weitem nicht genug und als brauche er mehr. Ich drückte mich an ihn und stöhnte in seinen Mund, als ich seine Erektion an meinem Bauch spürte. Landon bewegte mich im Rhythmus der Musik, drückte seine Lippen an meinen Hals.

»Ich kann es kaum erwarten, mit dir nach Hause zu gehen und dich zu nehmen«, sagte er, als das Lied endete. Seine Stimme klang heiser. Sein Atem berührte meine Haut in heißen Wellen, die mich ebenfalls zum Brennen brachten. Landon sah mich an, als hätte er mich am liebsten direkt hier auf der Tanzfläche für sich beansprucht. Ich spürte förmlich, wie mein Höschen unter seinem Blick dahinschmolz.

Ich ließ meine Finger über seine Brust gleiten. Das weiße Hemd spannte sich über seinen kräftigen Muskeln. Ich hätte diese Erhebungen und Vertiefungen inzwischen im Schlaf erkannt.

»Maddie, führe mich nicht in Versuchung.«

Ich wusste, dass er mich damit warnen wollte, doch seine Stimme war total verführerisch und sorgte dafür, dass ich jede Scham verlor. Aber ich beschloss, mich zu benehmen. Ich wollte ihn nicht so weit treiben, dass er mich von der Party entführte. In seinen Augen erkannte ich ein Funkeln, das mich vermuten ließ, dass er kurz davorstand, mich über seine Schulter zu werfen. Dabei hatte ich noch nicht mal meinen Geburtstagskuchen angeschnitten.

25 Landon

Lori und Grace hatten eine tolle Party organisiert. Maddie hatte eine Menge Spaß. Ich konnte kaum den Blick von ihr abwenden. Diese Bänder auf ihrem Rücken bettelten darum, geöffnet zu werden, und sie neckte mich schamlos.

Kurz vor acht kam mein Cousin Sebastian Bennett mit seiner Ehefrau und zweien seiner Kinder an. Wenn ich mich nicht irrte, waren sie drei Jahre alt.

Ich zog los, um Maddie zu holen, die mit Grace an der Bar stand.

»Maddie, erinnerst du dich, dass ich dir erzählt habe, dass mein Cousin und seine Familie vorbeischauen würden?«

»Ja. Sind sie da?«

»Sie sind gerade angekommen.« Ich führte sie hinüber, wobei ich meine Hand leicht auf ihrem Kreuz kreisen ließ. Sie schnappte nach Luft, als ich durch den Schlitz unter dem letzten Band ihre bloße Haut berührte.

»Maddie, das sind mein Cousin Sebastian und seine Frau Ava.«

Sebastian schüttelte ihr die Hand. »Alles Gute zum Geburtstag, Maddie. Tut mir leid, dass wir die Party sprengen, aber wir haben diese Bande lange nicht mehr gesehen. Wir fanden, es wäre eine Schande, in L.A. zu sein und nicht bei ihnen vorbeizuschauen. Wir werden nur eine Stunde bleiben. Die beiden hier werden ziemlich quengelig, wenn sie nicht zur üblichen Zeit ins Bett kommen.«

»Keine Eile. Ich freue mich, dass ihr gekommen seid«, sagte Maddie.

Sie schüttelte auch Ava die Hand, dann ging sie vor den beiden Jungs in die Hocke.

»Und wie heißt ihr beide? Ich bin Maddie.«

Beide Jungs sahen zu Ava auf. Sie strich sich eine blonde Strähne aus dem Gesicht, bevor sie antwortete.

»Seamus und Peter. Sie sind sehr scheu.«

»Zwillinge?«, fragte Maddie aufgeregt, als sie sich wieder aufrichtete.

Ich lachte leise. »Nicht eineiig, aber ja, Zwillinge. In meiner Familie gibt es häufig Zwillingsgeburten.«

»Ihr müsst alle Hände voll zu tun haben«, sagte Maddie, als sie meinen Cousin und seine Frau ansah.

»Oh, wir haben zu Hause noch zwei. Sie sind bei ihren Großeltern«, meinte Sebastian. »Vier insgesamt. Bis jetzt.«

Ava riss mit weit aufgerissenen Augen den Kopf zu ihm herum. »Bis jetzt? Mein lieber Ehemann, ich glaube, vier sollten reichen.«

Ich unterdrückte ein Lächeln. »Sei nicht so streng mit ihm, Ava. Wir kommen aus großen Familien.«

Sebastian zog sie an sich und drückte ihr einen Kuss auf die Schläfe. »Ich mache mir keine Sorgen. Ich klopfe dich immer weich.«

»Das stimmt«, flüsterte Ava Maddie verschwörerisch zu und grinste dann. »Ich wünschte, ich könnte etwas anderes behaupten, aber wenn Sebastian etwas will, puh ... mein Mann kann sehr überzeugend sein. Er hat mich sogar dazu gebracht, diesen Kleinen hier Seamus zu nennen.«

»Es hat mich vier Kinder gekostet, dich endlich von dem Namen zu überzeugen«, meinte Sebastian. »Aber ich habe es geschafft.«

Maddie grinste breit. »Dann kommt mal rein.«

Wir gingen mit ihnen in Richtung Bar. Auf der Hälfte der Strecke entzog Seamus Ava seine Hand. Er konnte kaum das Gleichgewicht halten, rannte aber los, als wäre er entschlossen, seine Beine auf die Probe zu stellen. Maddie lief hinter ihm her und hob ihn in ihre Arme, bevor er direkt gegen eine Wand knallte.

»Wir kriegen das hin«, versicherte ich Ava und Sebastian. »Trinkt etwas. Wir werden Seamus gleich zurückbringen.«

Maddie sprach mit leiser Stimme mit dem Kind, als ich näher kam.

»Das ist eine Wand, mein Kleiner. Hart und fest. Dagegenlaufen kann nichts Gutes bringen, ehrlich. Das ist eine Erfahrung, die du dir sparen kannst.«

Sie führte ihn direkt vor die Wand und drückte seine kleine Hand an die Oberfläche.

»Siehst du?«

Eines Tages würde sie eine tolle Mutter sein. Der Gedanke rührte etwas in mir an. Je länger ich Maddie beobachtete, desto stärker wurde das Gefühl. Als sie mit dem Jungen im Arm auf mich zukam, wurde die Vision einer Familie sehr real. Unserer Familie.

»Seamus ist bezaubernd«, informierte sie mich und

drückte ihm einen Kuss auf die Stirn. »Schade, dass ich ihn nicht behalten kann.«

Fast hätte ich gefragt: »Willst du mich denn behalten?« Doch das war ein Gespräch, das wir an einem anderen Tag führen sollten. Ich wollte sie nicht an ihrem Geburtstag in Verlegenheit bringen. Seamus spielte mit ihrem Haar, als wäre es das Faszinierendste auf der ganzen Welt. Ich stimmte dem Kleinen vollkommen zu. Maddie war bezaubernd. Und inzwischen war sie mein Ein und Alles.

»Weißt du was? Ich werde das Restaurant bitten, den Kuchen jetzt schon zu servieren, damit die zwei Engel ihn auch sehen können«, sagte sie.

»Ich werde mich darum kümmern.« Ich küsste sie auf den Mund, dann ging ich zu einem der Kellner und sprach mit ihm. Eine Viertelstunde später standen wir um Maddie herum und sangen *Happy Birthday.* Als sie die Kerzen ausblies, wünschte auch ich mir etwas.

Die Party ging bis weit nach Mitternacht. Letztendlich konnte ich mich in Maddies Nähe kaum noch zurückhalten. Aber kaum hatten wir ihr Haus betreten, drängte ich sie gegen die nächste Wand, küsste ihre Schläfe und ließ meine Lippen zu ihrem Ohrläppchen gleiten. Ich folgte ihrer Kinnlinie, bevor ich sie auf den Mundwinkel küsste. Sie zitterte in meinen Armen, dabei hatten wir uns noch gar nicht richtig geküsst.

»Ich habe den ganzen Tag davon geträumt, das zu tun.« Ich knabberte sanft an ihrer Unterlippe. Maddie presste die Beine zusammen.

»Hast du das?« Ihre Stimme klang scheu, was ganz untypisch für sie war. Ich wollte ihre Zweifel vertreiben.

»Ja. Du hast keine Ahnung, wie oft ich an dich denke. Ich kann nicht genug von dir bekommen. Du bist mir unglaublich wichtig. Ich will niemals aufhören, dich zu küssen; zu empfinden, was du in mir an Gefühlen auslöst.«

»Dann hör nicht auf.«

Ich hatte mich ihr noch nie so nahe gefühlt wie heute Abend – als wären wir auf jeder Ebene miteinander verbunden. Unsere Gefühle waren verknüpft; unsere Körper sehnten sich danach, vereint zu werden. Ich löste die Bänder auf ihrem Rücken und schob ihr Kleid nach unten, um ihre Haut zu küssen. Maddie trug einen String aus roter Spitze und den dazu passenden BH, mit dem Verschluss auf dem Rücken. Ich drehte sie um und öffnete ihren BH, dann ließ ich meine Zunge über ihre Wirbelsäule gleiten, strich mit den Händen über ihre Seiten. Gänsehaut bildete sich, wo immer ich Maddies Haut berührte. Ich hielt nicht inne, als ich ihren Hintern erreichte. Ich ließ meine Finger über die rote Spitze zwischen ihren Hügeln gleiten, zog daran und ließ wieder los. Ich hörte ein leises Klatschen, als der Stoff wieder auf ihre Haut traf.

Maddie presste die Hände gegen die Wand und krümmte die Finger, als wollte sie sie im Putz vergraben. Der Anblick jagte einen Schauer der Lust durch meinen Körper. Sofort wurde ich hart. Sie hatte einen perfekt geformten Hintern. Ich vergrub meine Zähne leicht in einer Pobacke, während ich die andere mit den Fingern knetete.

»Landon«, keuchte sie und presste erneut die Beine zusammen.

»Dreh dich um.« Als sie es tat, richtete ich mich weit genug auf, dass mein Gesicht vor ihren Brüsten schwebte.

Ihre Nippel waren bereits hart. Ich ließ meine Zunge

um eine Spitze gleiten, dann um die andere. Gleichzeitig schob ich eine Hand zwischen ihre Schenkel. Sie öffnete die Beine, um mir Zugang zu gewähren. Ich umfasste ihre Muschi über dem Höschen und schloss gleichzeitig meine Lippen um eine Brustwarze. Sie drückte den Rücken durch und zog an meinen Haaren.

»Landon, ich muss deine Finger in mir spüren. Bitte. Jetzt.«

Ich lächelte an ihrem Busen, dann schob ich meine Finger in ihren Slip, ließ einen davon in ihren Körper gleiten. Ich liebte es, dass sie mir sagte, was sie brauchte, ohne dass ich sie dazu drängen musste.

Direkt vor meinen Augen verwandelte sie sich in eine Wilde. Meine Maddie. Diese Seite von ihr sah nur ich. Sie war wie für mich gemacht. Sie und niemand anders. Ihre Atmung wurde schwer, als ich den Finger bewegte. Als ich einen zweiten in ihr versenkte, schrie sie atemlos meinen Namen. Sie verkrampfte sich um meine Finger, als ich meinen Handballen auf ihre Klitoris drückte. Meine Selbstkontrolle brach, verdrängt von dem Verlangen nach ihr.

»Ich werde dich an dieser Wand nehmen, Maddie.«

Ich senkte den Blick. Da wurde mir klar, dass sie bereits damit beschäftigt war, den Knopf meiner Hose zu lösen und meinen Reißverschluss nach unten zu ziehen. Ich küsste ihre Brüste, ihren Hals, knabberte an ihrer Haut, kämpfte mit dem leidenschaftlichen Verlangen, ein Mal zu hinterlassen. Ihren Körper auf irgendeine Weise zu zeichnen. Ich wollte ihre Süße, ihre Leidenschaft, ihr Verlangen. Ihre Zukunft.

»Ja, tu es.«

»Und dann werde ich dich ins Bett tragen und dich die ganze Nacht lieben.«

»Ja, tu auch das. Ich liebe deine Pläne. Deine Pläne sind die besten.«

Sie zitterte leicht in meinen Armen, sah mit großen, vertrauensvollen Augen zu mir auf. Ich zog ein Kondom aus der Tasche, streifte es mir über, dann berührte ich ihre Klitoris und beobachtete, wie sie sich dem Verlangen hingab, bis ihre Hüften auf dem Weg zum Orgasmus an meiner Hand zuckten.

Ich hob Maddie am Hintern hoch und ließ sie auf meine Erektion gleiten, noch bevor ihr Höhepunkt ein Ende gefunden hatte. Sie schrie meinen Namen, und ich erschauerte. Sie lag so eng um mich, dass ich kaum atmen konnte.

»Du… oh, das fühlt sich… Es ist anders als bisher«, murmelte sie, als sie einen Arm um meinen Hals schlang.

»Es ist jedes Mal anders«, murmelte ich zurück. Jedes Mal war es mehr. Mehr, als ich ausdrücken konnte; mehr, als ich mir eingestehen wollte. Maddie zog mich enger an sich, als spüre sie, wie dringend ich ihre Wärme brauchte. Die Erkenntnis, wie tief unsere Verbindung reichte, sorgte dafür, dass meine Welt sich veränderte. Ich stieß so heftig in sie, dass ich schon fürchtete, sie in zwei Teile zu spalten, doch ich konnte mich einfach nicht zurückhalten.

Bei jedem Stoß umklammerten ihre inneren Muskeln mich fester, ihr Atem ging schwerer, und ihr Stöhnen wurde lauter. Ich wollte das jede Nacht, jeden Morgen. Maddie besaß mich auf jede mögliche Weise.

Meine Hoden hoben sich, und Hitze breitete sich durch meinen Körper aus. Ich würde gleich kommen, dabei wollte ich, dass es länger dauerte. Ich wollte, dass Maddie erneut einen Orgasmus hatte. Ich verlangsamte meine Bewegungen, vergrub mein Gesicht an ihrem Hals, atmete tief durch, veränderte den Winkel so, dass ich ihre Klitoris berührte. Sie vergrub die Finger in meinem Haar, biss mich leicht in die Schulter.

Ich zog mich aus ihr zurück und trug sie ins Schlafzimmer. Legte sie aufs Bett und schob mich über sie. Ich liebte sie langsam, sanft, weil ich wollte, dass es die ganze Nacht dauerte. Wann immer ich meinem Höhepunkt zu nahe kam, hielt ich inne und ließ Küsse auf ihre Schultern und Arme niederregnen.

Als sie begann, sich in schneller Folge um mich zu verkrampfen, kribbelte mein gesamter Körper. Meine Bauchmuskulatur spannte sich an, als hätte jemand mir die Faust in den Bauch gerammt. Ich explodierte in dem Moment, in dem Maddie meinen Namen keuchte.

Hinterher hielt ich Maddie eng an mich gedrückt, wiegte sie sanft in meinen Armen. Sie schlief schnell ein, doch ich war hellwach. Meine Gedanken rasten, auf der Suche nach einem Weg, wie Maddie weiterhin Teil meines Lebens sein konnte. Sie lag seitlich zusammengerollt auf dem Bett und nutzte meine Brust als Kissen. Selbst im Schlaf lächelte sie vor lauter Befriedigung. Zu wissen, dass ich sie glücklich gemacht hatte, sorgte dafür, dass ich mich wunderbar fühlte. Eine Strähne fiel über ihr Gesicht, und sie rümpfte die Nase. Eilig schob ich die Haare zur Seite, damit das Kitzeln sie nicht weckte.

»Ich hatte nicht geglaubt, dass ich mich noch mal verlieben könnte, Maddie. Aber du hast dafür gesorgt, dass es passiert ist. Ich liebe dich, Süße.«

Der nächste Tag fing schon schlecht an, mit dem längsten Stau, den ich seit meiner Rückkehr nach L.A. erlebt hatte.

Er wurde noch schlimmer, als Adam mich anrief. Gewöhnlich telefonierte ich nicht gern im Taxi, doch es sah aus, als würde ich noch eine Weile im Verkehr feststecken. Da sollte ich die Zeit besser nutzen.

»Ich habe endlich verstanden, was Sullivan vorhat«, sagte Adam, kaum dass ich abgehoben hatte. »Er hat mit unserem Vorstand geredet und versucht, das Gremium von einem Verkauf zu überzeugen.«

Ich brauchte einen Moment, um zu realisieren, was er da gesagt hatte.

»Was? Er hat nicht genug Finanzmittel, um uns zu übernehmen. Unsere Firma ist mehr wert als seine.«

»Ja, aber er hat mit einem privaten Kapitalbeteiligungsfonds verhandelt, um den Rest des Geldes aufzutreiben. Ich habe ein wenig tiefer gegraben. Anscheinend sind sie an ihn herangetreten, nachdem du nach L.A. aufgebrochen bist.«

Dieser Mistkerl! Ich zwang mich, ruhig zu bleiben. Ich musste einen kühlen Kopf bewahren.

»Wie hast du das herausgefunden?«, fragte ich.

»Bowman ist heute an mich herangetreten und hat mir von Sullivans Vorschlag erzählt. Sehr großzügig.«

Bowman war unser Vorstandsvorsitzender.

»Lass mich raten. Sie sind dafür, zu verkaufen?«

»Ja. Du weißt, dass sie bereits seit einer Weile wollen, dass du die Firma verkaufst. Wir haben unsere Kapazitätsgrenze vor ungefähr zwei Jahren erreicht, und der Vorstand will keinen Börsengang. Sie haben nur zugestimmt, zu warten, weil du die Partnerschaft mit Sullivan versprochen hast.«

Ich fühlte, wie mir der Boden unter den Füßen weggezogen wurde. Adam hatte absolut recht. Wenn Sullivan den Vorstand von einem Verkauf überzeugen konnte, dann konnten sie mich dazu zwingen, obwohl ich der CEO war und mir neunundvierzig Prozent der Firma gehörten. Die Aufgabe des Vorstandes war es, im Interesse der Anteilseigner zu handeln. Ich war einer dieser Anteilseigner; die Investoren, denen die restlichen einundfünfzig Prozent der Firma gehörten, waren die anderen.

»Der Vorstand ist nicht gerade begeistert davon, dass du so lange weg warst. Sie zweifeln an deinem Engagement.«

»Ich habe jahrelang alles für diese Firma geopfert. Jetzt nehme ich mir mal ein paar Wochen frei, um Zeit für meine Familie zu haben, und plötzlich stellen sie mein Engagement infrage? Das ist nur ein Vorwand. Sie liegen mir seit zwei Jahren mit der Idee eines Verkaufs in den Ohren.«

Ich öffnete den obersten Knopf meines Hemdes, doch das sorgte auch nicht dafür, dass ich leichter atmen konnte.

»Ich kann nicht glauben, dass wir bisher nichts davon mitbekommen haben.«

Adam fluchte. »Sullivan ist gerissen, das muss ich ihm lassen. Ich wusste nicht mal, dass er außerhalb unserer Meetings mit dem Vorstand in Kontakt steht.«

Meine Abwesenheit hatte ihm die Sache einfacher gemacht.

»Ich habe ein Notfall-Meeting mit dem Vorstand einberufen… aber du musst dabei sein, Landon. Du bist der Einzige, der sie davon überzeugen kann, dass ein Verkauf nicht die einzige Lösung ist.«

»Ich weiß.« Ich rieb mir die Schläfen, wo sich langsam ein dumpfer Schmerz bildete. »Wann findet das Meeting statt?«

»Heute Abend um sechs.«

»Okay. Ich werde einen Plan entwerfen und dich später noch mal anrufen.«

Als Nächstes rief ich Hailey an und erklärte ihr alles. Ich fand es furchtbar, dass die Situation sich so vollkommen meiner Kontrolle entzog.

»Das ist Wahnsinn. Aber Adam hat recht. Du musst dem Vorstand gegenübertreten und die Leute überzeugen. Ich mag Adam, allerdings ist er nicht so charismatisch wie du und hat auch nicht deinen Charme. Es ist gut, dass er das selbst erkennt. Ich kann mich hier um alles kümmern, und Val ist ja in ein paar Tagen endlich wieder im Büro. Du musst tun, was du tun musst. Wenn wir dir irgendwie helfen können, musst du nur etwas sagen.«

26 Maddie

Ich kam später als gewöhnlich an der Schule an. Verdammter Verkehr. Meine Jungs waren ebenfalls noch nicht da, das erkannte ich daran, dass keiner ihrer Trucks vor dem Eingangstor parkte. Doch da war ein Taxi. War das etwa die Rektorin, die uns einen Besuch abstattete? Sie hatte gesagt, dass sie sich im Laufe dieser Woche noch einmal ansehen wollte, welche Fortschritte wir gemacht hatten.

Ich glitt durch das Tor, in der Absicht, direkt zum Schulgebäude zu gehen … nur um abrupt stehen zu bleiben, als ich Landon entdeckte, der an einer Ecke auf und ab tigerte.

Ich eilte zu ihm, mein Magen vor lauter Sorge verkrampft. »Was tust du hier? Geht es Val gut?«

»Val ist nichts passiert. Ich bin hier, um dich zu sehen. Ich habe heute Morgen einen Anruf von Adam bekommen.«

Er versuchte, mir alles zu erklären, doch ich hörte lediglich einzelne Begriffe wie »Verkauf«, »feindliche Übernahme« und »Vorstand«. Ich geriet in Panik, und meine Wirbelsäule wurde steif. »Wie können sie versuchen, dir deine Firma wegzunehmen? Sie gehört dir.«

»Neunundvierzig Prozent gehören mir. Der Rest gehört anderen Investoren. Der Vorstand muss die Interessen aller Anteilseigener schützen. Wenn er also glaubt, dass es im Interesse der Anteilseigner liegt, das Unternehmen zu verkaufen, können sie mich überstimmen.«

»Sie können dich also zum Verkauf zwingen?«

»Grundsätzlich gesprochen ja.«

Ich schlug die Hände vor den Mund. »Und was kannst du dagegen tun?«

»Selbst mit dem Vorstand sprechen, sie vom Gegenteil überzeugen. Ihnen hat nicht gefallen, dass ich so lange weg war. Ich muss zurück.«

»Du brichst sofort auf?« Mein Hirn schien einen Kurzschluss zu erleiden. »O nein! Aber ich hatte ein großes Abschiedsessen geplant. Ich meine, natürlich musst du mit dem Vorstand reden.«

Landon schob das Kinn vor und nahm die Schultern zurück. »Du hast ein Abschiedsessen organisiert?«

»Natürlich. Oh, Landon. Ich bin irgendwie noch gar nicht bereit. Mir ist klar, dass du irgendwann gehst, aber Gott, dieses Abschiedsessen sollte unvergesslich werden.«

Ich faselte dummes Zeug. Ich wusste nicht, was ich sagen sollte, doch ich konnte nicht aufhören zu reden. Ich hatte Angst, dass ich sonst anfangen würde zu weinen. Ich hatte vorgehabt, bei diesem Abendessen mit ihm über unsere Optionen zu sprechen. Ich suchte in seiner Miene nach Hinweisen darauf, dass auch er nicht wollte, dass das mit uns vorbei war; dass er wollte, dass wir zusammenblieben. Er sagte nichts. Und um fair zu sein, er hatte im Moment auch wichtigere Dinge im Kopf, wie die Rettung seiner Firma.

»Wann geht dein Flug?«, fragte ich.

»Ich habe noch nicht geschaut, aber ich werde direkt zum Flughafen fahren und den ersten Flieger nehmen.«

Ich zog mein Handy aus der hinteren Hosentasche und öffnete den Browser, um nach Flügen zu suchen. Ich brauchte eine Aufgabe, irgendeine Aufgabe, und war froh, einen Vorwand zu haben, ihn nicht ansehen zu müssen.

»Okay, in einer Stunde geht ein Flug, aber du wirst es niemals rechtzeitig zum Flughafen schaffen. Der nächste geht in drei Stunden. Soll ich dir ein Ticket buchen?«

Landon räusperte sich. Vorsichtig hob ich den Blick. Seine Stirn war gerunzelt, doch ich konnte seinen Gesichtsausdruck nicht deuten.

»Ich werde es direkt am Flughafen kaufen.«

»Okay.« Ich schob das Handy wieder ein und verschränkte die Arme vor der Brust. »Viel Glück. Ich werde dir die Daumen drücken. Trag deine schönsten Manschettenknöpfe.« Inzwischen hörte ich mein Blut in den Ohren rauschen. Ich fragte mich, ob Landon das wohl auch konnte.

»Ich glaube nicht, dass sie noch etwas bewirken werden. Dafür trage ich sie zu oft.«

»Nein, niemand ist immun gegen Manschettenknöpfe, glaube mir.«

Ich zwang mich zu einem Lächeln, und Landon belohnte mich, indem er ebenfalls lächelte … auch wenn es angestrengt wirkte. Ich konnte mir nicht vorstellen, dass meines überzeugender gewirkt hätte. Ein lautes Hupen ließ mich zusammenzucken.

»Ist das dein Taxi vor dem Tor?«, fragte ich, weil mir der Wagen erst jetzt wieder einfiel.

Er nickte. »Ja. Ich wollte warten und erst persönlich mit dir reden. Ich wollte dir das nicht am Telefon mitteilen.«

»Danke. Nun, du solltest den Fahrer nicht länger warten lassen. Und viel Glück.«

Verdammt, Maddie! Du hast ihm schon Glück gewünscht. Mein Hirn schien nicht länger richtig zu funktionieren.

Landon trat vor und drückte mir einen Kuss auf die Wange. Meine Wange! Das war's? Nach allem, was wir geteilt hatten, sollte es mit einem Kuss auf die Wange enden?

Ich wollte die Arme um ihn schlingen, ihm versichern, dass alles gut werden würde und er seine Firma behalten könnte. Doch ich war zu erstarrt, um mehr zu tun, als seine keusche Geste zu erwidern.

Ich brachte Landon noch zum Taxi. Meine Beine fühlten sich an, als gehörten sie jemand anderem. Als er sich auf den Rücksitz setzte, konnte ich mich gerade noch davon abhalten, ihm ein drittes Mal viel Glück zu wünschen.

27 Landon

Kurz bevor das Boarding begann, schickte Adam mir alle Details des Kaufangebots. Ich las das gesamte Dokument während des Fluges durch, konnte mich aber nicht darauf konzentrieren, denn in Gedanken war ich bei Maddie. Ich hatte mich nicht richtig von ihr verabschiedet. Ich hatte abgewartet, weil ich einen Grund hatte finden wollen, um unsere Beziehung zu kämpfen. Stattdessen hatte sie von meinem Abschiedsessen gesprochen und davon, dass sie immer gewusst hatte, das mit uns beiden wäre nicht von Dauer.

Hatte ich mir bloß eingebildet, dass wir uns ganz nahe waren? Ich hatte mir eine Zukunft mit ihr ausgemalt, dass ich mit ihr eine Familie gründen würde – all die Dinge, auf die zu hoffen ich mir eigentlich verboten hatte. Meine Brust schmerzte, wenn ich daran dachte, dass das nur von meiner Seite aus so war.

Als der Flieger zur Landung ansetzte, versuchte ich, mein Privatleben auszublenden. So hart es auch sein mochte, doch ich musste mich jetzt mit dem Geschäftlichen befassen.

Nach der Ankunft fuhr ich direkt ins Büro. Ich wusste, dass der Vorstand schnell handeln konnte, wenn er wollte. Ich betrat das Gebäude durch die Garage und ging schnurstracks zu dem privaten Aufzug, der in mein Büro führte. Während ich durch den Flur schritt, stieg Wut in mir auf. Das war meine Firma. Mein Gebäude.

Als ich mich dem Sitzungszimmer näherte, drangen Stimmen an mein Ohr. Ich blieb einen Moment vor der Tür stehen, in dem Versuch, mich zu beruhigen. Es funktionierte nicht. Mein Ärger blieb, wie hartnäckige Kopfschmerzen. Dann schob ich die Tür auf, woraufhin das Gemurmel sofort verstummte.

»Landon, du hast es geschafft«, sagte Bowman, der Vorstandsvorsitzende. Sein Tonfall verriet deutlich, dass er aufs Gegenteil gehofft hatte.

»Ja. Ja, das habe ich.« Ich sah mich im Raum um, ließ meinen Blick auf jedem der zwölf Vorstandsmitglieder verweilen. Adam und ich hatten beschlossen, dass er dem Meeting nicht beiwohnen würde. »Jetzt macht keine langen Gesichter. Wenn jemand meine Firma bedroht, verschwende ich keine Zeit.«

»Wir haben nicht…«, setzte Bowman an, doch ich hob eine Hand, und er verstummte sofort.

»Lasst uns keine Spielchen spielen. Dann geht alles viel schneller.« Ich nahm meinen Platz am Kopfende des Tisches ein.

»Wir denken noch über das Angebot nach. Bisher ist keine Entscheidung getroffen worden«, erklärte Delacroix. Er war einer der Männer in der Runde, die ich am meisten respektierte.

»Also ist es bloß ein Gerücht, dass sich sechs von euch

bereits für den Verkauf ausgesprochen haben?«, fragte ich bedächtig. Unruhe machte sich am Tisch breit. Niemand erwiderte etwas darauf… was auch eine Antwort war.

»Hast du dir das Angebot angesehen?«, fragte Bowman.

»Kurz, auf dem Flug.«

»Wir würden vorschlagen, dass du es dir genau durchliest. Der gebotene Preis ist mehr als fair«, schaltete Delacroix sich erneut ein.

»Wäre ich an einem Verkauf interessiert, würde ich das sicher tun. Aber das bin ich nicht.«

Delacroix und Bowman wechselten einen Blick. Der Rest des Vorstandes verharrte in untypischem Schweigen.

Irgendwann meldete sich Delacroix wieder zu Wort. »Wenn ich darf, Landon… Du hast diese Firma zu Erfolgen geführt, die sich keiner von uns je hätte vorstellen können. Die Partnerschaft mit Sullivan war eine gute Zwischenlösung. Die Synergieeffekte hätten uns weiteres Wachstum erlaubt. Doch letztendlich kommt man bei einer Softwarefirma dieser Art immer an den Punkt, wo man an die Börse gehen muss oder verkaufen – besonders, wenn sie auf so viel Fremdkapital aufgebaut ist. Das weißt du. Ich habe den ersten Geschäftsplan mit dir entworfen. Deinem Plan zufolge hättest du das Unternehmen schon vor drei Jahren verkaufen müssen.«

»Geschäftspläne können sich ändern«, meinte ich trocken.

Delacroix ergriff erneut das Wort. »Du könntest dir neue Aufgaben suchen. Denk darüber nach, was du mit all diesem Geld anstellen könntest. Wir reden von über einer Milliarde Dollar.«

»Ich weiß, wie viel die Firma wert ist.« Ich lehnte mich

in meinem Stuhl zurück. Das Pochen in meinen Schläfen wurde stärker, und die Tatsache, dass ich letzte Nacht nur ein paar Stunden geschlafen hatte, war auch nicht gerade hilfreich. Ich neigte dazu, übereilte Entscheidungen zu treffen und Leute anzublaffen, wenn ich zu müde war. Wenn man noch einberechnete, dass diese Männer ihr Bestes gaben, mich in Rage zu bringen, war eine Katastrophe absehbar.

»Offensichtlich sind wir nicht einer Meinung«, sagte ich so ruhig, wie es mir eben möglich war. »Ich weiß, dass ich die Firma weiterentwickeln kann – höhere Profite für alle Anteilseigner realisieren kann –, ohne zu verkaufen oder an die Börse zu gehen. Wir werden uns nächste Woche wieder treffen, und ich werde euch die Optionen präsentieren.« Heute war Mittwoch, womit ich ein paar Tage gewann, um mir etwas einfallen zu lassen. »Falls ich hören sollte, dass ihr Sullivan kontaktiert habt, wird das ein Nachspiel haben. Verstanden?«

Niemand sagte etwas. So war es gewöhnlich, wenn ich in den Gnadenlos-Modus schaltete, und inzwischen war ich sogar darüber hinaus. Erschöpft und vor Wut kochend verließ ich das Sitzungszimmer. Ich wollte direkt heimfahren, schaute aber vorher noch in Adams Büro vorbei. Meine Assistentin Debbie war ebenfalls anwesend. Die Tür stand ein Stück offen, und sie sprang sofort auf, als sie mich sah.

»Wie ist es gelaufen?« Ich konnte Fingerabdrücke auf ihren Wangen erkennen, als hätte sie lange Zeit über nervös die Hände ans Gesicht gepresst.

»Ich habe uns ein paar Tage erkauft, damit wir uns etwas einfallen lassen können.«

»Willst du, dass ich etwas von deinem Lieblingschinesen bestelle? Ich kann dafür sorgen, dass es geliefert wird, sobald du zu Hause bist.«

»Das werde ich selbst erledigen«, erklärte ich Debbie und verließ dann das Büro. Mein Kopfweh ließ auf der Heimfahrt nicht nach, doch ich war mir sicher, dass das passieren würde, sobald ich in meinem Loft war und mich beruhigt hatte.

Frische, saubere Luft schlug mir entgegen, als ich die Tür öffnete. Debbie hatte die Wohnung anscheinend in meiner Abwesenheit putzen lassen. Ich konnte immer noch einen Hauch Zitrusreiniger in der Luft wahrnehmen. Ich rollte meinen Koffer ins Wohnzimmer, sank auf die Couch und lehnte meinen Kopf mit geschlossenen Augen gegen die Lehne. Der Tag war wirklich ein einziger Albtraum gewesen. Ich konnte nicht anders, als darüber nachzudenken, wie der Tag verlaufen wäre, wenn ich noch in L.A. wäre. Maddie und ich wären wahrscheinlich in ihrem Bungalow … oder wir säßen gemeinsam auf Vals Terrasse und würden über etwas lachen, was meine Schwester gesagt hatte. Oder ich würde mit Milo trainieren.

Der Drang, Maddie anzurufen, war so stark, dass ich mich kaum davon abhalten konnte, nach dem Telefon zu greifen. Doch es stand mir nicht zu, sie zu kontaktieren. Heute Morgen hatte es nicht gewirkt, als wolle sie, dass ich sie jemals wieder anrief. Sie hatte angeboten, mir ein Flugticket zu buchen … als wäre es keine große Sache, dass ich verschwand. Es war so dumm von mir gewesen, mir Hoffnungen auf eine gemeinsame Zukunft mit ihr zu machen.

Blinzelnd öffnete ich die Augen, weil ich vorhatte, in die Küche zu gehen und mir etwas von einem der Lieferdienste zu bestellen, deren Flyer an meiner Kühlschranktür hingen. Stattdessen sah ich mich im Wohnzimmer um. Das Loft fühlte sich an wie die Wohnung eines Fremden, obwohl ich seit vier Jahren hier lebte. Eine Firma hatte die Wohnung für mich eingerichtet, und es hatte sich wie ein Zuhause angefühlt. Das tat sie immer noch, doch sie kam mir nicht mehr wie *mein* Zuhause vor.

Eine Stunde später, nachdem ich etwas gegessen und geduscht hatte, fühlte ich mich nach wie vor fehl am Platz. Morgen früh würde ich wahrscheinlich anders empfinden. Aber nach drei Stunden ruhelosen Umherwälzens buchte ich mir ein Hotelzimmer, packte eine Tasche und ging. Ich musste klar denken, um mich um die Krise zu kümmern, und konnte mir keine schlaflose Nacht leisten. Und ich konnte auch keine Energie darauf verschwenden, herauszufinden, wieso ich mich in meiner eigenen Wohnung fehl am Platz fühlte … obwohl ich die Antwort tief in meinem Inneren bereits kannte.

Ich vermisste Maddie.

28 Maddie

Warum musste die Messe auch ausgerechnet diese Woche sein?

Ich war nicht in der Stimmung, mich unter Menschen zu begeben. Doch ich hatte mich zusammengerissen und war zum *House & Garden Remodeling* gegangen, sobald mein Arbeitstag an der Schule beendet war. Ich hatte gehofft, neue Kontakte zu knüpfen und vielleicht sogar neue Kunden zu gewinnen.

»Ms Jennings, das sieht sehr vielversprechend aus«, sagte ein älterer Mann und schob meine Visitenkarte in die Tasche. »Meine Frau redet jetzt schon eine Weile davon, mal einen Profi an unseren Garten zu lassen.«

»Sagen Sie ihr, sie soll mich anrufen. Ich werde ihr dann einen genauen Überblick geben.« Ich schüttelte seine Hand und nickte. In den letzten Stunden hatte ich viel genickt und Hände geschüttelt … und dieser Tag war noch lange nicht vorbei. Nach der Messe musste ich noch ein paar Topfpflanzen bei Val vorbeifahren.

Ich fühlte mich, als funktioniere ich auf Autopilot. Und das gefiel mir gar nicht. Aber ich konnte nichts dagegen unternehmen, dass ich das Gefühl hatte, ein Teil von mir würde fehlen. Seit Mittwochmorgen befand ich mich in diesem seltsamen, rein mechanischen Funktionsmodus. Grace hatte Mittwoch- und Donnerstagnacht bei mir geschlafen, und sie hatte mir versprochen, auch heute Abend vorbeizuschauen.

Ich brauchte eine mitfühlende Gesprächspartnerin und jede Menge Liebe, um mit meinem gebrochenen Herzen klarzukommen – was bedeutete, dass meine Schwester alle Hände voll zu tun hatte. Glücklicherweise machte es ihr nichts aus. Im Gegenteil: Sie nutzte die Chance auf weibliche Aktivitäten, wie das Lackieren unserer Nägel. Bisher hatte ich sie rot, pink, in hellem und dunklem Pink sowie neongrün lackiert, bevor ich mich für French Nails entschieden hatte.

Ich ging nicht davon aus, weitere Farbwechsel könnten irgendetwas daran ändern, dass ich Landon wie verrückt vermisste, aber ich bemühte mich. Es wurde mir jedes Mal schwer ums Herz, wenn ich daran dachte, wie schnell er mich vergessen hatte. Und in der Zwischenzeit fragte ich mich, was mit mir nicht stimmte, wenn es den Leuten, die ich liebte, so leichtfiel, einfach aus meinem Leben zu verschwinden.

Ich seufzte, weil ich wusste, dass ich diese Gedanken jetzt nicht zulassen durfte. Ich war hier, um Kontakte zu knüpfen und meine Firma zu vermarkten. Also tat ich das. Es gab noch eine Menge Messestände abzuklappern, deswegen ging ich auf die Toilette, um mich ein wenig frisch zu machen. Ich hatte meinen Lippenstift abgelegt, und mein Make-up war auch quasi nicht mehr vorhanden. Ich gab noch ein wenig Abdeckcreme auf mein Gesicht und verteilte sie mit einem Finger. Na ja … eigentlich half das auch nicht weiter. Man sah mir meinen Schlafmangel trotzdem an.

Ich hatte eigentlich immer gut geschlafen, doch das war vor Landon gewesen. Problem Nummer eins: Mein Bett war leer. Ich hatte mich daran gewöhnt, dass dieser große Mann neben mir lag, dessen Brust ich als Kissen verwenden konnte. Oder seinen Arm. Oder seinen Bauch. Eigentlich war mir jeder Teil von ihm recht, um darauf zu liegen.

Allein die Hitze seiner Haut und der Rhythmus seines Pulsschlages hatten mir ein Gefühl von friedvoller Glückseligkeit vermittelt. Er hatte dafür gesorgt, dass ich mich unglaublich geliebt und geschätzt fühlte. Manchmal hatte er beschlossen, dass Schlaf vollkommen überschätzt wurde, und mitten in der Nacht sündhafte Dinge mit mir angestellt. Und das hatte mich mit fröhlicher Glückseligkeit erfüllt.

Alles, was Landon getan hatte, hatte mich glücklich gemacht. Außer zu verschwinden, natürlich.

Seitdem er weg war, hatte ich festgestellt, dass mein gutes altes Kissen einfach nicht mehr reichte. Ich vermisste sogar das Geräusch seiner Atmung. Ich war jede Nacht mehrfach aufgewacht, weil ich davon überzeugt war, dass er neben mir lag. Als mir klar geworden war, dass das natürlich nicht stimmte, hatte mein nächster Atemzug tatsächlich geschmerzt – ein Stich mitten in meiner Brust. Ich hoffe, dieser stechende Schmerz würde mit der Zeit nachlassen.

Ich warf noch einen Blick in den Spiegel und gab die Sache mit der Abdeckcreme einfach auf. Ich konnte auch ohne Make-up Kunden gewinnen.

Eine Stunde später erlebte ich die freudige Überraschung, Elise vom Blumenladen zu begegnen.

»Ich hätte nicht damit gerechnet, dich hier zu sehen«, sagte ich und küsste ihre Wange. Wie ich trug sie einen Stapel Flyer und Broschüren im Arm.

»Ich dachte, ich könnte mal versuchen, ein paar neue Kunden zu gewinnen.«

»Aus diesem Grund bin ich auch hier.«

»Es ist allerdings gar nicht so einfach. Die meisten Leute denken erst über den Garten nach, wenn sie ihr Haus schon halb umgebaut haben.«

»Hängt davon ab, wie man ihnen die Idee verkauft.« Ich warf einen Blick auf ihre Broschüren, dann auf meine – auf denen Bilder meiner besten Arbeiten abgebildet waren, bei denen die Pflanzen jeweils von ihr stammten. »Lass uns zusammenbleiben. Ich kaufe sowieso ständig bei dir.«

Sie lächelte. »Das Angebot werde ich nicht ablehnen.«

Wir verbrachten den Rest des Nachmittags zusammen und sprachen potenzielle Kunden an. Zusammen waren wir effektiver, das stand außer Frage.

»Elise, wärst du immer noch an einer Partnerschaft interessiert?«, fragte ich.

»Aber ja!«

»Okay. Ich habe viel darüber nachgedacht. Wir sollten uns nächste Woche mal treffen und alles Genauere besprechen.«

»Das fände ich wunderbar.«

Als Elise mir vor Monaten eine Partnerschaft vorgeschlagen hatte, hatte ich aufgrund des Fiaskos mit Eden Designs keinen Gedanken daran verschwendet. Jetzt sah ich die Sache in einem anderen Licht. Ich wollte das Risiko eingehen. Das lag zweifellos an Landons Einfluss. Der Mann hatte mich auf mehr als eine Weise verändert.

Trotz allem musste ich lächeln.

29 Landon

In den nächsten paar Tagen arbeitete ich in der VIP-Lounge des Hotels. Ins Büro zu fahren, hätte bedeutet, die Hälfte meiner Zeit damit zu verbringen, Fragen von Angestellten über die Zukunft der Firma zu beantworten – und dazu, wie sicher ihre Jobs waren. Die Nachricht von der möglichen Übernahme hatte sich wie ein Lauffeuer verbreitet.

Am Donnerstag ging ich ins Restaurant des Hotels und dachte beim Frühstück darüber nach, wie ich am besten mit der Situation umgehen sollte.

Als ich durch meine E-Mails scrollte, stellte ich fest, dass jedes einzelne Vorstandsmitglied mir eine Mail geschickt hatte, um seine Meinung darzulegen – was bedeutete, dass jeder Einzelne mir erklärte, warum ein Verkauf die beste Lösung war. Trotz meines momentanen Streits mit ihnen hatte ich diese Leute ursprünglich aufgrund ihrer Intelligenz und ihres Geschäftssinnes ausgewählt, also entschied ich mich, ihre Begründungen fair abzuwägen und mir dann meine Argumentationslinie zurechtzulegen.

Widerwillig begann ich, die Mails meiner Vorstandsmitglieder zu lesen, und machte mir dabei Notizen. Die ähnlichen Formulierungen in den unterschiedlichen Schriftstücken stellten klar, dass sie das Thema ausführlich diskutiert hatten. Sobald ich alles durchgesehen hatte, schnappte ich mir einen Hotel-Notizblock und einen Kugelschreiber. Ich arbeitete immer besser mit Stift und Papier.

In einem Punkt hatte der Vorstand recht: Als ich den ursprünglichen Geschäftsplan entworfen hatte, hatte ich vorgehabt, DBC Payment Solutions irgendwann zu verkaufen, doch in den letzten paar Jahren war die Arbeit meine Rettung gewesen. Hatte ich mich aus den falschen Gründen an die Firma geklammert? Wurde es Zeit, loszulassen? Ich verbrachte den halben Tag damit, Stichpunkte niederzuschreiben.

Am Freitag begann ich damit, eine Präsentation vorzubereiten. Abgesehen von einer rein räumlichen Expansion konnte die Firma sich auch vertikal entwickeln, indem sie in andere Branchen eindrang. Beide Varianten waren komplex. Expansionen waren so anstrengend, dass ich mich immer noch nicht ganz von der Zeit erholt hatte, als wir in Europa angefangen hatten.

Frustriert fuhr ich mir mit der Hand durchs Haar, während ich meine zehn Seiten Notizen und die verschiedenen Präsentationssheets musterte. Draußen war es bereits dunkel. Der Tag war vergangen, begleitet von sechs Kaffee und keinerlei Essen. In den letzten vier Jahren hatte ich Herausforderungen genossen, weil sie mir mehr Arbeit lieferten, in der ich mich versenken konnte. Doch jetzt war ich nicht mehr mit dem Herzen dabei.

Verdammt, ich wollte nicht so weiterleben wie in den letzten Jahren. Vergraben in meinem Büro, ständig arbeitend. Das Leben hatte mehr zu bieten als das. Die Zeit, die ich mit meiner Familie und Maddie in L.A. verbracht hatte, hatte mich erkennen lassen, was ich alles verpasste. Gott, ich vermisste Maddie. Immer wieder blitzten Momente unserer gemeinsamen Zeit vor meinem inneren Auge auf. Auf keinen Fall hatte ich mir unsere tiefe Verbindung nur eingebildet. Sie hatte mir jeden Tag mehr vertraut, hatte mir jeden Tag mehr von sich preisgegeben. Was Maddie und ich geteilt hatten, war echt und real gewesen. Sie war mein Ein und Alles. Aber warum war sie bei meiner Abreise so abweisend?

Sicher, die Nachricht hatte sie überrascht. Ich vergegenwärtigte mir noch einmal unser Gespräch. Ich hatte ihr die Probleme mit der Firma genau geschildert, hatte jedoch kein Wort über uns verloren. Ich hatte gedacht, sie würde mir signalisieren, dass ich das Thema ansprechen sollte. Aber was, wenn es ihr genauso gegangen war? Wenn sie auf ein Zeichen von mir gewartet hatte? Überanalysierte ich die Sache?

Ich hatte keine Ahnung, in einem Punkt war ich mir allerdings sicher. Wenn es noch eine Chance auf eine gemeinsame Zukunft mit Maddie gab, wollte ich sie sofort ergreifen. Die Hoffnung starb schließlich zuletzt. Aber schon allein bei dem Gedanken, dass Maddie vielleicht Teil meines Lebens bleiben könnte, ließ der Schmerz in meiner Brust ein wenig nach.

Mein Handy brummte. Ich hoffte inständig, dass es nicht Adam war, denn ich hatte noch keine Antworten für ihn. Doch es war Will. Ich sah mich in der VIP-Lounge um, bevor ich abhob. Ich war allein.

»Hey! Wie läuft's?«, fragte er.

»Nicht gut.«

Ich hörte fröhliches Murmeln im Hintergrund. Erst in diesem Moment verstand ich, dass meine Geschwister gerade beim ersten Familienabendessen in zwei Monaten saßen, an dem ich nicht teilnahm. Ich hatte alle auf Maddies Geburtstagsparty gesehen, aber trotzdem verkrampfte sich mein Magen.

»Wir essen gerade Bœuf Stroganoff. Adam hat Val erzählt, dass du von zu Hause aus arbeitest, also hat sie dasselbe bei irgendeinem Restaurant in deiner Nähe für dich bestellt. Aber der Lieferant hat gerade angerufen, um uns zu sagen, dass du nicht daheim bist. Wo bist du?«

Ich lächelte. Natürlich wollte sich Val sogar aus der Ferne um mich kümmern. Ich konnte mir vorstellen, wie peinlich es Adam gewesen war, von Val über meinen Aufenthaltsort ausgequetscht zu werden.

»Ich habe mich in einem Hotel eingebucht. Hier kann ich mich besser konzentrieren.«

»Das ergibt keinen Sinn«, sagte Val, was mir verriet, dass Will mich auf Lautsprecher gestellt hatte.

Hailey schaltete sich ebenfalls ein. »Übrigens, mein Vortrag darüber, Maddie nicht gehen zu lassen, war anscheinend einen Scheißdreck wert, hm?«

Ich räusperte mich. »Lori, das wäre ein guter Zeitpunkt, um anzumerken, dass Hailey vor Milo nicht solche Ausdrücke verwenden soll.«

»Nein, Milo schaut auf dem iPad seine Lieblingsserie. Mit Kopfhörern. Also können wir hier Klartext reden«, sagte Lori.

Der Clan war gründlich wie immer.

»Also?«, drängte Hailey.

»Wieso sagst du das?«, hielt ich dagegen.

Eine meiner Schwestern seufzte dramatisch. Ich vermutete, dass es Lori war.

»Maddie ist gerade vorbeigekommen, um mir ein paar Blumentöpfe für meine Veranda zu bringen, und sah aus, als könnte sie es kaum erwarten, sich in eine Jogginghose zu schmeißen und Eis aus der Packung zu löffeln«, erklärte Val.

»Jogginghose und Eis aus der Packung?«, wiederholte ich verwirrt.

»Frauen-Code für Herzschmerz«, erklärte Lori.

Verdammt! Ich hatte Maddie verletzt? Das war das Letzte, was ich gewollt hatte.

»Das ist eine ziemlich willkürliche Schlussfolgerung«, meinte Jace, der sich damit zum ersten Mal zu Wort meldete.

»Nein, ist es nicht«, sagte Lori.

»Sie sah auf jeden Fall aus, als hätte sie nicht viel geschlafen in letzter Zeit.«

»Und ich schwöre, sie war auch dünner«, fügte Lori hinzu. »Aber vielleicht wirkte das auch nur so, weil sie so blass war.«

»Das sind alles Anzeichen dafür, dass sie dich vermisst. Ihr beide tut euch so gut, Landon«, sagt Hailey. »Ihr gehört zusammen.«

»Ich weiß. Du hast recht«, stimmte ich ihr zu.

»Ja!«, rief Hailey. »Könntest du die Worte *Du hast recht* bitte noch mal laut und deutlich sagen? Nur dieses eine Mal. Sie sind Musik in meinen Ohren.«

»Du hast ihnen gerade für Jahre hinaus Munition gegen uns geliefert«, informierte mich Will.

»Für ein ganzes Leben«, stellte Hailey richtig. »Und du hast eine coole Dienstmarke, Will. Wie kannst du Angst vor uns haben?«

»Ganz einfach. Dienstmarken interessieren euch nicht.«

»Landon, soll ich den Lieferanten mit dem Bœuf Stroganoff zum Hotel umleiten?«, fragte Val.

»Ja, mach das. Ich schicke dir die Adresse sofort.«

Sobald ich eine Nachricht getippt und versendet hatte, hob ich das Handy wieder ans Ohr. »Hört mal, ihr alle. Danke, dass ihr mich angerufen habt, aber ich muss …«

»Sicher, zieh dich wieder in deine Höhle zurück«, sagte Lori. »Aber das werden wir dir nicht allzu lange erlauben … nur damit das klar ist.«

Sobald ich aufgelegt hatte, versuchte ich, mir erneut Notizen zu machen, doch letztendlich schob ich den Block zur Seite und fuhr meinen Laptop herunter. Ich wusste, dass ich bald das Treffen mit dem Vorstand ansetzen musste. Aber heute Abend würde ich keine Entscheidung mehr treffen, so viel war klar. Als ich stattdessen darüber nachdachte, mein Leben mit Maddie zu verbringen, hatte ich einen Energieschub. Ich wusste noch nicht genau, wie wir die Sache zum Laufen bringen sollten, aber ich liebte Maddie. Ich liebte sie, und ich wollte für unsere gemeinsame Zukunft kämpfen.

Maddie

30

Als ich nach Hause kam, war ich vollkommen erschöpft. Ich hatte fast hundert Visitenkarten und Broschüren verteilt, und fünfzehn Leute schienen ernsthaft darüber nachzudenken, ihren Garten neu zu gestalten.

Ich war froh, endlich daheim zu sein, auch wenn in meinem Bungalow massenweise Erinnerungen auf mich warteten. Überall sah ich Landon: in meiner Küche, meinem Wohnzimmer, meinem Schlafzimmer. Doch ich hatte noch ein paar Wunden zu lecken, und mein Zuhause war der richtige Ort dafür. Der Tag hatte seinen Tribut gefordert und mir fast meine gesamte Energie geraubt. Und die Blumentöpfe bei Val vorbeizubringen, hatte mich traurig gemacht. Ich war bereit für ein neues Nagelstyling.

Ich hatte Grace versprochen, auf sie zu warten, bevor ich eine neue Farbe ausprobierte, also beschloss ich, erst ein Bad zu nehmen. Ich lag in der Wanne, bedeckt von Schaum, und massierte mir die Füße, die nach einem Tag in hohen Schuhen höllisch wehtaten. Ich hatte sogar ein paar Kerzen angezündet und auf dem Rand der Wanne aufgestellt. Ich schob mir Ohrstöpsel in die Ohren, legte mein

Handy vorsichtig auf den Boden neben der Wanne und lehnte mich zurück, um mich zu entspannen.

Irgendwann bei der Hälfte meines Badevergnügens meinte ich, die Türklingel zu hören, doch dann beschloss ich, dass ich mir das eingebildet haben musste. Grace hatte einen Schlüssel. Ich stieg erst aus der Wanne, als das Wasser kühl wurde. Nachdem meine Schwester noch nicht angekommen war, entschied ich, noch kurz zum Supermarkt zu fahren und uns etwas zum Abendessen zu kochen.

Als ich meine Eingangstür öffnete, hätte ich beinahe einen wunderschönen Blumenstrauß umgeworfen. Mir blieb das Herz fast stehen. Ich beugte mich vor, um ihn aufzuheben. Es gab keine Karte, doch ich kannte nur eine Person, die mir solche wunderschönen Rosen geschickt haben konnte.

Tage des Schweigens und jetzt schickte er mir Blumen? Was sollte das bedeuten? Ich stellte die Rosen auf den Couchtisch im Wohnzimmer und versuchte, meinen rasenden Puls zu beruhigen. Ich verlor den Kampf, als eine Nachricht auf meinem Handydisplay aufleuchtete.

> **Landon:** Ich vermisse deine Stimme. Ich vermisse dich wie verrückt. Ist gerade ein guter Zeitpunkt, um zu reden?

Es bestand die echte Gefahr, dass ich wieder anfing zu faseln, sobald ich Landons Stimme hörte. Sicher, er stand nicht direkt vor mir, um mich mit seinen sündhaften Lippen abzulenken, aber trotzdem … wer wusste schon, was aus meinem Mund dringen würde? Doch ich vermisste seine Stimme ebenfalls. Ich vermisste alles, womit er mein Leben besser machte. Ich vermisste es, ihn glücklich zu machen, und ich wollte hören, was er zu sagen hatte, also tippte ich meine Antwort.

Maddie: Ja.

Sofort leuchtete mein Display auf und zeigte einen Anruf von Landon an. Ich ließ mich auf den Boden sinken, zog die Beine an die Brust und hob ab.

»Hey, meine Schöne.«

»Hi, Landon. Ich habe deine Rosen bekommen. Du hast sie doch geschickt, stimmt's?«

»Ich weiß nicht. Glaubst du, es gibt noch jemand anderen, der dich wie verrückt vermisst?«

»Da muss ich erst meine lange Liste von Verehrern durchgehen«, antwortete ich trocken. »Wie läuft es mit der feindlichen Übernahme?«

»Ich schmiede Pläne. Bald schon wird alles wieder auf dem richtigen Weg sein.«

»Das ist toll.«

»Wie geht es dir, Maddie? Ich habe ein paar besorgniserregende Berichte bekommen.«

Ich schluckte. »Was?«

»Val hat mich angerufen, nachdem du bei ihrem Haus vorbeigeschaut hast. Sie ist sich sicher, dass du schlecht schläfst. Lori schwört, du hättest abgenommen. Hailey beharrt darauf, all das wären Zeichen dafür, dass du mich vermisst.«

Ich fand es toll, dass die Connor-Schwestern sich Sorgen um mich machten … aber ich würde sie dennoch umbringen, weil sie gegen die weibliche Loyalität verstoßen und Landon davon erzählt hatten. Andererseits: Was hatte ich erwartet? Hier ging es um ihren Bruder, und der Connor-Clan stand sich nahe. Wäre es um Grace gegangen, hätte ich sie auch ausspioniert, als würde ich dafür bezahlt.

»Maddie, es war nicht richtig von mir, wie ich die Sache mit meiner Abreise angegangen bin. Bitte entschuldige. Es tut mir leid, dass ich dich verletzt habe.«

»Das hast du«, sagte ich leise. »Aber ich habe mich ja auch nicht klüger angestellt. Ich war so ungeschickt … ich wusste einfach nicht, was ich sagen sollte.«

»Was wir haben, ist echt und schön … und ich fühle mich dir so nahe, dass ich keinen Moment aufhören kann, an dich zu denken. An uns zu denken. Du bist ein Teil von mir.«

»Wirklich?«, flüsterte ich.

»Ja, wirklich.«

Ich wusste nicht, was ich dazu sagen sollte, also sprach ich das Erste aus, was mir in den Kopf kam. »Ich vermisse dich so sehr, dass ich kaum weiß, was ich mit mir anfangen soll.«

»Ich komme nächste Woche nach L.A.«, verkündete er, und ich hätte schwören können, dass mein gesamter Körper auf diese Ankündigung reagierte. Ich war voller Energie.

»Für wie lange?«

»Ich denke, von Donnerstag bis Sonntag. Hättest du am Donnerstag Zeit, dann könnten wir gemeinsam zu Abend essen?«

»Sicher, sehr gerne.«

»Dann haben wir ein Date.«

Mir ging das Herz auf. Ich war so begeistert, Landon zu sehen, und so hoffnungsfroh, dass mir nicht mal in den Sinn kam, nachzufragen, worum es bei diesem Abendessen ging. Erst nach dem Auflegen fragte ich mich, ob er wohl über unsere Zukunft reden wollte – oder mit unserer Beziehung abschließen. Ich wusste nicht, ob mein armes Herz Letzteres ertragen könnte.

Ich bewunderte noch ein wenig die wunderschönen Blumen auf meinem Couchtisch. Wenn er die Beziehung beenden wollte, hätte er mir keine roten Rosen geschickt oder angerufen und all diese wunderbaren Dinge gesagt. Lächelnd erlaubte ich mir, die Hoffnung nicht aufzugeben.

Am Donnerstagabend zog ich eines meiner schickeren Kleider in dunklem Pink an, kombiniert mit schwarzen Pumps. Ich war gleichermaßen aufgeregt und nervös. Landon hatte mir jeden Tag rote Rosen geschickt. Ungelogen jeden Tag.

Ich kam zwanzig Minuten zu früh vor dem Restaurant an, in dem wir uns treffen wollten. Manche Leute hätten mir das wohl als Übereifer ausgelegt. Manche Leute vielleicht. Ich nicht. Ich war zu hibbelig, um im Auto zu warten, also ging ich bereits ins Restaurant. Eine winzige Blondine in einer schwarzen Uniform stand hinter dem *Wir führen Sie zu Ihrem Tisch*-Schild.

»Guten Abend! Ich bin ein wenig zu früh, aber falls der Tisch bereits frei ist, würde ich mich gerne schon setzen. Die Reservierung läuft auf Landon Connor, denke ich.«

»Mr Connor ist schon hier. Ich werde Sie zu Ihrem Tisch bringen.«

Grinsend folgte ich der Kellnerin. Also war ich nicht die einzige Ungeduldige. Die Frau führte mich zu einem Tisch im hinteren Teil des Restaurants. Die großen Fenster boten einen wunderbaren Blick übers Meer. Als ich Landon sah, stockte mir der Atem.

»Es wird gleich jemand kommen, um Ihre Bestellung aufzunehmen«, informierte mich die Kellnerin, bevor sie sich wieder umdrehte.

Landon stand auf, als ich näher kam. Er schenkte mir ein strahlendes Lächeln. Seine grünen Augen funkelten, und auf seinem Kinn glänzte ein leichter Bartschatten.

»Du siehst wunderschön aus, Maddie.«

»Danke.«

Er gab mir einen Handkuss und zog mich dann in eine Umarmung. Er drückte mich so eng an sich, als wollte er mich nie wieder loslassen. Ich wollte auch nicht, dass er mich freigab. Aber irgendwann ließ er mich doch los und zog einen Stuhl für mich heran. Erst da wurde mir klar, dass wir einander nicht gegenübersitzen würden, sondern nebeneinander. Ich war mir sicher, die Idee dahinter war, dass wir beide die Aussicht genießen konnten … aber für mich eröffnete das auch die Chance auf zufällig-absichtliche Berührungen.

Landon nahm meine Hand und presste meine Finger an seine Wange. »Ich habe dich vermisst, Maddie. Seitdem ich in dieses Taxi gestiegen bin, fehlst du mir wie verrückt. Ich konnte es nicht mal ertragen, in meiner Wohnung zu bleiben. Ich hatte das Gefühl, ich würde dort nicht hingehören. Und so ist es auch. Ich gehöre zu dir. Ich liebe dich so sehr, Maddie.«

Ich presste mir die freie Hand auf den Mund, um ein leises Schluchzen zu unterdrücken. Ehe ich wusste, wie mir geschah, verschwamm mein Blick, weil sich Tränen in meinen Augen sammelten.

»Das sind Freudentränen«, flüsterte ich. »Ehrlich.«

Landon schob seinen Stuhl direkt neben meinen und schlang die Arme um mich. Ich war überglücklich.

»Ich liebe dich mehr, als ich ausdrücken kann, Landon.« Meine Stimme zitterte, doch ich wiederholte die Worte immer wieder. Und dann lag sein Mund auf meinem, und er umfasste mein Gesicht mit den Händen. Ich sehnte mich so sehr nach ihm, dass ich gar nicht wusste, wo ich ihn zuerst anfassen sollte. Eine kleine Stimme in meinem Hinterkopf erinnerte mich daran, dass wir uns an einem öffentlichen Ort aufhielten, also musste ich meine Berührungen an die Sitten des Anstandes anpassen. Landon liebte mich. Dieser wunderbare Mann liebte mich.

»Ich habe deine Lippen vermisst«, flüsterte er, während er mich weiter in den Armen hielt. Ich vergrub mein Gesicht an seinem Hals. »Deine Haut. Alles an dir. Ich habe nicht nach Liebe gesucht, aber jetzt bist du ein Teil von mir. Wir gehören zusammen.«

Ich löste mich aus seiner Umarmung und richtete mich auf. »Ja. Ich habe ernsthaft über unsere Situation nachgedacht. Ich werde nach San José ziehen. Ich werde dort eine Firma für Landschaftsarchitektur gründen oder vielleicht sogar eine Weile für ein bestehendes Unternehmen arbeiten.«

Hätte mir vor wenigen Monaten jemand gesagt, dass ich diese Worte aussprechen würde, hätte ich es nicht geglaubt. Als ich das letzte Mal der Liebe wegen umgezogen war, hatte das kein gutes Ende genommen. Ich hatte nicht geglaubt, dass ich so ein Risiko noch mal eingehen würde … aber Landon hatte mich verändert. Ich war bereit, für ihn ganz neu anzufangen. Ich konnte dort eine Firma aufbauen. Nachdem ich bereit gewesen war, eine Partnerschaft mit Elise einzugehen, konnte ich mir in San José von Anfang an einen Partner suchen. Mein Portfolio und die Preise, die ich mit meinen Projekten gewonnen hatte, machten mich auf jeden Fall zu einer begehrten Geschäftspartnerin.

»Das würdest du für mich tun? Für uns? Meine süße Maddie. Es bedeutet mir eine Menge, dass du darüber nachgedacht hast.«

Er lächelte und drückte mir einen Kuss auf die Nasenspitze. Hmmm … Wieso sprang er nicht vor Freude auf und ab? Oder wie immer das männliche Pendant dazu auch aussah?

Ein Kellner trat an unseren Tisch, Block und Stift in den Händen. »Kann ich Ihre Bestellung aufnehmen?«

»Wir haben uns die Karte noch gar nicht angesehen, aber bringen Sie uns bitte Champagner und Mineralwasser.«

Ich deutete den Champagner als gutes Omen. Landon schob seinen Stuhl wieder an seinen Platz, sobald der Kellner verschwunden war.

»Wieso bist du weggerutscht? Vorher konnte ich viel leichter damit durchkommen, dich zu befingern«, sagte ich.

»Genau deswegen. Du lenkst mich ab.«

»Wovon?«, fragte ich herausfordernd und klimperte mit den Wimpern.

»Davon, dir zu erzählen, dass ich DBC Payment Solutions verkaufen werde.«

Ich brauchte eine Sekunde, um zu verstehen, was er da sagte. »Moment. Du verkaufst deine Firma?«

Er nickte und wirkte ernsthaft begeistert von dem Gedanken.

»Aber du bist zurück nach San José geflogen, weil du den Verkauf stoppen wolltest«, sagte ich langsam, da ich das einfach nicht verstand.

»Wir verkaufen die Firma nicht an Sullivan oder einen seiner Partner. Ich werde meine Angestellten keinem unehrlichen Besitzer überantworten. Aber andere haben in der Vergangenheit ebenfalls Interesse an einem Kauf geäußert, und diese Unternehmen kontaktieren wir jetzt.«

»Du hast nie erwähnt, dass du die Firma verkaufen willst.«

»Im ursprünglichen Geschäftsplan hatte ich einen Verkauf vor ein oder zwei Jahren anvisiert… aber in den letzten vier Jahren wollte ich mich in der Arbeit vergraben. Die Wahrheit lautet, dass ich zu lange an der Firma festgehalten habe und es Zeit wird, loszulassen.«

Ich verstand, was er damit sagen wollte. Wären wir allein gewesen, hätte ich die Arme um seinen Hals geschlungen und ihn voller Leidenschaft geküsst. Doch ich blieb brav sitzen, weil ich nicht davon ausging, dass ich den Kuss diesmal keusch halten könnte.

»Bist du dir sicher?«

»Absolut. Ich werde bis zum Verkauf immer hin- und herfliegen, aber meinst du, du könntest für meine Aufenthalte hier Platz für mich in deinem Bungalow finden?«

»Ich weiß nicht. Was bekomme ich als Gegenleistung?«

Er lehnte sich so nah zu mir, dass unsere Nasen sich fast berührten. »Ich verspreche, dich jede Nacht im Arm zu halten. Dir morgens Kaffee zu kochen.« Er lehnte sich leicht nach links, sodass seine Lippen über meine Wange glitten, bis er mein Ohr erreichte. »Ich werde jede Nacht so tief in dir sein, dass du mich immer noch fühlen kannst, wenn du am Morgen das Haus verlässt.«

Ich zog einen Schmollmund, um vorzugeben, seine Worte hätten mich nicht tief gerührt und gleichzeitig heftig erregt.

»Meinen Sie, Sie könnten den Deal noch etwas versüßen, Mr Connor?«

Er gab mir einen Handkuss. »Ich werde dich von ganzem Herzen lieben, Maddie. Jeden Tag.«

Der Drang, mit Landon allein zu sein, überwältigte mich fast. Landons Blick fiel auf meine Lippen. Und als er unter dem Tisch die Hand auf meinen Schenkel legte, spürte ich sein Verlangen in der Kraft seiner Finger.

Der Kellner erschien, ein Tablett mit einer Karaffe Wasser und einer Flasche Champagner darauf in der Hand.

»Sind Sie bereit, eine Vorspeise zu bestellen? Oder möchten Sie gleich eine Hauptspeise?«

Ich wollte nichts davon. Ich wollte nur Landon. Das Funkeln in seinen Augen fachte die Flammen meines Verlangens bloß noch an.

Ohne den Blick von mir abzuwenden, sagte Landon: »Ich fürchte, es ist etwas dazwischengekommen, weswegen wir jetzt sofort aufbrechen müssen. Den Champagner werden wir mitnehmen.«

Wir schafften es kaum über die Schwelle meines Hauses, bevor wir schon anfingen, uns gegenseitig auszuziehen. Mein Kleid landete auf dem Boden im Wohnzimmer, mein BH und das Höschen im Flur. Landons Klamotten landeten als Haufen neben dem Bett.

»Ich liebe dich, Süße.« Er ließ Küsse auf meine Schulter niederregnen, liebkoste erst meine rechte, dann meine linke Brust. »Ich habe die beiden vermisst.«

»Ich wusste es«, zog ich ihn auf. »Du hast all diese lebensverändernden Entscheidungen nur wegen meines Busens getroffen.«

Er leckte einen Nippel und packte meinen Hintern mit beiden Händen. »Sei nicht so bescheiden. Diese Schönheit hier hat letztendlich den Ausschlag gegeben. Bettelt förmlich um ein paar Bisse.« Er wirbelte mich herum, und ich fühlte, wie er zu Boden sank. Ich lachte, als er mich in die rechte Pobacke biss.

Ich drehte mich wieder um und überschüttete ihn mit Aufmerksamkeit. Ich begann, seinen Brustkorb zu küssen, folgte seinen Bauchmuskeln mit der Zunge, dann fuhr ich die v-förmigen Muskeln mit den Lippen nach, wobei ich seine Erektion an meinem Schlüsselbein fühlte.

Der Blick in seinen Augen, als ich seinen Ständer streichelte, war so intensiv, dass Hitze zwischen meine Beine schoss. Ich packte seine Peniswurzel und drückte fest zu, dann bewegte ich die Hand nach vorne. Als ich die Spitze erreichte, gab ich ihn frei und ließ stattdessen meine Zunge um seine Eichel gleiten. Meine Belohnung bestand aus einem tiefen, männlichen Stöhnen und einem leichten Zittern seiner Oberschenkel.

Ich wollte ihn in den Mund nehmen, doch Landon zog mich nach oben und drapierte mich mit weit gespreizten Schenkeln mühelos auf dem Bett.

Er ließ sich zwischen meinen Beinen nieder, den Blick auf meine Mitte gerichtet. Er leckte sich die Lippen, dann ließ er seinen Daumen von meiner Klitoris zu meiner Öffnung gleiten. Ein Schauder überlief meinen Körper. Er rollte sich ein Kondom über und rieb seine Länge über meine Klitoris, bis meine Beine zitterten.

Und dann drang er in mich ein. Ich schrie auf, als er mich füllte und dehnte, Zentimeter für Zentimeter. Er hielt meinen Blick, legte eine Hand sanft an meine Wange und küsste mein Kinn, meine Nasenspitze.

»Ich liebe dich, Landon.«

Er begann, sich langsam in mir zu bewegen, ohne je den Blickkontakt abzubrechen. Langsam verloren wir beide die Kontrolle. Mein gesamter Körper stand in Flammen. Als ein Schauer der Lust mich durchfuhr, verspannte sich jeder Muskel, mein Atem stockte, und ich hörte ein Klingeln in den Ohren. Ich fühlte, wie unsere Verbindung sich mit jedem Stoß vertiefte, bis ich mich vollkommen in Landon verlor.

Nachdem wir gemeinsam gekommen waren, schlang ich die Arme um seinen Hals, drückte meine Stirn gegen seine. In mir tobten so viele Gefühle, dass sie mich förmlich überwältigten. Landon lag wieder in meinen Armen. Er gehörte mir, und jetzt würde ich ihn behalten und glücklich machen. Oh, ich hatte solch tolle Pläne, wie ich das erreichen konnte.

»Woran denkst du?«, fragte er nach einem Augenblick.

Ich lächelte verlegen. »Dass ich dich jeden Tag mit Liebe überschütten werde.«

»Mir gefällt, wie das klingt.«

»Nur als Warnung, es könnte sein, dass ich es ein wenig übertreiben werde.«

»Das ist eigentlich nicht möglich.«

»Oh, damit stärkst du meine Position unglaublich. Du

wirst nie wieder als Sieger aus einer Verhandlung hervorgehen.«

Er knabberte an meiner Unterlippe, während seine Finger federleicht über die Seiten meiner Brüste glitten. »Ich freue mich schon darauf, dir das Gegenteil zu beweisen, Liebling.«

31 Landon

Mein Arm lag über Maddies Schultern, als wir am nächsten Tag zum freitäglichen Abendessen auf Vals Haus zugingen. Ich küsste Maddies Scheitel und ließ meine Nase über ihre Schläfe gleiten. Ich konnte nicht aufhören, sie zu berühren – wollte es auch gar nicht. Sie gehörte zu mir, und ich hatte vor, das in jedem wachen Moment auszunutzen. Ich liebte es, wie Maddie sich an mich lehnte … und wie perfekt ihre warmen, weichen Kurven sich an mich anpassten. Ich würde nie genug von ihr bekommen, und ich konnte es kaum erwarten, sie meine Ehefrau zu nennen. Wenn es nur nach mir gegangen wäre, hätte ich ihr die Frage jetzt sofort gestellt und im nächstgelegenen Rathaus geheiratet. Aber ich wollte es richtig machen: der Antrag, die große Hochzeit, ihr Traumkleid. Ich wollte ihr den Rest ihres Lebens jeden Wunsch erfüllen.

Ich stellte mir die Reaktionen des Clans vor, wenn ich ihnen die Nachricht von meiner Rückkehr nach L.A. überbrachte. Ich hatte ihnen bloß erzählt, dass ich zu Besuch kam, und sie hatten nicht weiter nachgefragt. Die Tür schwang auf, bevor ich auch nur klopfen konnte.

»Ich bin so froh, dich zu sehen! Euch beide!« Val sah grinsend zwischen Maddie und mir hin und her. Ihr Gips war weg, doch sie benutzte immer noch eine Krücke, weil die Muskeln in ihrem Bein verkümmert waren. »Wann ist das passiert?«

»Gestern.«

Val zog die Augenbrauen hoch. »Du bist gestern schon angekommen? Und hast uns nichts erzählt?«

Maddie legte den Kopf schräg und musterte mich aus zusammengekniffenen Augen. »Du warst dir ziemlich sicher, dass du die Nacht mit mir verbringen würdest, hm?«

»Was soll ich sagen? Ich wusste, dass ich gute Argumente habe.«

Maddie schnaubte. Sie war anbetungswürdig. Ich konzentrierte mich wieder auf meine Schwester.

»Also, lässt du uns jetzt rein oder was?«

»Nein, ich denke darüber nach, dich hier draußen stehen zu lassen, als Strafe dafür, dass du eingeflogen bist, ohne uns zu benachrichtigen. Aber du hast Maddie mitgebracht, also werde ich dir noch mal vergeben.«

Das Abendessen schmeckte köstlich und war laut. Alles wie gehabt am Connor-Tisch.

Vor dem Dessert räusperte ich mich. »Ich hätte ein paar Ankündigungen zu machen.«

»Offensichtlich seid ihr beide wieder zusammen«, meinte Hailey.

Ich nahm Maddies Hand und zog sie an meine Lippen.

»Ja, das sind wir. Die zweite Sache ist: Ich verkaufe DBC Payment Solutions und ziehe zurück nach L.A.«

Ein paar Sekunden lang herrschte am Tisch überraschtes Schweigen, dann begannen alle, gleichzeitig zu reden.

»Wow, das ist unerwartet …«

»Wann genau kommst du zurück?«

»Wann hast du dich entschieden zu verkaufen?«

Ich erklärte alles in ein paar kurzen Sätzen. Sobald mir klar geworden war, dass ich nicht weiterleben wollte wie bisher und bereit war, die Firma und die Vergangenheit loszulassen, hatte ich nicht mehr groß über die Entscheidung nachgedacht. Es war Zeit für einen Verkauf.

»Willkommen zu Hause, Bruder«, sagte Jace. »Das wird uns mehr Einfluss verschaffen, wenn diese drei« – er deutete auf unsere Schwestern – »beschließen, sich zu verbünden.«

Lori verdrehte die Augen und murmelte: »Männer.«

Ich grinste. Ich liebte es, zurück zu sein; zu wissen, dass ich den wöchentlichen Abendessen beiwohnen würde und mich mit meinen Geschwistern zanken, wie wir es seit unserer Kindheit taten. Und ich war mir sicher, dass wir das auch bis zur Rente tun würden.

Doch am dankbarsten war ich dafür, dass meine Maddie direkt neben mir saß. Ich hatte ihre Hand nach wie vor nicht freigegeben, und mir war danach, sie noch eine Weile länger festzuhalten.

Sie schüttelte lachend den Kopf. »Jace, tut mir leid, dir das sagen zu müssen, aber wir Frauen müssen zusammenhalten.«

Ich riss den Kopf zu ihr herum. »Nein, das kannst du doch nicht machen. Du stehst auf meiner Seite.«

»Ich werde nicht automatisch auf deiner Seite stehen. Nur, wenn ich überzeugt bin, dass du das Richtige tust.«

»Aua!«, rief Will.

Ich starrte Maddie böse an. Sie erwiderte den Blick, auch wenn ihre Wangen sich röteten. Ich hätte ja weiter nachgehakt, aber ich wollte nicht, dass sie die Seiten wechselte, bevor ich den nächsten Punkt angesprochen hatte.

»Und nachdem ihr jetzt wisst, dass ich die Firma verkaufe, ist euch bestimmt auch klar, dass ich in nächster Zeit eine Menge Geld zur Verfügung haben werde«, setzte ich an. Maddie drückte meine Hand. Aus den Augenwinkeln konnte ich erkennen, dass sie ein Lächeln unterdrückte.

»Du könntest dir endlich ein anständiges Auto kaufen«, schlug Will vor. »Du weißt schon, etwas nicht so Vernünftiges.«

Ich zog die Augenbrauen hoch. »Seit wann ist ein Mercedes vernünftig?«

»Seitdem du dir einen Maserati leisten kannst.«

»Ich werde mich an das halten, was ich kenne«, erklärte ich.

»Also, was genau willst du mit dem ganzen Geld anfangen?«, fragte Val. Oh, wie ich es genoss, sie auf die Folter zu spannen. Ich wusste genau, dass sie sich fragte, wieso sie all das nicht bemerkt hatte. Ehrlich, ich war überrascht, dass sie noch nicht von dem Verkauf wussten. Ich sollte Adam mehr vertrauen. Andererseits wusste auch Adam nichts von meinen Plänen. Bisher hatte ich nur meine Maddie eingeweiht.

»Ich werde einen Investmentfonds einrichten.«

»Clever«, sagte Jace. »Und in was willst du investieren? Immobilien? Aktien?«

»Start-ups?«, schlug Will vor.

Ich schüttelte den Kopf. »Ich halte mir alle Optionen

offen. Momentan habe ich eine sehr vielversprechende Kosmetikfirma im Blick.«

Inzwischen sah ich Val direkt an. Sie öffnete den Mund und schloss ihn dann wieder.

»Nein, nein, nein«, krächzte sie schließlich. »Wir … das ist dein Geld, Landon.« Sie sah sich hilflos am Tisch um. »Helft mir.«

Der Rest meiner Geschwister schien genauso vor den Kopf gestoßen wie Val, aber ich zählte darauf, dass sie weniger stur und stolz waren. Und wenn sie es doch waren, musste ich eben kreativ werden. Das Sturheitsgen im Connor-Clan war dominant.

»Das gilt übrigens für alle. Wenn ihr einen Investor braucht, redet mit mir, bevor ihr zur Bank oder anderen Investoren geht.«

»Der Zweck eines Investmentfonds liegt in Profiten«, sagte Jace. »Du schuldest uns gar nichts, und wir sind keine Kinder mehr. Du und Val, ihr beide habt mehr getan, als nötig war, um uns zu helfen.«

Ich setzte mich höher auf. »Darum geht es hier nicht. Ein Investmentfonds investiert in interessante Unternehmungen, wie die Zukunft unserer Familie. Als euer älterer Bruder …«

Val hob eine Hand. »Bei mir kannst du die Älterer-Bruder-Karte nicht ausspielen. Wir sind Zwillinge.«

»Trotzdem bin ich eine Viertelstunde älter als du«, erinnerte ich sie. »Und um einiges sturer.«

Val schüttelte den Kopf, doch ich sah das leise Lächeln, das um ihre Lippen spielte. Die Entwicklung der Produktlinie für die Ladenkette lief gut, aber wenn sie mein Angebot annahm, konnte sie schneller expandieren.

»Warte zumindest bis nach dem Dessert, ehe du meine Verteidigungsstrategie unterminierst«, sagte sie.

Maddie lachte, dann lächelte sie mich an. »Komm schon, Val. Dein Bruder packt eben Gelegenheiten gleich beim Schopf. Wenn er eine Möglichkeit sieht, nutzt er sie.«

»Übrigens, das Angebot gilt auch für dich, Maddie.«

Sie keuchte und drückte meine Finger. Als ich ihr von meinen Plänen erzählt hatte, hatte ich ausgelassen, dass ich in ihre Firma ebenfalls investieren könnte. Jetzt – wo sie offen eingestanden hatte, dass der Investmentfonds eine tolle Idee war – schien mir die Gelegenheit günstig, diesen Punkt anzusprechen.

»Wir müssen das alles im Moment ja nicht weiter vertiefen. Ich wollte das nur mal gesagt haben, damit ihr darüber nachdenken könnt«, meinte ich.

»Das war hinterhältig«, kommentierte Maddie ein paar Minuten später, als wir auf dem Weg in die Küche waren. Wir hatten angeboten, das Dessert zu holen.

»Dem möchte ich widersprechen. Es war klug. Denk einfach mal darüber nach, Süße.«

Sie nahm das Tiramisu aus dem Kühlschrank und stellte die Schüssel auf den Tresen. Ich sollte eigentlich die Teller holen, doch stattdessen strich ich Maddies Haar zur Seite und drückte ihr einen Kuss auf den Nacken. Sie zitterte und bekam sofort Gänsehaut.

»Landon, hör auf.«

»Warum? Magst du das nicht?«

»Ich mag es zu sehr, du schrecklicher Mann. Hör auf.« Sie zappelte herum, als wollte sie sich meinem Halt entziehen, doch es war ein so halbherziger Versuch, dass ich lächeln musste. Aber ich hörte auf und drehte sie zu mir um.

»Wir müssen darüber reden, dass du nicht auf meiner Seite stehst.«

Sie massierte sich kurz den Nasenrücken, dann stach sie mich mit einem Finger in die Brust. »Wenn ich das Gefühl habe, dass du dich wie ein Neandertaler aufführst, muss ich dich deswegen zur Rede stellen.«

Ich packte ihr Handgelenk und küsste ihre Finger. »Heute Morgen schienst du noch nichts gegen den Neandertaler zu haben.«

Heute Morgen hatte sie versucht, mich aufzuziehen, indem sie halb nackt in der Küche herumstolziert war. Die Betonung lag auf *versucht*. Ich hatte sie auf der Arbeitsfläche genommen, so heftig, dass die Schränke gewackelt hatten.

»Ich kann nicht glauben, dass du das gegen mich verwendest. Du bist sogar noch schlimmer, als ich dachte. Zuerst bringst du mich dazu, mich in dich zu verlieben, und dann zeigst du dein wahres Gesicht. Typisch. Du hast heute Morgen fast meine Küche zerstört.« Maddie war so anbetungswürdig, dass es mir schwerfiel, ernst zu bleiben.

»Wo wir gerade davon reden … Ich mag deinen Bungalow, aber er ist klein. Ich will ein größeres Haus bauen, auf diesem Grundstück, das wir beide so lieben. Könntest du einen Plan entwerfen?«

»Das würde ich sehr gerne tun, aber es ist Jahre her, dass ich etwas anderes geplant habe als Gärten. Aber ich kann dir einen sehr guten Architekten empfehlen.«

»Aber du musst ihm helfen, okay? Ich will, dass das Haus genau so wird, wie du es dir wünschst. Schließlich wird es unser Zuhause.«

»Unser Zuhause?«, fragte sie leise.

»Ja, Maddie. Unser Zuhause. Ich will, dass du meine Frau wirst. Und …«

Ich brach ab, doch es war zu spät.

»Landon«, flüsterte sie mit weit aufgerissenen Augen.

Da ging mein großartiger Plan dahin, zu warten und alles richtig zu machen … mit einem Ring und der richtigen Atmosphäre und allem. »Ich will den Rest meines Lebens mit dir verbringen, Maddie. Willst du mich heiraten?«

»Natürlich will ich. Ich liebe dich.«

»Ich werde so lange warten, wie du willst, aber … ich fände es schön, wenn unser gemeinsames Leben bald beginnt.«

Sie schlang die Arme um meine Hüfte. Ich zog sie an mich, um sie noch fester zu umarmen, als sie sagte: »Du musst gar nicht warten, Landon. Ich liebe dich. Ich kann es kaum erwarten, deine Frau zu werden.«

Maddie

Drei Monate später

Epilog

Ich hatte mir meinen Hochzeitstag genau ausgemalt – doch ein Schwangerschaftstest gehörte nicht zu den Dingen, die ich für diesen Tag geplant hatte.

Meine Periode war seit drei Wochen überfällig. Anfänglich hatte ich es darauf geschoben, dass ich aufgrund der Hochzeitsvorbereitungen so unter Strom stand. Seit ungefähr einer Woche war mir morgens auch immer übel. Das hatte ich mit Nervosität erklärt. Aber heute war ich fast in Ohnmacht gefallen, als mein Haar gestylt wurde. Da hatte ich Grace sofort losgeschickt, um einen Schwangerschaftstest zu kaufen.

Die Hochzeit fand in einem der schönsten Strandhotels in der Gegend von L.A. statt. Landon und ich hatten getrennte Zimmer, um uns darin umzuziehen. Er hatte ein ganzes Team von Hairstylisten und Make-up-Artists für mich angefordert, die sich stundenlang um mich gekümmert hatten. Nun allerdings waren sie alle weg. Im Raum befanden sich bloß Grace und ich.

»Maddie, komm schon! Ich sterbe hier draußen fast«, rief Grace vor der Badezimmertür. Ich spähte auf den Test herunter, dann blinzelte ich ein paarmal. Grace hatte mir einen dieser Tests gebracht, auf denen die Worte *schwanger* oder *nicht schwanger* erschienen.

Auf meinem Stäbchen stand *schwanger.* Ich versuchte, meine Freudentränen zu unterdrücken, doch es gelang mir nicht. Mein gesamter Körper summte vor Glück. Ich hatte gehofft, dass der Test positiv wäre – auch wenn die Schwangerschaft ungeplant war. Das Stäbchen verriet mir nicht, im wievielten Monat ich war, doch ich war mir fast sicher, dass das Baby am Abend des Tages gezeugt wurde, als Landon die Papiere für den Verkauf der Firma unterschrieben hatte. Nur gut, dass sich das neue Haus bereits im Bau befand.

Ich öffnete die Tür und streckte Grace den Test entgegen. Sie kreischte und begann, auf und ab zu hüpfen.

»Ich werde Tante! Gratuliere!« Sie umarmte mich fest, dann ließ sie mich abrupt los.

»Du darfst nicht weinen, Maddie. Dein Make-up …«

»Ich muss es Landon sagen.«

»Jetzt?«

»Ja, jetzt. Ich will, dass er es weiß, bevor wir unsere Gelübde ablegen.«

»Okay. Ich versuche, die Make-up-Dame einzuholen. Sie meinte, sie will in der Lobby noch einen Kaffee trinken, bevor sie aufbricht. Du gehst zu Landons Zimmer. Dann musst du sofort hierher zurückkommen, damit wir dein Make-up in Ordnung bringen und dich anziehen können. Sieh dir den Zeitplan an, den Lori aufgestellt hat. Es gibt keine Lücke für Intimitäten. Oder dafür, dein Haar danach wieder in Ordnung zu bringen.« Mein Haar war zu einer halben Hochsteckfrisur gestylt, mit losen Locken ums Gesicht und dem Rest in einem aufwendig gebundenen Dutt. Auf keinen Fall würde ich riskieren, diese Frisur durcheinanderzubringen.

Ich nickte, schlang den weißen Seidenbademantel enger um mich, steckte den Test in die Tasche und eilte aus dem Raum.

Landons Zimmer lag ein Stockwerk unter meinem. Lori hatte als unsere Hochzeitplanerin beschlossen, dass wir nicht im selben Stockwerk wohnen durften. Was, wenn wir uns zufällig begegneten? Es brachte doch Unglück, die Braut vorher im Brautkleid zu sehen und so. Plötzlich hoffte ich inständig, dass ich Lori nicht über den Weg laufen würde. Sie und Grace machten mir heute irgendwie Angst.

Ich konnte mein Grinsen kaum unterdrücken, als ich an Landons Tür klopfte. Sie schwang sofort auf … und ich fand mich Lori gegenüber.

»Was tust du hier?«, flüsterte sie. »Landon darf dich nicht sehen.«

»Ich trage mein Hochzeitkleid noch nicht. Und ich muss mit ihm reden.«

»Ist alles okay? Dein Make-up …«

»Lori, wer ist da an der Tür?«, erklang Landons Stimme aus dem Zimmer.

»Maddie«, sagte ich laut, ehe Lori etwas anderes sagen konnte.

Einen Augenblick später erschien Landon an der Tür. Er war bereits überwiegend angezogen, mit schwarzem Smoking und weißem Hemd darunter. Seine grünen Augen funkelten. Gott, mein Mann war wirklich attraktiv. Ich fragte mich, wie lange es wohl dauern würde, ihm die Klamotten wieder vom Leib zu reißen. Grace' Warnung hallte in meinen Ohren wider. Hm, irgendwie würden wir das schon hinkriegen, auch ohne ihm den Smoking auszuziehen … aber durfte ich es riskieren, sein Hemd zu zerknittern? Nein. Uns fehlte die Zeit.

»Maddie, stimmt etwas nicht?«, fragte Landon, als ich den Raum betrat.

»Nichts. Ich wollte bloß kurz mit dir reden.« Ich sah Lori an. »Nur zehn Minuten, versprochen. Ich weiß, dass wir einen Zeitplan haben.«

»Okay. Ich werde in deinem Zimmer auf dich warten. Tatsächlich werde ich lieber losziehen und die Make-up-Dame suchen.«

Meine Mundwinkel zuckten. »Grace ist bereits unterwegs.«

Mit einem Nicken verschwand Lori. Sobald wir allein waren, schlug mir das Herz bis zum Hals. Albernes Organ. Wie sollte ich jetzt noch ruhig sprechen?

Ich fürchtete, dass ich anfangen würde zu weinen, wenn ich die Worte aussprach, also ergriff ich Landons Hand und führte ihn zur Couch.

Dann zog ich den Test aus meiner Tasche und hielt ihm das Stäbchen vor die Augen.

»Wir werden ein Baby bekommen.« Seine Stimme brach. Und dann spielten Worte keine Rolle mehr. Er senkte seinen Mund auf meinen und küsste mich leidenschaftlich. Ich zog ihn an mich, weil ich seine Nähe spüren musste.

»Du hast keine Ahnung, wie glücklich du mich gerade gemacht hast, Maddie.«

Oh, das wusste ich durchaus. Deswegen hatte ich es ihm sofort sagen wollen.

Er drückte eine Hand an meinen Bauch. »Ich werde euch beide so sehr lieben.«

Daran zweifelte ich keinen Moment – weil niemand mehr Liebe zu schenken hatte als Landon. Ich konnte immer noch nicht glauben, dass das nun mein Leben war; dass dieser wunderbare Mann bald mein Ehemann sein würde; und dass bereits ein kleiner Wonneproppen auf seinem oder ihrem Weg in die Welt war.

»Wünscht du dir einen Jungen oder ein Mädchen?«, fragte ich und ließ meine Finger durch sein Haar gleiten.

Nachdem sein Gesicht und sein Haar die einzigen Stellen waren, wo ich ihn berühren durfte, ohne sein Hochzeitsoutfit zu ruinieren, hatte ich vor, das weidlich auszunutzen. Ich machte es mir zwischen Arm- und Rückenlehne gemütlich.

»Das ist mir eigentlich egal. Ich will nur, dass das Kind gesund ist.« Mit einem Stirnrunzeln fügte er hinzu: »Ist die ganze körperliche Arbeit denn nicht zu anstrengend für dich?«

O Mann. Wenn Landons Beschützerinstinkt sich jetzt schon einschaltete, erwarteten uns spannende neun Monate. Ich liebte diese Seite an ihm, aber das durfte ich auf keinen Fall zugeben. Bisher war ich klug genug gewesen, den Mund zu halten. Außerdem waren Elise und ich letzten Monat offiziell eine Partnerschaft eingegangen. Wir standen bereits in Verhandlungen mit David Hooper wegen eines weiteren Neubauprojektes.

»Nein, das darf ich. Aber wenn du dich vergewissern willst, dass ich mich auch entspanne, wären Verabredungen am Abend bestimmt nicht verkehrt.«

»Sicher.«

Nun, das war einfach gewesen.

»Frühstück im Bett?«

»Alles, was du willst, Maddie.«

Tja, das war ja mal eine echt gefährliche Aussage. Landon dachte wahrscheinlich, ich würde mich in meinen Forderungen in Zurückhaltung üben oder mich zumindest an die Regeln des allgemeinen Anstands halten. Aber ich verschwendete keinen Gedanken an Anstand. Und Zurückhaltung konnte er auch vergessen.

Er lehnte sich vor, um mich noch einmal zu küssen. Dieser Kuss war sogar noch leidenschaftlicher als der erste. Heißer. Tiefer.

Ich fühlte, wie seine Hand an meinem Schenkel nach oben glitt, dann stöhnten wir beide, als seine Finger den Spitzenrand meines Höschens fanden.

Grace' Warnung spielte keine Rolle mehr, genauso wenig wie unser enger Zeitplan. Doch ein lautes Klopfen an der Tür riss uns zurück ins Hier und Jetzt. Wir sprangen auf die Beine und bemühten uns, nicht zu schuldig auszusehen.

»Was glaubst du, wer das ist? Ich wette auf Grace«, flüsterte ich.

Landon dachte einen Moment darüber nach. »Nein, ich bin mir sicher, dass es Lori ist.«

Es stellte sich heraus, dass Hailey vor der Tür stand. Sie trug ein wunderschönes rotes Seidenkleid, und ihr Haar hing in sanften Locken über eine Schulter.

»Ihr beide habt Glück, dass ich hier aufgetaucht bin. Ich habe euch vor Lori und Grace gerettet, dafür schuldet ihr mir was.«

Ich konnte mich kaum davon abhalten, Landon zum Abschied zuzuwinken, als Hailey mich entführte.

Alle im Raum begannen zu jubeln, als Hailey und ich mein Hotelzimmer betraten. Val und Lori strahlten über das ganze Gesicht.

Grace schenkte mir ein verlegenes Lächeln. »Tut mir leid, ich musste es ihnen erzählen.«

»Du musstest, hm?«

Grace zwinkerte mir zu. »Versuch du mal, einen Connor-Hinterhalt zu überleben.«

Sie zogen mich in eine Gruppenumarmung, die genau zehn Sekunden dauerte, bevor Lori rief: »Keine Zeit mehr. Ihr Make-up muss nachgebessert werden.«

Ja, auch Umarmungen mussten dem Zeitplan folgen. Die Make-up-Dame, Sheila, wartete an derselben Stelle, wo sie schon beim ersten Mal mein Make-up aufgetragen hatte, neben der Kommode in der Ecke.

Während sie sich auf mein Gesicht konzentrierte, fragte sie meine Damen aus.

»Keine von euch ist verheiratet?«, fragte sie. Sie antworteten im Chor: »Nein.«

Sheila lachte. »Aber jetzt ist die Hochzeitssaison eröffnet. Bald werdet ihr in Maddies Fußstapfen treten.«

Ich öffnete vorsichtig ein Auge, um die Connor-Mädels und meine Schwester anzusehen.

»Nun, ich werde das nicht tun«, sagte Lori. »Ich muss mich auf Milo konzentrieren. Da ist kein Platz für einen anderen Mann.«

»Das ist ein lausiges Argument«, sagte Val. Ich grinste, weil ich ihr insgeheim zustimmte.

»Wann hattest du das letzte Mal ein Date?«, fragte Hailey.

Lori seufzte. »Vor Ewigkeiten. Das ist Jahre her! Aber erzählt das nicht Landon. Es könnte sein, dass ich ihm einen anderen Eindruck vermittelt habe, als er mir mit dem Thema in den Ohren lag.«

Ich ertappte Lori dabei, wie sie sehnsüchtig meinen Verlobungsring ansah. Memo an mich selbst: Was Lori sagt, ist nicht das, was Lori will.

»Sind die anderen Brüder genauso attraktiv wie der Bräutigam?«, fragte Sheila, während sie meine Mascara neu auftrug.

»Oh, aber absolut«, sagte Hailey. »Vielleicht sind wir voreingenommen, aber …«

Grace sah von ihrem Handy auf, auf dem sie wahrscheinlich gerade den Zeitplan überprüfte. »Ich bin nicht voreingenommen. Und ich kann diese Aussage bezeugen. Diese Familie hat tolle Gene.«

Sheila lächelte und zog sich endlich von mir zurück. »Nun, meine Arbeit hier ist getan. Aber ich wette, ich werde schon bald für die nächste Hochzeit angefordert. Ich habe das bereits so oft gesehen. Wenn die Erste in einer Clique heiratet, ziehen die anderen bald nach.«

»Okay, es wird Zeit, die Braut anzuziehen«, verkündete Grace.

Ich lächelte die ganze Zeit, während die Mädels mir in mein Kleid halfen. Ich konnte nicht aufhören, es zu berühren. Es war so hübsch, ein maßgeschneidertes Kleid mit einem herzförmigen Ausschnitt, der von Chantillyspitze gesäumt wurde und einen Trompetenrock hatte, der ungefähr auf der Mitte meiner Oberschenkel seine volle Breite fand.

Als ich auf die Terrasse trat, auf der die Zeremonie stattfinden sollte, wurde ich ganz nervös. Es war ein wunderschöner Tag. Sonnig, warm, mit einer leichten Brise vom Meer, die meine Haut kühlte.

Unsere Gäste saßen bereits auf den weißen Stühlen, die in ordentlichen Reihen aufgestellt waren. Es waren unglaublich viele Gäste, weil die Connors so viele Cousins und Cousinen hatten. Der gesamte Bennett-Clan war aus San Francisco eingeflogen.

Ich ließ meinen Blick über den Hochzeitsbogen gleiten, der mit roten Rosen und einem weißen Schleier dekoriert war – und über den Mann, der darunter wartete. Meine Nervosität legte sich. Als unsere Blicke sich trafen, nahm ich nichts anderes mehr wahr als Landon.

Meine Eltern waren ebenfalls zur Hochzeit eingeflogen. Dad führte mich Landon zu, der mir einen Handkuss gab und murmelte: »Ich liebe dich, meine Schöne.«

Der Pastor hieß alle willkommen und eröffnete damit die Zeremonie. Landon sah mich die ganze Zeit über unverwandt an. Mein Herz quoll fast über vor Liebe für diesen attraktiven Mann vor mir, der bereit war, sein Leben mit mir zu verbringen. Der Wind hatte Landons dunkles Haar verwuschelt. Ich strich ihm eine Strähne aus dem Gesicht, bevor wir die Ringe tauschten.

»Und jetzt die Gelübde«, verkündete der Pastor.

Landon umfasste meine Hände. Freude leuchtete in seinen grünen Augen.

»Maddie, mein Gelübde dir gegenüber ist nicht nur ein Versprechen, sondern es ist mir eine Ehre. Ich schwöre, dich mein gesamtes Leben über zu lieben und zu respektieren.«

»Ich verspreche, deiner Liebe würdig zu sein«, antwortete ich.

»Ich schwöre, mich um dich zu kümmern und dich jeden Tag zu verwöhnen.« Er küsste meine Hände, und meine Gefühle überwältigten mich.

»Landon, ich verspreche, deine beste Freundin zu sein, deine Partnerin, deine Verbündete und deine Geliebte.«

»Ich verspreche, immer an deiner Seite zu stehen, wenn du deine Träume verwirklichen willst.«

»Ich verspreche, dein größer Fan zu sein.«

»Ich verspreche, sturer zu sein als du, selbst wenn du dein Bestes gibst.«

Ich grinste. »Ich verspreche, ich werde dich ab und zu glauben lassen, dass du eine Diskussion gewonnen hast.«

Die Gäste lachten, und selbst der Pastor lächelte. Uns beiden standen Tränen in den Augen, als der Pastor uns zu Mann und Frau erklärte und Landon mich zärtlich küsste.

»Ich kann es kaum erwarten, dich den Rest unseres Lebens glücklich zu machen, meine entzückende Ehefrau«, flüsterte er.

»Ich kann es kaum erwarten, das Gleiche zu tun, jetzt wo du mein Ehemann bist.«

Wir drehten uns zu den Gästen um, und ich erhaschte einen Blick auf Lori, die uns mit Tränen in den Augen beobachtete. Sie tupfte sich mit einem Taschentuch in den Augenwinkeln herum und sagte dann lächelnd: »Ich liebe Hochzeiten.«

Ich erwiderte ihr Lächeln und ermahnte mich selbst, gut zu zielen, wenn es Zeit wurde, die alleinstehenden Frauen zu versammeln und den Brautstrauß zu werfen. Ich hatte vor, ihn in Loris Richtung fliegen zu lassen.

Dank

Es ist ein ganzes Dorf voller Leute nötig, um ein Buch zu veröffentlichen! Ein herzliches Dankeschön an alle, die mich bei diesem Projekt begleitet haben. Ich möchte meiner Familie dafür danken, dass sie mich unterstützt und an mich geglaubt hat und jeden einzelnen Tag für mich da war. Ohne euch hätte ich das nicht geschafft.

Diamanten sind für die Ewigkeit. Und die Liebe?

Layla Hagen

Diamonds For Love – Voller Hingabe

Roman

Aus dem Amerikanischen von
Vanessa Lamatsch
Piper Taschenbuch, 320 Seiten
€ 10,00 [D], € 10,30 [A]*
ISBN 978-3-492-31161-8

Sebastian Bennett kann in fünf Sekunden sagen, was eine Frau von ihm will: seine Kreditkarte oder den Eintritt in die bessere Gesellschaft. Als CEO des führenden Schmuckherstellers in den Vereinigten Staaten gehört er zu den begehrenswertesten Junggesellen San Franciscos. Doch dann begegnet er Ava Lindt. Sie ist unverschämt attraktiv, charmant, intelligent – und ihr Lächeln ist unbezahlbar. Alles könnte so einfach sein, wäre sie nicht als neue Marketingreferentin für die nächste Schmuckkollektion verantwortlich und damit off limits. Doch Sebastian will sie, um jeden Preis.

Leseproben, E-Books und mehr unter www.piper.de